十日逆转

TEN DAYS
REVERSAL

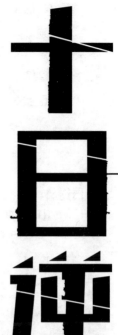

李文强
覃清明 | 著

百花洲文艺出版社
BAIHUAZHOU LITERATURE AND ART PRESS

图书在版编目（CIP）数据

十日逆转 / 李文强，覃清明著 . — 南昌 ： 百花洲
文艺出版社， 2024. 12. — ISBN 978-7-5500-5737-1

Ⅰ . Ⅰ247.5

中国国家版本馆 CIP 数据核字第 2024V5N461 号

十日逆转
SHI RI NIZHUAN

李文强　覃清明　著

出 版 人：陈　波
出 品 人：张国良
策　　划：高瑞贤
责任编辑：陈　愉　程昌敏
美术编辑：王毅辉
出版发行：百花洲文艺出版社
社　　址：南昌市红谷滩区世贸路 898 号博能中心Ⅰ期 A 座 20 楼
邮　　编：330038
经　　销：全国新华书店
印　　刷：三河市双升印务有限公司
开　　本：880 mm×1 230 mm　　1/32
印　　张：10
版　　次：2024 年 12 月第 1 版
印　　次：2024 年 12 月第 1 次印刷
字　　数：223 千字
书　　号：978-7-5500-5737-1
定　　价：49.80 元

赣版权登字　05-2024-327

目录

楔子

2009 年 10 月 12 日，夜里 11 点 34 分。

白宇平狼狈地躲进破旧不堪的狭窄巷子里，他满头大汗，挂在脖子上的照相机来回摇晃着，胳膊在慌不择路的逃跑中擦伤了，破烂的袖子下满是血和划痕。

深更半夜，家家户户都房门紧闭。

这条巷子很隐蔽，没有灯，只能靠着月光摸黑往里头走。他感觉自己鼻尖萦绕着下水道的腐烂臭味，有点像小时候父母拿来喂猪的泔水，令人作呕。只有苍蝇欣喜若狂，扎着堆在下水道边的垃圾堆上方嗡嗡地乱飞。

白宇平没来由地想着，这里很隐蔽，那帮人要真弄出人命官司来，搞不好就是在这儿处理尸体的。他向来想象力丰富，这会儿脑子里已经浮现出垃圾袋底下埋着的断手，以及苍蝇在尸体上产卵的样子了，顿时觉得胃里一阵翻江倒海。

他强迫自己把这个念头抛开，随即听到脚步声隐隐约约地传来。

有人在喊："人呢？哪儿去了？"

顾不上讲究，白宇平只能闪身缩进垃圾堆的后面，屏住呼吸。他听到人声在朝着巷口逐渐靠近，于是试着往身后慢慢挪着脚步，但扭头定睛一看，冷汗就顺着额角唰地流了下来。

晦暗的阴影之中，一堵封死的高墙正竖在那里，没有任何出路。

就在那群人要走到巷口的时候，他忽然听见有人喊："在那边！我看到有人往那边跑了！"人群像闻见味道的苍蝇般顷刻间兴奋起来，嘈杂的脚步声与叫骂声往相反的方向涌去。白宇平大气不敢出，直到人声远去，才小心地探出头，借着暗淡的月光，看到最后的人影从巷道的尽头跑过。

幸运地逃过一劫，他小心地舒了口气，但仍然缩在原地一动不动地等了几分钟，才撑着腿站起来，跌跌撞撞地向外走去。

但短暂的喜悦很快被一个声音打破。

狗叫声。

突如其来的狗叫声伴随着厉声高喝："谁在那儿？"白宇平一滞，不敢回头，拔腿就跑。但霎时间手电筒的灯光就从身后照过来，那些远去的人声又重新聚了回来。白宇平一边狂奔，一边在心里回想着这一片的地形：顺着这条路跑出去就是大街。他来的时候嘱咐过司机在街上等他，只要上了车，他就算安全了。

可狗跑得永远比人快，这么一分神的工夫，后头的狗就追了上来，一张嘴咬在了他的裤脚上，他一个趔趄摔在地上，脖子上的相机也摔在地上，嘴里也多了些泥巴的腥咸味道。

银色的戒指从他的口袋里掉落，骨碌碌地向前滚远。而那些拿着家伙追赶他的人，在他身后不到二十米的距离。

戒指的尺寸很小，由此判断它应该属于一位女士。

狗还在呜呜地恐吓着。他看着那枚戒指，忽然间不知道从哪里生出的力气，抬起脚对着那狗的肚子就是一脚，在狗的哀嚎声中连滚带爬地起来，冲上去捡起戒指，再次向前逃去。

顺着这条路跑出去就是大街……

但后头人和狗的动静越来越近，他跑得嗓子眼发甜，像是血味，一个念头涌上心头：我还能再见到她吗？

他来这儿之前，刚跟那个女孩大吵了一架，他是个好面子的人，就算有一肚子的话想说，也总是觉得不合时宜或难以启齿，于是一拖再拖，拖到如今。

白宇平对自己说，如果这次还能见到她，肯定把想说的话好好和她说完。

他的心声像是被老天爷听到了一样，一道车灯的光骤然在前方亮起。大灯晃得人睁不开眼睛。从驾驶座的窗户里探出来一个脑袋，冲他喊了一声："兄弟，坐车不？"

喊声粗里粗气的，白宇平却觉得自己这辈子都没听过这么动听的声音。横在前头的是辆破破烂烂的中型面包车，司机一看就是能把二十块钱的路费抬到三百块的主，但这种时候他就是开价三千，白宇平也只会感激涕零地往车上爬。

他一口气冲上去拉开了车门，就是这短短一分钟的时间，人群已经追到十米以内。等白宇平钻进去将车门拉上，没拴绳的土狗一马当先，已经近在咫尺。

"师傅，快锁门，回市里！"白宇平急得语无伦次。他头皮发麻地看着门外的人，那些人手里扛着棍子、耙子、锤子这类常见却充满伤害性的家伙。

黑车司机不慌不忙地打火，汽车引擎像一个半死不活的得了肺痨的老头，发出随时可能罢工的喘息，在那些人的手摸到中包车门前的最后一刻，车门上代表门锁的竖栓终于插了下去。夜色中，中包车飞速向后倒退，在吵闹的人声里流畅地掉了个头后向外驶去。

白宇平向后窗看着。那些人大概是觉得追不上了，逐渐停了脚步。他不由得长长地舒了口气，这才瘫坐下来颤着手将胸前的照相机打开。但他连续按了几下开机键，却失望地发现刚刚摔在地上的相机屏幕已经四分五裂，开不了机了。他只能将数据卡退出来，塞回兜里，小心地和戒指放在一起。

直到这一刻，他才咧开嘴，露出一个劫后余生般的笑容。

司机是个中年人，从后视镜看了他一眼，操着浓重的本地口音问："兄弟，你不会是犯什么事了吧？让人这么撵。"

他似乎是随便一问，白宇平却相当警惕。他按住口袋，仿佛里面装了什么很不得了的东西似的把衣服往怀里裹紧，又扫了司机一眼，避而不答，转而说："到了城里拉我去省报社。"

司机嘿嘿地乐了一声，答应了，也没再多问。

眼见对方没深究，白宇平紧绷的神经放松了一些，一松下来便感到疲惫，眼皮子渐渐发沉。他累得很，忍了忍，最终没忍住，对司机说："师傅，到地方了喊我，我先眯会儿。"听到驾驶座立刻传来一声干脆的"行嘞"，白宇平便将数码相机往怀里一揣，抱着臂膀靠着车窗，闭上眼睛，在车子一颠一颠的行驶中昏睡了过去。

然而他没能注意到，在他合上眼后，后视镜里那司机望过来的眼神。

冰冷、毒辣，却又泛着若有所思的疑惑。

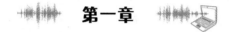 第一章

九天后。

10 月 21 日，下午 1 点 30 分，阴。

申菱静静地坐在客厅的沙发上，看着电视柜上的电视。

电视没有开机，漆黑的屏幕上映出了一个女人的影子，扭曲、模糊、苍白。她的眼珠微微动了动，屏幕中的女人影子眼睛也动了动，她们相顾无言。

我刚刚想干什么来着？申菱茫然地想。

哦，对了，打扫收拾。

她站起来，去找了块抹布，机械地擦着桌子。其实家里定期会找保洁来打扫，但这个时候有点事做会让她觉得好一些。把家里打扫一下，这样白宇平回来的时候也能觉得舒坦点，就当去去晦气了。

白宇平已经失踪整整九天了，准确地说，是被绑架后杳无音信整整九天。

白宇平是她的未婚夫，一个社会新闻记者。在他失踪前，两人正在筹备婚礼。婚姻有时是爱情的结晶，有时也是爱情的催命符。对他们俩来说，筹备婚礼的这两个月把他们过去十年里积攒的大小矛盾一并点燃了。在白宇平失踪前一天，他们的矛盾终于爆发，当着不少朋友的面大吵了一架。

那是在九天前晚上的一场饭局上。那天她托关系给白宇平介绍了份待遇不错的新工作，却被白宇平当场驳了面子。她觉得委屈，气上头了，也不记得当时吵架说了什么，反正不是什么好话。之后也没心思管对方去哪儿了，她巴不得白宇平别回来，省得两个人面对彼此的臭脸尴尬。但在深夜她接到了一通陌生的来电，电话里的男人通知她，白宇平被绑架了，让她拿两百万的现金赎人。

他们两口子都不是大富大贵出身。白宇平是农村出来的，家里条件不好，做记者又赚不了什么钱。申菱也只是一般工薪家庭，唯一算得上惹眼的只有她证券公司客户经理的工作。可她毕竟工作没几年，要撑着两个人的生活，要供房子供车，手头也没落下什么积蓄。申菱本以为这是什么恶作剧，于是嘲讽了几句就挂了电话。

也许是绑匪觉得她的态度太不积极，第二天一早，她就收到了一份快递，里面装着的是一根带血的断指和一张相机存储卡。存储卡里是一段视频，内容是白宇平被切下手指的过程。绑匪在电话里冷笑着吩咐，他要在今晚看到现金，不然申菱就只能看到白宇平的尸体了。

申菱听着视频里未婚夫的惨叫声，终于慌了神，哀求对方给她点时间筹钱，对方却不管不顾地挂了电话。可钱哪是那么好筹的，她问遍了两家的亲戚朋友，也只凑到一半。最后负责这案子的老警察劝她先稳住劫匪再说。交易地点定在人流如织的百货大楼，下班后的黄金时段，他们往装钱的袋子里塞了纸，计划埋伏在交易地点周边，等绑匪被引到现场后直接把人按住。

他们计划周密，可偏偏绑匪也是个人精。他猜到了警察的布控，雇了个清洁工假扮他迷惑警方的视线，趁着警方追着诱饵乱跑的时候，打电话给申菱。

"你的钱根本没凑齐，别骗我，我都知道。"男人在变声器下声音模糊，他冷厉地点破了申菱的小把戏，随即语气一变，态度和善，像恶魔在低声诱惑，"你做错事了，但我可以给你机会弥补，你有多少，我就要多少，拿到钱就放人，但从现在起你得听我的，否则，你会后悔一辈子……"

他改了交易地点，让申菱趁警察不备，带着钱见他。申菱只能照办，而当警察发现抓错了人时，一切已经来不及了。

老警察骂她天真，怎么会相信绑匪的话，但申菱却仍抱着一丝希望，盼着对方能守信。

可自那以后，绑匪就像人间蒸发了一样，连带着白宇平也音讯全无。

这些天申菱总是失眠，时刻竖着耳朵听屋外的脚步声，每次有人从楼道里经过，她都会站起来到门边看看，幻想着一开门门外站着白宇平，但每次她都会失望。渐渐地她又开始恐惧敲门声，她怕来的是警察，告诉她坏消息。她觉得自己就像正等待宣判的死刑犯，每一分钟都在煎熬里度过。

申菱擦过展示柜里刚刚摆上去的双人合照，又去擦放在桌子上的白宇平的笔记本电脑。

收网失败的那天，负责案件的老警察跟她说过几句话。他叫姜广平，是 H 市刑侦支队的队长，年轻的警察管他叫姜队，年长点的管他叫老姜。那时候他们俩站在百货大楼外的天桥上，看着底下道路上的车流和两侧光鲜的霓虹灯大道。绑匪就是在这个地方失去踪迹的。姜广平抽着烟，眉头皱得像一团打了死结的线头，好半天才问她："你觉得，这个绑架犯图你的钱吗？"

申菱的脸上泪痕未干，闻言有些茫然："不图钱图什么？"

姜广平叹了口气："是啊，不图钱图什么呢？"

她回家后琢磨着姜广平那没头没脑的话。对啊，图钱干吗找他们呢？只要调查一下就知道她肯定掏不出那么多钱。

那问题到底出在哪儿呢？

她又回忆起白宇平失踪前的反常来。

选婚纱那天，她千叮咛万嘱咐，他还是迟到了十五分钟，到了也一直心神不宁地拿着手机给别人发消息。申菱有些不安，问他，只得到一片沉默。被问急了，白宇平忽然说单位有事要先走，于是两人不欢而散。那天下着大雨，申菱只好让白宇平把车开走，自己则在婚纱店生闷气，一直坐到晚上雨停。

隔天就是那场饭局。申菱提前去白宇平单位接他，却得知白宇平已经请了好几天的假没来上班，连他领导也不知道他去了哪儿，更不要说给他派活儿了。

申菱觉得古怪，出门时又在报社门口碰到了个专等白宇平的黑车司机，他拉着横幅，说是白宇平这几天包他的车在城郊转悠，却迟迟不给车费，他气不过，来白宇平单位讨债。

车费不过三千块钱，申菱帮他还上了。可她打电话问白宇平时，对方却顾左右而言他，最后只说会准时来饭局，便匆匆挂断电话。

申菱觉得自己已经成了个一点就着的炸药桶，最终被白宇平点燃了引线，在晚上的饭局上爆发了那场激烈的争执。

现在想想，白宇平那段时间到底在做什么？是他做的事给他招来了祸端吗？

她忽然又想起那些天白宇平晚上回家后总神神秘秘地在电脑上写东西。申菱要是靠近，他便啪地把电脑合上转移话题。于是她把电脑翻了出来，那是白宇平刚工作时攒了好几个月的钱买的，平时一贯爱惜得不得了，用了好几年，和如今新上市的机型比已经落后很多了，但他舍不得换。

他的电脑开机密码万年不变，19820703，申菱的生日。

也许是因为好些天没被打开过，电脑出了故障，系统时间还停留在一周多以前。电脑的浏览记录已经被清理得干干净净，而本地文件大多是采访记录和稿件，最近一次的采访稿已经是上个月的了，标题是某某小区居委会连创佳绩，怎么看都不像是值得瞒着她写的东西。

她感到泄气，但不死心，于是便把这台电脑放在客厅里，每天都会翻翻里面留下的资料，试图从中发现一点蛛丝马迹。

当然，只是徒劳。

申菱擦电脑的时候，看到右下角白宇平自动上线的QQ有消息提醒。这些天时常有人给她和白宇平的社交软件发消息，大多是询问近况或是不疼不痒的安慰，她最初还会礼节性地回两句，后来连看都懒得看了。

这对现在的她而言毫无意义。

QQ又响了起来，接连不断，似乎那个来信人一连发了好几条消息。她有些厌烦地扔掉抹布，正想把白宇平的QQ调成隐身，却忽然听到了一阵敲门声。

她的心怦怦地跳起来，随即又是一阵自嘲，没再管还在嘀嘀作响的电脑，往门口走去。

敲门声显得有些急促，她紧走两步，一把拉开门。果不其然，她看到的并不是她期待的人。站在门外的是姜广平。

姜广平揣着本笔记本，黝黑的脸上透出疲惫而为难的神色，他看着拉开门的申菱，欲言又止。警察能露出这种表情来准没好事，申菱有了很不祥的预感，她觉得自己的右眼皮突然开始狂跳，但还是努力扯出笑容来。

"出什么事了吗？"她问，"有宇平的消息了？"

姜广平叹了口气，让申菱的心沉进了谷底。他操着带口音的普通话说："申菱，我跟你说个事，你好好听我说，别激动。"

申菱眼皮子跳得更厉害了。她想尖叫，想说你闭嘴，想跑回屋里关上门，但她的喉咙发紧，已经发不出声来了，脚也跟生了根似的立在原地。她猜到了对方要说的话，但她不想听，却也无法阻止。

果不其然，姜广平缓缓地说："我们找着白宇平了……今天早上城南有群众报案，在河沟里发现了一具尸体，分局派出所的同事带回来了。我们比对了 DNA，确定是他……节哀顺变。"

那一瞬间，这句话在申菱的脑子里嗡嗡作响。她瞪着眼前的老警察，感觉对方的声音变得很遥远，耳边好像听到有人在哭，又看到姜广平有些慌乱地从兜里掏出纸递过来，于是摸了一把自己的脸，摸到了满手泪水，才发现那是自己的哭声。

她颤着声，觉得声音已经离自己而去了，理智也是。

"带我去看看他吧，"她说，"我想看看他。"

白宇平的尸体就那么静静地躺在太平间里，体表被泡得发白，轻微膨胀而腐烂，身上遍布着密密麻麻的伤痕，看起来死前很是吃过一番苦头。

申菱的目光扫过他的脸颊。她记得平时白宇平的面孔是憔悴消瘦的，但现在他的面部却因为浮肿而高高隆起。接着她看到了他的右手，破损的手掌似乎为了抓紧什么而半弯曲着，无名指被齐根截去，创口已经烂掉了。

申菱木然地看着这个略显陌生的人，心想：是因为自己的钱没交够吗？绑匪给她打最后一通电话的时候是不是就想好了，准备拿到钱就撕票？她是不是不该听对方的话？也许再拖一拖，就有办法了。

也许，是因为自己跟白宇平吵架，对方才会半夜跑出去，遭遇不测。如果那天晚上她不发脾气，给白宇平打个电话，是不是也能发现出了问题，早点报警？

申菱不想再往下想，这些无端的猜测在找到真凶前都没有意义，但面对那了无生机的尸体，她还是没办法克制自己不去想，内疚像是一把刀捅进了她的胃里，越绞越紧。

一个细声细气的声音恶毒地在她心底响起：是你害死他的！

那是申菱自己的声音，正自我折磨一样在她脑子里重复着。

"确认无误的话就去尸体认领处签字吧，所里会给你开具死亡认定，"姜广平注意到她苍白的脸色，拍了拍申菱的肩膀，"他还有一些遗物，你可以一并领走。"

申菱闭上眼，机械地点了点头。

白宇平的遗物并不多，只有一台数码照相机、一部手机，以及一枚女士尺寸的小巧婚戒。

"这是你的？"姜广平拿起那枚被塑封袋装起来的婚戒，问正低头签字确认的申菱。

申菱"嗯"了一声，把确认单递过去，又将婚戒拿回来仔细地放在盒子里收好，随后把那个装着白宇平遗物的小箱子抱了起来。那么轻的一个盒子，她却觉得自己抱着有点喘不过气来。

她抿着嘴唇，跟在姜广平后面往外走，临出门的时候终于忍不住问："找到凶手了吗？"

姜广平沉默了片刻，含糊地说："你不要急，我们还在调查。"

"一点头绪都没有吗？"申菱看着他，目露哀色，"这么多天了，总有点方向吧？"

姜广平显得有些窘迫，许久才说："现在一切还不太明朗，但你放心，我们绝对会给你一个交代。"

申菱抱紧怀里的盒子，没再追问，警察不能在这些问题上透露太多，但她看到姜广平眼睛底下挂着两个硕大的黑眼袋，显然已经熬了好几个大夜，也能猜得出他们肯定焦头烂额：绑匪的行动干净利落，想必没留下太多寻觅线索的空间。可是申菱不甘心，难道她就要这么干等着吗？等到不知什么时候，绑匪又去做下一个案子，他们才能靠着那么点缥缈的希望让白宇平瞑目吗？

她垂下眼，沉默着。

好半晌，姜广平又说："我开车送你回去，先缓缓吧。"

申菱没有拒绝，一路上她几乎是全程沉默地发着呆。看到戒指时，她又想起那场饭局上的争吵。她想让白宇平换工作很久了，当记者又苦又赚不到钱，报道社会新闻还总是遭人记恨，惹来事端。

三年前他们家就被人泼过油漆，后来报了警才知道，是白宇平曝光了一家卖假药的药店致使店主入狱，店主老婆发了疯，挺着怀孕八个月的肚子半夜找上门来搞事。申菱一直感到后怕，这次是泼油漆，下次呢？会不会直接威胁本人？

她一直觉得白宇平不是不想换工作，只是在乎面子和自尊，但自尊又哪有安稳的日子重要？那天，她趁着要结婚了，跟旧友拉拉关系，朋友就应下了给白宇平找个好岗位的事，没想到白宇平的反应相当激烈，当场回绝了不说，还和她吵了起来。

到了现在，申菱闭上眼睛想起那天的情景，还是能那么清晰地听到白宇平的声音。

白宇平说："申菱，你看着我，我是一个男人，不是一个孩子，你能不能不要总是用你以为对的方式来爱我？"

申菱终于想起了自己赌气的回答，她说："我就这样，你要不能接受，咱们就别结婚了。"

那时候她气上头了，边说这话边把手指上的婚戒摘下来当着白宇平的面扔了。她心想，什么叫"你以为对的方式"？如果白宇平是对的，他会寒酸到连三千块钱的车钱都出不起的地步吗？申菱委屈透了，甚至觉得自己要没跟白宇平谈过这一场恋爱就好了。

但当这个人真的消失了的时候，她才意识到有很多事情自己根本没法割舍。

她抱着遗物盒子，心里一遍遍地问：白宇平，现在你承认我是对的了吗？

但那个人已经不可能再回答她了。

车开到申菱家的小区门口时，姜广平突然叫住准备下车的申菱，问："你知不知道白宇平出事前改过保险合同的受益人？"

申菱愣了，她没听白宇平提起过这事，下意识地问："改成谁了？"

"你，"姜广平说，"我们去保险公司问过了，白宇平一个人去改的，应该是有预感。他挺在乎你的，找到他的时候，我们还以为他手里抓的是什么重要证物，撬开了才发现，是那枚戒指。"

申菱张了张嘴，似乎想说什么，却说不出一个字来。她的眼圈红了，于是匆匆地转过身，抱着遗物盒子，向小区里走去。自从白宇平出事后，她哭过很多次，但没有哪一次像这次一样，她如此地不想让任何人看到。

好像让人看见了，她坚持的很多东西就消失了一样。

白宇平的手机进了水，已经基本报废，数码相机被摔得四分五裂，卡槽空空如也。申菱没觉得意外，真有什么线索，警察肯定第一时间拿走了。她将遗物收好，把婚戒戴回手上看了一会儿，情绪勉强平复了下来。

这时候白宇平的QQ又响了起来，她才记起出门前有人一直在给白宇平发消息，大概是同事。申菱叹了口气，现在她不得不去回这些人的消息了，她得通知亲戚朋友，准备白宇平的葬礼。

然而来信一入眼，她就皱起了眉头。

"你昨天说好了晚上给我钱，钱呢？" 10-11 13:44

钱？昨天晚上？

申菱看了一眼QQ昵称，来信人叫"东哥"，她犹豫片刻，敲了一个回复。

白宇平：你昨天见过我？ 10-11 16:32

东哥：不是你昨天包我的车？别装失忆啊，不然我明天就去你单位堵你！ 10-11 16:34

这似乎是个黑车司机，还跟白宇平挺熟。申菱低落的精神突然一振，脑子飞快地转了起来。昨天也是警方推断白宇平死亡的日子。如果他的话属实，那"东哥"很可能是最后一个见过白宇平的人。

这么想着，申菱在QQ上回了他一句。

白宇平：你现在有空吗？约个地方见一面，我给你钱。10-11 16:41

"东哥"十分痛快，两人很快定好6点半在附近的咖啡厅见面。申菱匆匆给姜广平打了个电话，便提着包出了门。可她还没下楼，姜广平的电话就打了回来。

"你要过去？"姜广平的声音有些急促，"别去，你现在马上回家，锁好门待着等消息。"

申菱按电梯键的手一顿，有些疑惑。

姜广平说，"东哥"的身份和出现的时间有点可疑。假如他就是绑匪，因为申菱没交够赎金，他很有可能在杀了白宇平后，仗着别人不知道他的身份，以接触过失踪的白宇平为由接近申菱。无论他的目的是要钱还是报复，申菱贸然与之见面都是很危险的。

姜广平锤了一下方向盘，语速很快地说："我马上带局里的人过来，这事交给我们处理。"

他的话不无道理，但申菱却几乎没有犹豫地反驳道："不行。"

姜广平的声音一顿。

申菱不等他多劝就挂了电话，她想得很清楚。假如这司机就是绑匪，那他必定是个聪明人，明知道白宇平死了还给他的 QQ 发消息，证明他是刻意在联系申菱，那么如果他到了地方没见着申菱本人肯定会跑。对申菱来说，这可能是最后一次抓住对方的机会了，她不能让这个机会白白浪费。

她得替白宇平报仇。

出了电梯，姜广平的电话又打了过来，这回他没再多坚持，只是说："我们守在外面，随时保持联系。"

两个小时后，咖啡厅。

申菱坐在靠窗的座位上，这里视野很好，能第一时间看到进出店内的客人。她放在桌子上的手机振动了一下，她拿起来，看到姜广平给她发的消息。

姜广平：还没来？

她放下手机，对着外头轻轻摇了下头。

距离她和"东哥"约定的 6 点半已经过去了一个小时，还没有见到"东哥"，她心里有些着急，面上却不好显现出来，只能按捺住情绪端起咖啡喝了一口。

手机又振了一下。

姜广平：给他发个消息。

白宇平的电脑太笨重也太扎眼，所以申菱出门时没有带上那台电脑。这时候她打开了自己的手机，登上白宇平的 QQ，从联系人里找到了"东哥"，给他发消息。

白宇平：你还没到？ 10-21 19:35

她的消息刚发出去，咖啡厅里悬挂的公共电视便开始播起地方新闻，头条便是省报社记者白某某遭绑架后遇害。申菱抬起头，看着电视上蓝底白字滚动播报的新闻，心慢慢沉了下去。

手机那头没有任何回复，对方的头像显示离线状态。

"东哥"不会来了，她冷静地想，不管他是绑匪还是普通的目击证人，看到这条新闻恐怕都不会再现身了。

手机再次振动起来，她接起电话，里面传来姜广平的声音。

"你先出来吧，"姜广平说，"我刚刚给局里和下头几个分所的同事说了这个人的情况，局里找人要到了账号号主的详细资料，现在他们找着这个人了。"

"找着了？"申菱问，"他是谁，现在在哪儿？"

"这就是问题所在了，"姜广平的语气变得有些古怪，"这个人叫乔东，确实是个黑车司机，跟白宇平也有过往来，但……他现在在拘留所里，五天前他因为打架斗殴被拘了。"

申菱愣了数秒，忽然反应过来姜广平话里的意思，瞬间背后出了一身的冷汗。

她站起来，飞速环顾咖啡厅内的人，想从这些客人的表情中看出一丝异样来。

如果这个账号的号主五天以来一直在拘留所里，那么两个小时前用乔东的 QQ 给她发消息和约她见面的人，又是谁？

当申菱疲惫地回到家里时，白宇平的电脑尚且开着机，里头 QQ 的提醒音响个不停，她走过去，看到了一连串的问话。

东哥：大哥，我等了你快两个小时！你人呢？ 10-11 19:41

东哥：今天还下大雨，给我淋了一身。10-11 19:43

申菱冷眼看了一会儿，心想这混账装得真像。

她跟着姜广平去了一趟警局，辨认了被拘留的乔东的照片。

看到照片她才想起来，这人她是见过的，就在白宇平失踪那天，她在白宇平单位碰见过那个拉横幅找白宇平讨债的黑车司机。

这人叫乔东，"东哥"的号主，现在仍然在拘留所里呼呼大睡。

回到家，她干脆坐下，敲起键盘，质问起对方来。

白宇平：别装了，乔东在拘留所里五天了。你到底想干什么？害死了宇平之后又想来要我？ 10-11 20:22

对面沉默了几分钟，就在申菱以为对方被戳穿后要消失的时候，连串的消息嘀嘀嘀地传了过来，仿佛屏幕那头的人已经恨不得顺着网线爬过来指着她的鼻子骂人了。

东哥：你有病吧！ 10-11 20:29

东哥：害死宇平是什么意思？ 10-11 20:31

东哥：白淋一晚上的雨，你等着，明天就去你报社拉横幅！
10-11 20:33

申菱被气笑了，这人说谎都说不圆，下雨？今天一天都是又阴又干的天气，哪来的雨？

她想结束这段鸡同鸭讲的无聊对话了，于是发了最后一句。

白宇平：西城花园6栋3单元504，你不是要钱吗？这是我家，你来我就给你。10-11 20:37

她打完字，站起来走到厨房，拎起一把菜刀，又走回了客厅，正好看到了对方煞有介事的回复。

东哥：好，这可是你说的，再赖就跟我去见警察，我带上欠条了。10-11 20:38

申菱冷冷地想，行啊，只要你敢来，我就送你去见警察。

她打起精神站在门口，等待着即将到来的脚步声。

等待是一种让人对时间的感受变钝的行为，客厅里的挂钟在嘀嗒作响，申菱的思维也忍不住随之发散起来。她又开始想起白宇平，想起他们注定没有结果的婚姻，想到还没来得及拍的婚纱照，继而想到了选婚纱的那一天。

他们不欢而散，她独自坐在婚纱店的窗边，看着大雨生闷气，却从未想到，不过二十四小时后，她与白宇平见了最后一面，从此天人永隔。

那一天是哪天来着？对了，很巧，恰恰是10月11日。大概那也是白宇平最后用那台笔记本电脑的时间，系统日期停在了那天。

她站了一会儿，又看了一眼时间，已过 9 点。她忽然一阵失笑，觉得自己的反应实在愚蠢。以绑匪精明的性格，放两句狠话不过是虚张声势，她越是这样激他，他越不会来，估计绑匪现在觉得她的房间里藏满了等着抓人的警察吧。

就在她准备回到客厅关掉电脑时，她忽然感觉到一阵剧烈的刺痛，"咣当"一声，手中的刀掉落在地，一段记忆出现。

那是十天前的傍晚，外头电闪雷鸣，正下着暴雨。

申菱走到家门口，正掏出钥匙要开门，却瞥见一个邋遢的男人从电梯里走过来。男人似乎是冒雨赶来，他一脸不快，走过来一把拉住了她的手臂，质问她是不是住这里。

"我是来找白宇平要钱的！"他粗声粗气地说。

申菱被白宇平甩在婚纱店，本就一肚子气，这会儿见着个神经病一样的男人，火气一下冲了出来。她甩开他的手，语气冰冷地说自己没带钱，也不知道白宇平欠钱了。

男人激动起来，他说："你给他打电话，是他让我来的，你们不能这样一而再再而三地耍我啊！"

他浑身湿淋淋的，边说边从兜里掏出来一张被塑料袋套起来的纸，往她面前放："你看看，你看看这张欠条，他欠我钱，我急用钱啊！你们都是有文化的人，不能说话不算话啊！"

申菱有些惊慌，她试图推开男人，却被男人扯住。恰好这时候，电梯间的门再次打开，一个中年女人走了出来，瞧见拉扯的两人愣住了。

申菱忙喊："大姐，帮忙报个警，这人我不认识，他非拉着我！"

大姐回过神来，连连点头说好，笨拙地从兜里掏出手机。没想到男人听到"报警"两字慌了，一把推开申菱，转身就跑。

申菱踉跄后退几步，撞在了身后的消防栓上，一阵剧痛袭来。她怒骂一声，低下头，看到手背在消防栓上撞出的一道擦伤。

疼痛让她倒抽着凉气，她抬起头，望向男人冲向楼梯间的背影，烦躁又狐疑。

神经病。

记忆如潮水一般涌来，视野里的一切忽近忽远，她感到晕眩，而晕眩之中，手背传来与记忆中相似的剧痛。

她看向自己的手背，片刻前还光滑的手背上，一道伤疤正蠕动着成形。而疤痕的形态，恰与记忆中擦伤的痕迹吻合。

它像条丑陋的蛇，正吐着信子盘踞在她的手背上，阴冷冷地抬起眼看着她。

一种荒诞感涌上来。她迟缓地抬起头，看着电脑上"东哥"的来信时间。

东哥：好，这可是你说的，再赖就跟我去见警察，我带上欠条了。10-11 20:38

申菱盯着时间，10-11 20:38。

她忽然想起了什么，向上翻着聊天记录，翻到了晚上 7 点半。她记得很清楚，那时候她在咖啡馆等了许久也不见有人来，于是用自己的手机给对方发了一条消息。

白宇平：你还没到？ 10-21 19:35

这条消息在手机上还能看到记录，可在具有记录同步漫游功能的电脑上却消失得无影无踪。

而在这条信息前后，只有两人的间隔了将近三个小时的对答。

白宇平：6点半，准时点，别迟到。10-11 16:52

东哥：大哥，我等了你快两个小时！你人呢？ 10-11 19:41

东哥：今天还下大雨，给我淋了一身。10-11 19:43

大雨……

申菱突然想起，本市最近只下过一场雨，就是她和白宇平选婚纱的那一天。那天雨很大，他们两在婚纱店闹得不太愉快，于是在白宇平走后，她一直等到夜里雨停，才独自打车回家。

那天恰恰是十天前，10 月 11 日。

十天前，正好就是白宇平失踪的前一天。

她怔怔地，忽然低笑起来，接着笑声变大，不可遏制。

老天把白宇平从她身边带走了，偏偏又不肯就此作罢，它还要看戏，所以给了她一场游戏，一个赌注——从这台破电脑上，她能和十天前的人联系！

这就代表只要她操作得当，就能让十天前的乔东救下白宇平，改变命运！

她又哭又笑，爬过去抱住电脑，眼中浮现出希望的烈火，明亮灼人，宛如溺水之人抓住了最后一根浮木般，紧紧不肯放手。

好啊，那就让老天看看，我和命运谁输谁赢。

第二章

十天前。

10月11日，晚上9点48分，雨。

"××××真是倒了血霉。"

乔东拿冰袋敷着自己高高肿起来的腮帮子，忍不住爆了句粗口。

乔东是个黑车司机，没上过什么学，三十多岁了也没什么出息，跟他妈相依为命，靠每天的拉车钱维持生计。他妈有肾病，最近病情加重住了院，流水一样的缴费单让乔东那本就紧张的经济情况更加雪上加霜。

正犯愁的时候，老主顾白宇平说要花三千包他的车两天，唯一的要求是嘴巴严，甭管去哪儿，别问，别乱说。他一算这价不错，就接了。谁知道白宇平开的是空头支票，欠条一打人就玩失踪，乔东只能眼巴巴地在QQ上三天两头地催债。

可白宇平先是约乔东见面，却放了他鸽子，又让乔东去他家要钱，结果遇到一个女人要报警抓他，害得乔东撒腿就跑。

当时怎么一听到报警就跑了呢？乔东气得咬牙切齿，直犯嘀咕。

在他旁边，一个穿着警服、站得笔杆条直的小伙子挠了挠头，满脸尴尬。

黑车司机当久了，乔东多少有点心虚，一听警察来了，条件反射就是快跑，结果跑下楼刚好撞上赶过来的愣头青警察，下手没轻重，一见他二话不说冲过来直接给他按地上了。

他的脸结结实实地在地上磕了一下，现在又青又肿，钱没要回来，还搭上了笔医药费，气得他直吐血。

他在嘟嘟嚷嚷骂人的当口，一个老民警夹着笔记本走了过来，拍了他一巴掌。

"行了，让你走这趟不冤枉，"他说，"刚问了事主，人家不知道欠钱的事，但是也表态了，她跟她爱人核实之后就给你钱。"

乔东快耷拉到地上的眉毛瞬间抬了起来，他放下冰袋，青肿的脸颊露出一个丑巴巴的谄媚笑容："哎哟，等一天了，就等您这句话呢！我就知道咱人民警察得站在人民这边。"

对方摆了摆手说："行了，你赶紧跟他去找事主沟通调解，赶紧去。"他指了指旁边的小伙子。

小伙子应了一声，直愣愣地说："同志，请跟我来。"

乔东跟着那小伙子到了调解室，见申菱正坐在调解室里发呆，眼圈有点泛红。她面前放着一个信封，见乔东进来了，把信封往旁边推了推。

乔东看到申菱的手背擦了碘酒，这让那片擦伤显得有些吓人，想到这是自己逃跑的时候推的，不由得有些讪讪，心说这不得讹我一笔吧？转念一想又觉得自己的肿脸和那女人的擦伤也算相互抵消了，于是又理直气壮起来。

"他欠我……"他话没说完，就被申菱打断了。

"三千，"她说，"你点点，没问题我就回去了。"

乔东撇了撇嘴，把钱接过去，打开袋口看了一眼，在手指上吐了口唾沫把钱捻出来数了数，确认无误后，脸上的笑容变得灿烂起来。

"没问题，那你们随意，我先回了？"他问。见那女人没反应，也不理他，他便转头对着身边的小警察笑嘻嘻地奉承："警察同志，今天辛苦你们了，我还有事，我先走。"

直到乔东从调解室走出去，申菱也没再跟他说一句话。

出门前乔东回头看了一眼，女人一直坐在灯下，愁眉不展，显得有些孤独。

从警察局里出来的时候雨已经停了，乔东在车边磨叽了一阵，才开着车往回走。他住得不算偏，但也是旧小区里几十年的老楼，回去的路上七拐八绕，到家的时候已经晚上 10 点多了。

他下了车，打算抽根烟再上去，可手里打火机刚打着火，就被人从身后一脚踹到了地上。

乔东摔了个狗吃屎，刚想骂娘，又被人拎着衣服领子提起来。他听到有人呸了一声，脸上一凉，反手摸了一把，摸到满手唾沫。他觉得恶心坏了，抬眼看去，先瞧见的是一圈小胡子，视线慢慢往上走，才瞧见了个带疤的大鼻子和一对含着凶光的小眼睛。

乔东的脏话硬生生憋了回去，咧出一个讨好的笑容。

小胡子是城南台球场催债的，姓胡，单名一个彪，听名字是个莽人。但胡彪不莽，恰恰相反，他精明，有手段，至少在讨债这事上向来无往不利，道上人管他叫老胡，乔东这种欠了钱的，见面都得恭恭敬敬鞠个躬，叫一声胡哥。

早前医院急要钱，乔东没办法，跑去借了笔金额不小的高利贷。高利贷利滚利，如今虽然本金早就还完了，但利息却滚到了一个他卖肾都还不起的数。

他又被一脚踹到了地上，笑容瞬间变成了痛苦的龇牙咧嘴。

伴随而来的是胡彪阴森森的声音："老子倒要看看你能躲哪儿去，给我打！"

他话音刚落，雨点一样的拳脚就砸了上来，乔东只来得及抱住头，人还没蜷起来，肚子和后背就结结实实地挨了好几脚，被连推带踹地踢到角落里。

乔东发出杀猪般的号叫声，指望能招来小区里那帮晚上遛弯的老头老太帮他报个警，"二进宫"总比被打死在街边草窝里强。但号了半天也没见到个人影子。他眼巴巴地看着街口，好不容易瞅见个喝醉的大哥打不远处的岔路口过，刚想开嗓喊救命，就见那人打了个激灵，抖得跟筛糠似的，扭头往外跑。

乔东心想，完了，老子今天就要交待在这儿了。

他这念头刚一起，忽然觉得落在自己身上的拳头轻了，接着几只手在他身上的兜里翻来摸去。他后领子一紧，又被胡彪拎了起来。

"大哥！"乔东捂着脸，赶忙口齿不清地表着忠心，"大哥，误会，真没躲，这不是点背赶上了，被警察带局子里去了……"

一巴掌啪地抡了过来，抡得乔东眼冒金星。

"少说屁话，"胡彪厉声质问，"钱呢？"

"钱……"乔东结结巴巴地说，"现在，真没钱……"

胡彪一声冷笑又举起拳头。

乔东见状赶忙挡住脸，大叫："再缓几天！我一定还！"

胡彪放下拳头，眯起眼睛看着他，忽然伸手掐住了乔东的手指，往后一掰，引得乔东发出惨烈的号叫。

胡彪狠狠地说："两天，还交不上钱来，一根手指，听懂了吗？"

乔东疼得直冒汗，龇牙咧嘴，忙不迭地点头。

手上和衣领上的力气随即一松，他跪倒在地上，喘着气，头顶又被什么人呸了口唾沫。他缩了缩，看着那群人吊儿郎当地走远，终于松了口气瘫倒在地。

四周安静下来，10 月夜里的天已经转凉，他的脸贴着冰冷的地面，脑子有些迷糊。

好半天他才听到有人的脚步声，随后是衣服窸窸窣窣的声音和水流声。他颤巍巍地扶墙站起来，没理会草丛边解决内急被他吓了一跳的醉鬼，摇摇晃晃地往家走去。

没走两步，他就瞧见了自己那辆停在路边的黑色桑塔纳。

车子已经面目全非，原本纯黑的车身如今被黄色的喷漆喷满了巨大的"还钱"。

他按住太阳穴，忍了又忍，最终还是没能忍住，一脚踢在了车边的石坎上。

这过的都是什么日子啊。

乔东拖着浑身上下哪儿都疼的身体死狗一样爬上五楼，扯掉房东贴在门口的警告单。单子上是房东张牙舞爪的狂草："再不交房租，找人换锁了！"

他对房东的警告见怪不怪，把纸揉成一团扔进垃圾桶，随后听到卧室电脑上嘀嘀作响的提示音。

糟了，出门忘关电脑，又浪费了好几毛的电费！

乔东跑过去，在电脑椅上坐下。狭小黑暗的房间中，笨重的台式电脑屏幕亮起幽蓝的光，随后 QQ 弹出了一个男性头像的对话框，一段又一段的对话传输过来。

白宇平：先前态度不好，是我的问题。

…………

乔东的嘴角抽了抽，发现这人话还没说完，于是把聊天记录往下拉动。

白宇平：我知道这么说你可能很难相信，但我不是白宇平，是他的妻子申菱。

白宇平：我所在的时间，是你的未来，十天以后。

白宇平：白宇平死了，他在 10 月 12 日被人绑架，10 月 21 日，也就是我这里的今天，我从警方那里得到了他死亡的消息，我想求你帮我救救他。

乔东已经连骂人的力气都没了，只是翻了个白眼，苦中作乐地想，白宇平的精神病绝对到了抬到医院医生都得说句准备后事的程度，虽然他不知道治精神病的医生会不会这么说，但这么一想，他被白宇平耍了一天的怒气消了那么一丁点，当然也只是一丁点而已。

他可没工夫陪精神病人玩过家家。

东哥：钱你老婆替你还了，咱俩账清了。兄弟，听我一句劝，有病治病啊。

他发完，也不等白宇平回复，摇着迟钝的鼠标准备关电脑。乔东的这台老爷机也有年岁了，大概因为出门没关机，这会儿主机烫得很。他关闭 QQ 软件，电脑愣是死机了。机器的破风扇开始咔咔作响，转出了一种声嘶力竭的挣扎感。

乔东眼睁睁看着电脑白屏了，无论怎么敲键盘或点鼠标都无济于事，就在他想拔电源的时候，屏幕一闪，又突然间恢复正常。

而那个他正准备关掉的对话框里，出现了一段新的回复。

白宇平：明天上午股市开盘，600974 股票开盘价 28.54，中午 11 点半，收盘价会涨到 29.88。你可以在确认之后，再考虑要不要相信我说的话，但请尽快，我没有太多时间了。

乔东握着鼠标的手悬在半空，一时之间不知道如何回复这段话，他把手放在键盘上，犹豫了半天，终于打下了一句回复。

东哥：神经病。

这次，他顺利地关上了电脑，翻身爬上有点脏兮兮的床铺，很快便将白宇平那段莫名其妙的话抛到脑后，睡了过去。

第二天一早，乔东开着车去医院找他妈方敏，等快开到医院才想起来，破车这副尊容让路人看见无所谓，不能让他妈看见。方敏是个心思过细的人，要是让她看见车上喷的字，估计觉得儿子在给她脸色看，得活活气晕过去。

于是乔东在离医院还有两条街的地方拐了个弯，把被黄漆喷得不像样的桑塔纳开到了医院附近的一家他常去的修车行。

修车行的老板名叫张平，跟他算好几年的兄弟，凭情分时不时给乔东打个折。因为乔东手头拮据，打折也就进一步变成了赊账。赊两次，还一次，总欠那么一两笔没还清。

车开进来的时候张平正捧着碗边吃边看新闻，头一抬就瞧见那堆让人眼花的"还钱"大字，立马明白乔东来了。他唉声叹气地走出去，还没来得及说话，就看见脸上挂彩的乔东非常利索地从车上下来，气势汹汹直奔车子后备箱，摸出了一把沉甸甸的扳手。

张平慌了，说道："东哥，别冲动，有话好好说，不就几百块钱嘛，我再给你缓缓！"

乔东鄙夷地看他一眼，走到驾驶座旁蹲下来，举起扳手对着车胎撬出条缝隙来。他轻车熟路地伸手进去摸索一阵，掏出个白色塑料袋，隔着半透明的袋子，能看到里面装着一沓百元大钞。

张平眼睛都直了，问道："哥，在哪儿发财？带带小弟啊！"

他说着就要去摸钱，被乔东一巴掌拍开。

乔东说："你刚不是说了可以缓缓吗？那就缓缓，喷漆去！"

张平被他一噎，蔫头耷脑地叹了口气，等他把喷漆工具抬出来准备干活时，却发现自己桌面上空空如也，原本盘子里的瓜子、花生、橘子已经被他好兄弟拿走，自行车也被骑走了。

他愤愤地想，这分明是鬼子进村啊。

乔东在熟人面前的那点无赖相在走进医院后就被收得干干净净。他一向讨厌医院，觉得这地方晦气，但又不得不来。

方敏得的是肾病，慢性肾病发展成尿毒症，她扛着这病快二十年了，靠透析仪续命。医生建议方敏换肾，但肾源却是个大问题，乔东的血型随他爹多，跟方敏不匹配，没法给她匀个肾出来，她娘家已经没人了，眼下只能眼巴巴排号，等哪个好心人给她个活路。

可她等得起，他们家的钱等不起，方敏每周都得做透析，眼下他托了他爸生前熟人的关系，让方敏进了一家私立医院，院方看在熟人的分上，愿意给他们个便宜价格。即便如此，三千块也只勉强续了一个月的透析，挂号缴费口的护士哗啦啦地翻着缴费单，叹了口气，说你还欠了两星期呢。乔东赔着笑脸，说再缓两天，一定补上。他这些天不知道说过多少次这样的话，其实他自己也不知道下一笔钱在哪儿。这让他想起那些做生意赔钱的老板，钱不够还债，就抵车抵房子，最后还是还不起，就从楼顶天台纵身一跃，一了百了。

但他不敢一了百了，方敏还得靠他。

方敏却不这么觉得，她觉得这世上人人欠她，人人烦她，不如让她死了拉倒。乔东劝她，但甭管他说什么，在方敏听来都是这个不孝子在敷衍。打乔东十八岁那年一声不吭跑去外地开始，方敏对他的称呼就从"我的宝贝东子"变成了"那个白眼狼孽种"。她觉得自个儿先被乔东那个短命鬼爹丢下，后被乔东这不孝子踹开，孤孤单单还落了身好不了的病，普天之下再没有她这么命苦的女人。

方敏委屈了就爱提乔东他爹，她总说老乔你儿子没良心啊，我这日子可怎么熬啊！

乔东最听不得这个，他娘俩活成现在这个德行都得"归功"于他爹。

说来可惜，他爹乔兴年当年也算风光过，是本地机械厂职工医院的院长，原先他们住厂里分的房，出门邻里都是厂子的职工，人人提起他爹都是尊敬的。

可谁承想，就在乔东十来岁的时候，他爸让人查出了收受贿赂，协助贩售假药，那批假药还吃死了厂里的几个工人，家属闹大了，乔兴年便畏罪自杀，给他们留下了一屁股烂债和烂名。他们仅剩的那点家底都拿去赔给了受害者家属，方敏受不了出门让人戳脊梁骨的日子，干脆把房子转手卖了，搬到了远离化工厂的城西。

按原本的生活轨迹，乔东理应正常地读完高中、大学，但这突如其来的祸患断了家里唯一的收入来源，乔东心灰意冷，干脆辍学跑外地打工去了，他嘴上说是为了给方敏赚钱治病，可心里想的却是再也不想回这个跟他爸有关的地方。

两年前，因为医院的一通病危电话，乔东搬回了 H 市。那次情况惊险，方敏人救回来了，但身体差了很多，三不五时地就得住院。乔东不敢跑远了，但也不肯凑近，除了定期交治病钱外不怎么来看她。

他怕，怕听见他妈神神道道地给他爸哭丧，哭得好像遇到了什么苦事难事，他爸能从地底下蹦出来给他们娘俩主持公道似的。

这天也如此，乔东拎着从修车行拿来的橘子，还没到病房门口就听见了方敏熟悉的骂声："我快死了他都不来看一眼，你说我活着图什么，图招人烦哪！"

他脚下顿了顿，做了会儿心理建设才上去把门推开。这病房小，就两张床，方敏坐在最里头那张床上擦眼泪。陪床护士是个年轻的小姑娘，瞧见乔东进来了像看见了救命恩人，冲他使了个眼色，一溜小跑逃之夭夭，只留这娘俩四目相对。屋里刚做过清洁，空气中飘浮着一股难闻的消毒水味，乔东挺讨厌这个味的，闻了嗓子眼痒得慌，想吐。

方敏隔壁的床位空了，问了才知道，那床的老头凌晨刚走。

"昨晚上吃药的时候还好好的，半夜人就不行了，"方敏抹着眼泪夹枪带棒，指桑骂槐，"三个儿子，走的时候身边没一个陪着的。我算看透了，养儿防不了老，人活一辈子都是命。"

乔东只能赔着干笑，小心地把水果袋子放下，开始转移话题："妈，我给你买了新鲜的橘子，可甜了，你尝尝啊！"

方敏语气冷冷地回了句："这东西医生昨天说我不能吃。"

乔东有些讪讪，还没想出下半句接的话茬，方敏突然把他手里的袋子抓了过去，掏出橘子扒开就往嘴里塞，跟泄愤似的："无所谓，我早点死了去找你爸，你也自在了！"方敏这话把乔东吓坏了，赶紧一把把那橘子抢回来扔垃圾桶，嘴上也带了火气："能不能说点好听的！"

方敏心里难受，她嘴里还含着没咽下去的橘子，眼泪鼻涕一下子就掉了下来，开始埋怨不休，死啊活啊，一个词比一个词晦气，乔东劝了两句，话全淹没在了哭声里。

他揉了揉胳膊，袖子底下被踹伤的地方在隐隐作痛，憋屈混着火气冲得脑子一热，脱口而出："那老东西要管你死活，当初就老实蹲监狱去了！"

方敏被他说得哭声一滞，嘴唇都在抖，她颤着手指着乔东，说："我是不是跟你说过，不准你这么说你爸！"

方敏从没觉得他爸是个烂人，她替他委屈，觉得他被人陷害了，不准乔东说他半句不是。

　　乔东说不出话来，他怕真吵起来把他妈气出个好歹。受肾病的影响，她的心脏一直不太好，这会儿老太太已经开始难受了，她拍着铃把护士医生都叫了进来。

　　乔东被挤到了人群外，他把水果袋子收起来，觉得自己在这里待不下去了。

　　乔东回来的时候，张平还坐在柜台那儿看股市分析，一看他的脸色明白了七八分，也没多问，只是从柜台底下扔了桶方便面过去，让他自己泡。

　　乔东在他身边坐下，瞥了眼他的电脑屏幕，问道："你怎么还看这玩意，能赚钱吗？"

　　乔东只是随口一问，没想到张平一听这话，脸唰地就绿得跟屏幕上那张大盘走势图似的，哭丧起脸说："东哥，你咋哪壶不开提哪壶呢？"

　　乔东乐了："你不是看着预测吗？不准？"

　　他敲敲电脑屏幕，节目里的男人穿着西装，戴着眼镜，一副沉稳做派，侃侃而谈，但张平却把节目界面关掉了，叹着气说："没人能准确预测股市。"

　　这会儿要到收盘的时间点了，乔东看着那不断变化的走势图，不由得想起了前一天晚上白宇平那条莫名其妙的QQ消息。

　　那只股票号是多少来着？ 600……600什么玩意，794，974，497？会涨到多少来着？他就记得是个挺吉利的数，但实在想不起来了，一边回忆眼神一边不住地往张平的电脑屏幕上瞟，有些好奇那只股票到底是个什么走势，他抢过张平的鼠标，说："给我查一下。"

张平说道："啊？东哥你不是不玩这个吗？"

乔东敷衍着回答道："我……我兄弟买了个股，据说很赚，我就看看他赚了多少。"

张平一听也来了兴趣，说："我给你弄吧，你不会整，你告诉我你要查啥。"

乔东确实看不明白股票界面上那些花里胡哨的标记，只能悻悻地将鼠标还给张平说道："你帮我看看，股号好像是……600……600974。"他想起来了，974，就气死你。

张平在电脑前摆弄一阵，屏幕上便弹出了一个新的页面，这次走势线和数值变成了红色。乔东虽然不炒股，但知道红色是涨，绿色是跌，他一见颜色对上了，有些激动地问："怎么样，这股现在多少钱？"

"29.15，"张平说，"还可以啊，东哥，今早开盘的时候是28.54，要之前买了能小赚一笔。"

听到这个，乔东对白宇平的评价从精神病变成了会点炒股的精神病。

他伸了个懒腰，不怀好意地想，没准白宇平就是因为炒股炒赔了才疯了呢。

然而就在此时，挂在墙壁上的时钟秒针不紧不慢地跨过了12，时间来到了11点30分，上午收盘时间。就在这一刻，张平兴奋地拍了下乔东的胳膊说："哥！涨了，29.88！"

乔东的懒腰伸到一半，僵在半空。

这个数，他觉得熟悉了。

他扶住把手，瞪大眼睛问道："你说现在是多少？"

张平不明所以地说："29.88啊，嘿，这数还挺吉利。"

乔东错愕地瞪着屏幕上花花绿绿的数字，终于回想起前一天晚上白宇平发给他的一整段话。

白宇平：明天上午股市开盘，600974股票开盘价28.54，中午11点半，收盘价会涨到29.88。你可以在确认之后，再考虑要不要相信我说的话……

29.88，一分不多，一分不少。

白宁平，不，申菱说的话应验了。

乔东瞪着屏幕，脑子里的声音已经开始打架：难道跨时空对话真的存在吗？不对，怎么能信白宇平的屁话，难道精神病会传染吗？但是，万一那个人说的是真的……他越过张平，颤抖的手抓起鼠标和键盘，哆哆嗦嗦地打开QQ，输密码时甚至输错了两次，好不容易打开白宇平的对话框，却发现聊天框里空空如也。

他又打开聊天记录，没有，什么都没有，那段记录消失得干干净净，没在网络空间里留下一点痕迹。

他低骂一声，噼里啪啦地敲起键盘。

东哥：在？

白宇平：您好，我现在有事不在，一会儿再和您联系。

东哥：看见马上回复我。

白宇平：您好，我现在有事不在，一会儿再和您联系。

乔东抬手就想一拳头砸键盘上，甚至想顺着网线把那个人，管他是白宇平还是申菱，揪出来质问，到底是怎么回事。所幸还剩下的一点理智让他记着这不是他的电脑，砸坏了他赔不起。但这时乔东突然又想起来，此前的联系都是在他家那台老爷机上进行的，聊天记录都存储在那里。

他噌地跳了起来，把身边的张平吓了一跳，张平结结巴巴地问："东，东哥，你咋了啊这是？"

乔东没心思解释，他只撂下一句"有事先走了！"便风风火火地冲了出去。

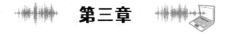

第三章

十天后。

10 月 22 日，中午 12 点 31 分，阴。

申菱正坐在姜广平的办公室里旁敲侧击地询问着乔东的情况。她背着略显累赘的电脑包，手死死抓着包带。

论理她是没法随便出入刑警队办公室的，但姜广平手下有个傻乎乎的新警察小杜，很好说话。他见过申菱好几次，知道她是重大案件的受害者家属。申菱骗他说自己想起了些线索，要马上见姜广平。小杜一听没多想，立马就带她到了姜广平那里。

她来的时候姜广平正在看乔东的资料，一见申菱进来，连忙把桌上的档案、出警记录和问询口供一并收了起来，塞进手边一堆文件的最底下，接着又狠狠地白了手底下的愣头青一眼，站起身来给申菱倒了杯水。

"你怎么来了，不是说让你等着吗？"姜广平说，"是想起什么来了？来，出去说。"

他拉着申菱就要往外走，可申菱进来就瞧见了他收起来的那堆资料上贴着乔东的照片，哪里肯走。她闷不吭声地在姜广平桌子前坐下，酝酿了一下情绪，憋着眼泪抬头看着姜广平问道："如果我不给钱，宇平是不是就不会死？是我害的吗？"

姜广平只能好言好语地安慰她道："跟你没关系，你别自责。"

他话说到一半，申菱擦了下眼睛，忽然问："那个司机和凶手到底有没有联系？"

"这还不清楚，有了结果，我会通知你。"姜广平谨慎地组织措辞，下意识地扫了眼桌子上的文件。

申菱这会儿已经知道乔东没什么问题，那个莫名其妙的QQ也和凶手不沾边，但她只能从这里挑起话头。见姜广平敷衍过去，申菱还想再说什么的时候，姜广平的手机却响了起来。他拿起来看了一眼便揣回兜里，接着态度和蔼又不容反驳地下了逐客令："申菱，我马上要去开会，你这边的情况我们都在盯着呢，你先回去吧，有消息我们一定第一时间通知你。"

申菱看着姜广平，见他丝毫没有让步的意思，意识到自己从对方嘴里是撬不出答案的。她无可奈何，只能低着头撑着桌子站起来，却忽然身子一晃，栽倒在椅子上。

"怎么了？"姜广平连忙扶住她。

申菱按着太阳穴，闷声说："没事，可能是一直没休息，血糖低，有点头晕。"她说着又站起来，想往外走。但没走几步脚下便发软，脸色苍白，额角也流下汗来，她只能蹲下来缓神。姜广平见状，赶紧过来扶起她，让她坐回椅子上。

申菱闭着眼俯在桌子上问："你有糖吗？巧克力也行。"

姜广平摸了摸身上，又看了眼桌子，他这儿只有烟和茶，提神用的，吃的东西半点都没有，当即想往外走，但又怕申菱乱跑，于是站在门口冲着外头喊了两声李玲，没一会儿，走廊里便传来急切的脚步声。

申菱睁开眼睛，趁着没人盯她，悄没声地将手伸到姜广平那堆文件里，掀起文件夹的一个边角，瞧见了乔东的照片。她的心脏一阵狂跳，听见外头越来越近的脚步声，她歪了歪身子挡住那叠文件，将档案多抽出来一些，往下扫去。

姓名：乔东，**年龄**：33

家庭情况：父亲乔兴年已故，母亲方敏患肾病，就诊于嘉禾医院

经济情况：负债，有高利贷债额

拘留原因：10月15日，嘉禾医院就诊患者报警，打架斗殴，寻衅滋事……

"申姐！"

申菱右手一推将文件推了回去，回过头发现一个拿着巧克力的女警正在她身后瞧着她。这女警是姜广平的徒弟，名叫李玲，和小杜不一样，她聪明会来事。

"申姐，师父说你不舒服，他去叫医生了，"李玲把巧克力递过来，瞪大了眼睛，"你在干什么呢？"

申菱将巧克力接过去，剥开包装一口塞进嘴里。

"没什么，"她笑了笑，"替我谢谢你师父，我感觉好多了，先走了。"

她说完，也不管李玲的反应，拎起包就走了出去。

申菱离开警察局，找就近的咖啡厅坐下时已将近下午 1 点，她打开白宇平的电脑连上网，满意地看到了乔东的回信。

东哥：在吗？

东哥：你那个，那个是，到底是怎么回事？

白宇平：看来你验证了。

她回消息的时间晚了大半个钟头，但屏幕那头的乔东却好像一直在等着似的，立刻回复。

东哥：你可算回了，我以为你跑了。

东哥：我好像只能用我的电脑才能联系上你。你说的股价是真的，你真是未来的人？

申菱当然知道，那只股票是她此前经手过的一只很优秀的股，接连数日涨幅喜人，所以她第一时间把它作为证明用来说服乔东。

申菱回想着自己刚刚看到的资料，敲下回复。

白宇平：我去调查了一下你，你妈住院，你急要钱，对不对？

白宇平：600974 在 10 月 12 日涨停了，如果你能借到一万块钱本金，光是今天一天，你就能挣到一千块钱。但你要记得，从明天开始它会持续下跌。

白宇平：跟我合作，你帮我救人，我给你股市的变动信息让你赚钱，怎么样？

那头陷入了久久的沉默，不知是在判断她的可信度，还是在评估这笔交易的收益性。申菱看了看手表，她还有点时间，但已经不多了，无论如何，她必须说服这个人成为自己的盟友。

出乎意料的是，乔东的回复没有先问钱的问题。

东哥：你之前说我会被拘，那你知不知道我在哪儿因为啥被拘的？

申菱的手顿了顿，她思索之后回复。

白宇平：具体原因我不清楚，只知道15号你在嘉禾医院出的事，那天前后你注意，别往那边去。

屏幕那头的人又消失了。申菱捏着手指看着屏幕，她确实着急，但她心里也有七八成的把握，她相信一个人陷入绝望的时候只要眼前有那么一丁点希望，不管多离谱的事都会乐意去尝试的。

就像我一样，她自嘲着。

等她喝完一杯咖啡，乔东的回复终于跳了出来。

东哥：我不干违法的事。

申菱转着无名指上的戒指，感觉自己终于向前进了一步。这一步有些艰难，但至少已经踏出来了。

她还需要试验，还需要尝试，但无论有多难，申菱只确定一点，她一定会把白宇平从死亡边缘拉回来。

白宇平：不违法，很简单。今天晚上，我想请你帮我拦下白宇平。

电脑另一头，乔东正叼着半截烟屁股，仰躺在自己的破电脑椅上。烟屁股的火星奄奄一息，与他这满墙裂缝时不时漏水断电的破房子十分相称。这根烟屁股是他在烟灰缸里千挑万选出来的独苗，还能闻个味。他的烟就是这样，抽了一轮，还有一轮。

乔东又扫了一遍屏幕上两人的全部对话。

他们掐表核对了时间，之间相隔整整十天，也就是二百四十个小时。而且，两边时间的流速一致，乔东这边发生变化时，申菱那边也会出现变化。

申菱告诉乔东，她和白宇平见最后一面就是今天晚上8点，之后白宇平便不知去向，而此时此刻，距离8点只有五个多小时的时间了。

为了打消乔东的疑虑，申菱给了他一只新的股票今天下午的数据。乔东赶紧给张平打了个电话，他花了将近半个小时，虚构了一个精通炒股的兄弟，才说服张平把他老婆本金的一半借给自己投进去，赚了对半分，赔了算自己的。随后整个下午，他就看着曲线一路上扬，尽管这还不算乔东赚到的钱，但他的心已经飘了起来。

乔东缺钱，缺很多钱，方敏的看病钱、手术钱，家里的房租，样样都是燃眉之急，分量沉甸甸的，像是孙猴子头顶上那能把人压死的大山。申菱给他的这笔报酬，可以说是雪中送炭，还上不封顶。

更重要的是，申菱透露了他是在嘉禾医院被拘的。但乔东从没跟申菱提过，嘉禾医院是方敏现在住的医院。

他要能在医院动手打人，肯定跟方敏有关，所有跟方敏有关的事都会拉紧他的神经。

尽管他心里另一个声音同时在敲着退堂鼓：那可是帮敢杀人

的主啊，他掺和进去，这条小命够送几次？很快，反驳声就被红彤彤的钞票压制住了：就是提醒姓白的一句，让他今天晚上乖乖回家，这能有什么问题？

他站起来，在不大的出租屋里溜达了一圈，思来想去也没想到什么不妥，于是一屁股坐回椅子上，把嘴上那半截火星子早就灭了的烟屁股往烟灰缸里一摁，噼里啪啦地敲起键盘。

东哥：成，我试试看。

他敲完这行字就拎着他的破外套出门了，门一开他就被深秋的风吹得打了个哆嗦，说不清是因为害怕还是什么。

三个小时后，乔东到了张平的修车厂，把他新漆刚干的车开了出来。

张平表现得特别殷勤，他看着乔东选的股涨停，开始觉得乔东那个炒股的兄弟有些门道，尤其有财愿意一起发这点，够意思。抛完光他还念念不忘地拉着乔东千叮咛万嘱咐，下回再有消息要记得第一时间通知他。

乔东急着出门，敷衍地拍拍张平的肩："有胆识，够意思！"

他和张平谈好，就开着新漆锃亮的桑塔纳出了厂子，直奔穿顶大饭店。

乔东觉得拦下白宇平不难，在饭店门口找个地方守着，等白宇平出来把他拉上车就行了，难的是如何说服白宇平老实回家。可当他把车开上大路的时候，却发现自己一头扎进了晚高峰的车流中。

歪七扭八堵在一起的车子挤得跟沙丁鱼罐头似的。车尾灯像一双双熬得发红的眼睛，喇叭声此起彼伏。他无比努力地在车流里蠕动滑行了一个多钟头，又连闯了三四个红灯，才勉强赶在临近8点的时候到达了饭店附近。

饭店的停车场已经被客人的车停得满满当当，饭店门口被等着拉活儿的出租车同行霸占，乔东的破桑塔纳显然毫无落脚之地。他只能边在辅路上慢慢往前开，边探出头来在人群中寻找白宇平的影子。

偏偏饭店门口的保安相当尽职，迎面把他的车拦下，乔东的笑脸还没摆上，保安已经不耐烦地摆起手说："别磨磨蹭蹭的，你堵塞交通了，开走，这儿不让停车！"

乔东尴尬地赔笑道："大哥，我知道这里不能停，我就接个人，接到马上就走。"

"这儿也不许黑车拉客，快走快走。"保安脸色更难看了。

乔东被这么一噎，也有些火气，他把安全带一解，就要下车和保安理论。所幸此时，他眼角余光扫了眼饭店的门口，远远瞧见一个穿着脏兮兮的外套和牛仔裤的男人走出来，那人的气质和这奢华的地方看起来格格不入，让他的身影格外显眼。

是白宇平。

乔东眼睛一亮，指着白宇平说："我就是来接他的，你等一下。"他扯着嗓子就开始喊："白宇平！白宇平！这边！"

他们之间还隔着不短的距离，喇叭声淹没了他的吼声，白宇平没听见他的声音，径直往路的另一头走。乔东又按了两声喇叭，把车边的保安都吓了一跳，但白宇平仍然没有留意，走到了出租区。乔东急了，把门推开要过去，他半只脚才落地，就被保安伸手拽住了胳膊。

保安也急了，朝乔东喊道："干什么去！说了这儿不能停，你这人怎么回事！"

"我就把那人叫过来……"乔东掰扯着他的手。

那头的白宇平已经坐进了出租车，眼见那车的停车灯灭了下去，转而打起转向灯来，一下一下闪着，仿佛是白宇平的催命符。

乔东甩开保安的手，一屁股坐回破桑塔纳里，踩着油门就跟了上去。

就这么一会儿工夫，他已经和出租车离了几十米的距离。

这个点的车流像和他作对，几十米的距离愣是追不上去。他出了饭店后门的小巷，一路跟着出租车上了主路，没多远，就见那辆出租车突然拐了个弯，从环线主路的出口拐了出去。

这一下急得乔东赶紧并了两条线，顶着屁股后面连天的喇叭声追着下了主路。

又加了两百的罚单，乔东想，这笔账得让申菱报销。

车越开越偏，路边的环境也渐渐荒凉，同行的车流稀疏起来，乔东总算追到了出租车后面，冲那车子闪了两下大灯，想让对方停下。没想到对方却一脚油门冲了出去。

乔东骂了句脏话。他摸出手机，不抱希望地给白宇平打了个电话，果不其然，那头迅速地挂断了。姓白的这些天为了躲账一见他的电话就挂。躲账电话挂了，救命电话也挂了。

乔东气得锤了下方向盘，只能继续追上去。

前头的出租车里，白宇平挂断了手机来电。

未接来电的记录里除了一个突兀的"乔东"以外,"亲爱的"这个词遍布整屏,就在乔东的电话被挂断后,"亲爱的"再次打了一个电话过来。

他的"亲爱的"又在发火了,因为他做错了事,他永远都在做错事,而他的"亲爱的"永远正确。

白宇平的手里捏着一枚银白素雅的婚戒,他的手指在上面无意识地摩挲着,脸上却没有一丝表情。

"这车跟一路了,"出租车司机语气好奇,"你们一起的?"

他把戒指塞进口袋,语气毫无起伏地回答:"不是,甩掉他就行。"

白宇平靠在椅背上,侧头看着窗外一闪而过的景色,这些模糊的色彩构成窗户的底色,而在这片底色的镜面上,倒映出了他眉宇紧皱的面孔。

他从这张脸上只读出一片灰暗。

这好像已经是他的常态了,别说申菱,就是他自己天天看到这么张脸,也觉得心烦。

他到底什么时候开始变成这副德行的?是因为采访得罪了人被穿小鞋的时候?晋升、奖金都被以各种理由一次次取消的时候?被莫名其妙安排去跟采没什么意义的社区新闻的时候?还是他为了那份无聊的理想奋斗了这么些年,发现自己一无所获的时候?

白宇平以为自己已经接受这种现实了,可现实总会以意想不到的方式把他敲醒,就在他看着申菱为了他的前途,和那些久未相见的"朋友"推杯换盏,摆着虚假的笑脸攀关系的时候,他发现自己还是忍受不了。

他算什么呢？还得女朋友替他干这些事。

真窝囊。

他知道那帮人背地里怎么评价他，怎么看待他。"申菱怎么找了这么个吃软饭的男的？"白宇平去厕所的时候，听见那帮人中的某个人这么说。

可他又能怎样，他们说错了吗？他们做错了吗？没用的是他，关其他人什么事？

白宇平自嘲地笑了笑，揣在兜里的手还捏着申菱的婚戒。

这是最后一次了，他想。

能不能成，都是最后一次了。整整五年，他为这个报道呕心沥血，付出了一切，他不甘心就这么放下。只要弄完这个报道，从今往后，他不会再作任何没有价值的努力。

他累了。

第四章

乔东坐在车里，瞪着昏暗的巷子深处，那里头黑得看不到头，只有零零落落的两三盏路灯闪烁着昏黄的灯光，大概因为年久失修，这些灯光忽明忽暗，透着点诡异。

他追着出租车一路到了这片破破烂烂的居民区，出租车轻车熟路地钻了进去。

他一时没反应过来，后知后觉拐弯慢了，把路边的破自行车刮倒了一片，那堆破旧的"二八大杠"把乔东堵在了巷子口，他只能眼睁睁看着出租车消失在小巷深处。

乔东仔细打量了一下四周，才发现这是南区的城中村，有连片的旧楼和厂棚，人口杂，治安乱，三教九流鱼龙混杂，住的净是些游手好闲的痞子和外地打工仔。听人传里头还藏了不少供人找"那种乐子"的地方，但一直没被抓到过。因为房租便宜，不少黑厂也爱缩在这儿，彼此形成复杂的利益链，全被地头蛇牢牢控制在手心里。

白宇平要是不赌不嫖，来这儿总不能是看景的，十有八九是想干点什么却出了事。

乔东思来想去，干脆挂了个倒挡，把车倒出了巷子，重新开回大路上，停在了路边。他摇下窗户，眯着眼睛盯着巷子口。

他想掉头走人，姓白的要不冲动还好说，一冲动惹上什么人了，自己哪救得了他？但他又想起一路红线的股票走势图来，而且申菱提到过，白宇平几天之后才会死，现在还是安全的。

他转念一想，要从城中村回市里，走自己现在堵着的这个路口最方便。就算他现在找不着白宇平，白宇平搭的出租车总得回去，在这里守株待兔，等那车出来再追上去问问白宇平去哪儿了，然后把消息告诉警察不就完了吗？

乔东打定主意，也不慌了，他摸了摸自己身上的兜，摸出烟盒叼起一根烟来，专心致志地等待着。

10 月的天气已经转凉，夜风从车窗外吹进来，冷得他缩了缩脑袋。这一等就等到了半夜，乔东的烟头扔了一地，里头愣是连汽车的引擎声都没听着。

那辆车不会已经从其他的路口出去了吧？又或者绑架犯就住这片，把人绑进去了？乔东犯起嘀咕。

那他可怎么跟申菱交代呢？

乔东心疼地看了一眼自己的车子，车门上又添了几道划痕，全拜刚刚那堆濒临报废还占地碍事的自行车所赐。在他心里，这笔补漆钱也加进了申菱欠他的报酬中。事要没成，恐怕这一晚上他还要倒贴不少钱。

他正琢磨，就听见汽车引擎的咆哮声打破了深巷的寂静，隐隐地夹杂着人声与狗叫。

声音很快就靠近了，乔东顿时精神一振，把烟随手扔地上，飞快地打着了车子的火，随即他看到白色的车灯正从自己车前一闪而过。

一辆中型面包车冲了出来，不是进去时的那辆出租车！

乔东还没来得及失望，便在车子经过他眼前时，看清了坐在面包车后座的人。

白宇平！

他不知怎么居然换了辆车。透过不甚清晰的窗户，乔东瞧见他似乎正十分急切地看着车子后窗。

乔东眼睛一亮，挂上挡，踩满油门冲了出去。

破桑塔纳的起步有些慢，等车子能加起速来，中包车已经跑出了几十米的距离。乔东开着车追过巷子口时，正看见一群抄着大大小小家伙的人从巷口出来——似乎是追着白宇平的车出来的。

这帮人不看车不看路，堵住了乔东的去路，乔东猛地一打弯，从人身边险险擦过，却撞上了原本停在路边的一辆小三轮。小三轮装了警报器，尖锐的警报声响了起来，把在场的人都吓了一跳。

临近一栋小平房的灯亮了起来，窗户被呼啦一声拉开，男人的声音在咒骂："他妈的，谁碰我们家车了？"

但乔东来不及考虑那么多了，他的注意力全集中在中包车上。中包车的司机开得远比刚刚的出租车司机野，仗着路上没车没人，一路闯着红灯玩命地狂奔，更显仓皇。

乔东心里直骂娘，但也只能咬着牙连闯四五个红灯，总算拉近了点距离。

借着车前的灯光，他看清了中包车的牌照，是辆本地车。

幸运的是，在路的尽头，是一道横在道路中央的火车铁轨。就在两辆车一前一后地驶向铁轨的时候，轨道边的警示灯一闪一闪地跳动起来，警示笛声随之响起。远远地，他听到火车将至的轰鸣呼啸。

轨道边的警戒栏在夜幕中浮现出一道若隐若现的影子，在刺耳的警笛中，影子开始缓缓落下。

乔东条件反射地踩下了刹车。

这下可算追着你了，他心想。

谁知此时，前头的中包车却突然加速，不要命似的向着轨道冲了出去！在横栏落下的前一秒，紧急加速的中包车灵活得像条入水的鱼扎进了隔栏，随后险而又险地冲过对面的警戒栏，栏杆在中包车的头顶划过，发出一声令人牙酸的尖锐摩擦声，这没能拦下破中包车，它艰难地挤了过去。

乔东猝不及防，但要再追已经来不及，只能眼看着中包车在夜幕中冲进对面的街道，扬长而去。

轰隆作响的列车终于驶来，呼啸着穿过道路，阻挡了乔东的视线。乔东坐在车上，如同一尊凝固的雕塑。

列车亮黄色的车窗连接成一条金灿灿的直线，乔东却觉得那光在夜色里刺眼得很。两分钟后，呼啸声远去，列车通行过轨道，警戒灯上的红灯闪了闪，切换成绿色，横栏不紧不慢地抬起，秩序井然。

乔东没发动车子，他叼着根烟从车上下来，看着对面已经空空荡荡的街道。

荒凉的街道两边是一片黑漆漆的民房，只偶尔有几家灯火闪动。

黑暗中传来几声狗叫。

夜里，有雾色渐渐升起，乔东站在他那被划得伤痕累累的车边，叼着烟吐了口烟圈。他知道，今天他全都白干了。

此时已是深夜，乔东垂头丧气，正准备回去，却被后头追上来的人和车拦住。

他本以为是那帮找白宇平麻烦的人，心里正一阵激动，对方张嘴却要他赔钱。

原来是巷子口那辆小三轮的车主一路追了过来。

乔东心里烦躁，正想开车甩开他，没想到对方掏出手机，不依不饶地报了警。这下乔东没辙了，只能在原地等警察。警察来了之后，他做了笔录，又掏了一百块赔偿。

等他疲惫地回到家时，别说天亮了，太阳都快当头了。

他慢腾腾地打开电脑，正琢磨着怎么把话说得好听些，就看见 QQ 上对方连续的留言。

白宇平：没成功，怎么回事？

白宇平：回话。

乔东硬着头皮敲了半天键盘，又删删减减，最后还是给申菱发了几大段的话，描述了晚上所见的情况。

但消息发过去后，申菱久久没有回复。

乔东盯着那个亮着却毫无反应的 QQ 头像，焦急地抖着腿。片刻，他又站了起来，背着手在屋里来回踱着步。

这女人在干吗呢？他想，是等不到自己回来汇报先睡了？心情不好不想回答？还是不满意他的结果所以晾着他？

接着，他就看到了申菱的回复，带着质问和失望的语气。

白宇平：你都见着他了，为什么没拦住他？

乔东心想，你老公多偏你自己不知道？但他说不出口，心里混合着被无视的烦躁与搞砸了的心虚，两种情绪拉拉扯扯之下，还是厚着脸皮回到桌子前，他决定先不提钱。

东哥：那什么，我被抓的那事，什么情况，你帮我问了吗？

他等了十来分钟，那头才非常迟缓地回了一条。

白宇平：没有，明天问。

东哥：那现在要怎么办？

白宇平：我想想。

那头的人说完再次消失了。

没有说怎么办，当然也就没有说钱和股票的问题。

乔东直勾勾地瞪着屏幕，空等了二十多分钟后，确信这次申菱不打算再回复了。他有些泄气地推开椅子，趴回床上。

这个角度，恰好能看到天花板角落因为漏水而留下的阴湿的水渍，那些暗沉的一圈一圈晕开的痕迹像只盘踞在房顶的张牙舞爪的怪物，每一夜都在乔东入睡前彰显着存在感。

乔东闭上眼，试图把申菱的事抛在脑后，好好休息一下。但这尝试注定是失败的，他的眼睛刚刚闭上，手机就嘀嘀地响了起来。

乔东把手机粗鲁地抓过来，塞到耳朵边，没好气地问："谁啊？"

听筒里传来一个女孩焦急的声音，听着有点熟悉："东哥，你现在能不能来医院一趟，出事了！"

乔东的眼睛陡然睁开，那点困劲儿消失得一干二净。

他想起来了，电话那头是他妈的陪床护士。

"就来，马上就来。"他吼了一嗓子，几乎是从床上翻了下来，套上衣服就急匆匆地撞开门跑出去，因而就没注意到电脑屏幕上，申菱姗姗来迟的回复。

白宇平：我想起来了，你那边现在是 13 号，是我交易赎金的时间。

白宇平：阻止我，别让我给钱。

白宇平：在新星商场二楼，下午 6 点半。

白宇平：你看到了吗，乔东？

白宇平：乔东！

QQ提示音一声急过一声，但电脑前空空荡荡的，无人应答。

第五章

10月13日，中午12点47分，阴。

医院住院部的走廊里没什么人，只有清洁工在擦地。光线从走廊尽头的窗口照射进来，在地板上留下黑白分明的光影，空气中弥漫着一股淡淡的消毒水味道。

整层楼都充斥着令人不安的寂静。

乔东赶到的时候，小护士正站在方敏的病房门口，局促地张望着楼梯口的方向，神色忧虑又惶恐。

她打老远就瞧见了乔东，小步跑过来压低声音说："有几个男的，凶神恶煞的，非说是你的熟人，要跟阿姨谈事，看着就不像好人，他们把我给赶出来了，阿姨说不认识他们。"

乔东跑得满头是汗，说话带着喘，不祥感升腾着，他嗓子发紧，问道："几个人？长什么样？"

"五个人吧，带头的长着大胡子，"护士比画了一下，"你认识？"

乔东的心沉了下来，脑袋里嗡嗡作响。果然是那帮人，他们找到老太太的医院闹事来了！

见乔东阴沉着脸不说话，小护士显得更加慌乱，她不安地回头瞧了一眼说："要不我去报警？"

一听到"报警"俩字，乔东脱口而出："别！"

胡彪有手腕，人又精，他现在还没干什么出格的事，警察也没理由抓他，真报了警，吃不了兜着走的指不定是谁呢！

转瞬间，他终于明白自己在未来被拘进局子的原因，他在医院被人拘了，恐怕跟那帮人跑不了关系，这帮人怎么操作的不知道，但绝对不会那么轻易放过他。

乔东定了定神，又觉得这事或许不是那么难以解决。

那帮人上次不是说交不上钱就拿一根指头吗？大不了给他们一根指头！只要别让方敏伤着，其他的怎么着都行。

他下定了决心，冲小护士摆摆手让她先躲开，大步冲了过去。小护士想拉他，但乔东已经冲过去哐当一声推开了门，她扑了个空，急得跺了跺脚，接着像是作了什么决定似的，掉头向反方向跑去。

乔东推门的动静不小，一时间屋里六个人的眼睛齐刷刷地看了过来。

自打方敏隔壁床的那个老头去世后，这间病房就成了她的单人病房，这会儿几个小混混在隔壁的空病床边或站或坐，都是一副吊儿郎当的样子。只有胡彪坐在方敏病床边的陪护椅上，拿了把小刀，正慢悠悠地削着苹果。

胡彪手里的苹果削到一半，手上动作顿了顿，苹果上连着的果皮就被割断了，啪嗒一声掉到了垃圾桶里。

在短暂的沉默中，胡彪忽然笑了笑，切下一小块苹果，用小刀叉住，往方敏那边递了递。

他笑得很礼貌，但笑意丝毫没有进到眼底："阿姨，您吃口苹果呗。"

方敏并不傻，她一贯相当敏感，自然能看出众人间紧张的氛围，也能看出面前小胡子的来意不善，她往后缩了缩，不知所措地望向乔东。

视线似乎聚焦回了乔东这里，他的表情变幻不定，许久才闷声说："有事出去说。"

胡彪得意地哼笑一声，把刀掉转回来，一口咬掉上面的苹果，继续慢条斯理地边削着果皮边说道："出去干吗？我们好不容易找到阿姨，这还没说两句话呢。"他顿了顿，看向方敏，阴阳怪气道："阿姨啊，您可不知道，东哥真是个孝子，为了孝敬您，命都能不要。兄弟们是非常佩服啊。"

他话已经说得非常明白了。乔东急得恨不得堵住他的嘴，可刚上前一步，就被两侧的人拦下。这帮小混混个个人高马大，往他身前一站，威胁的意味不言而喻。

乔东心里发紧，声音也大了起来："这不关我妈的事，你要怎么着我来解决。"

"您瞧瞧，我怎么说的来着？东哥就是急脾气，"胡彪笑眯眯地看着方敏，一副"我对了吧"的样子，随即叹了口气，装出副嘘寒问暖的样子，"我们真是好心，哦，还没问呢，阿姨，您这得的什么病，好不好治啊？"

胡彪说这话的时候注意力还是在乔东身上，自然就没注意到，面前的方敏那沉沉的面色上，原本无助而软弱的眼睛在听到他的话后，一点点变得决然起来。

他转过身，还要对着乔东奚落两句，却不想在他移开视线的瞬间，方敏忽然弹了起来，一把抓住了他手上的小刀。她动作算不上快，但没人能想到病恹恹的她能干出这样的事来，也就没人防备。胡彪一怔，本能地想把刀扯回来，但方敏张开嘴，对着胡彪的手背狠狠咬了下去。

也不知道这个干瘦的老女人哪里来的这样的爆发力！

胡彪哀号了一声，手上松了劲儿，小刀便倏地被抢了过去。

方敏颤抖的手握紧了小刀，笨拙地向着胡彪挥了一下，这几乎拼尽了她全部力气。

胡彪侧了下身躲开了，他脸上流露出惊讶，但很快收敛起来，他后退几步，与在病床上喘着气的方敏拉开些距离。

一时间众人都是一愣。

"东哥，你看看，阿姨这是干什么呢？"他已经压不住愠怒了，"你们可不能……"

胡彪的话未说完，乔东已经挣开那几个拦着他的小混混，硬挤到方敏身边，扶住她的肩膀。方敏还颤巍巍地举着小刀，混浊的老眼里却发着狠。

她的手被刀划出了口子，鲜血淋漓，血滴到被单上，晕成一片刺目的血色，乔东迅速地扒开方敏的手指，看到她手心深深的口子翻着发白的皮，发了疯地拍着传呼铃。

乔东从没见过她这样，记忆里的方敏虽然不讲理又嘴碎，说话总是怨气冲天讨人烦，但她总的来说算得上是个和善又怕事的人，平日里算得上谨小慎微，不爱招惹是非，哪怕年轻的时候，也从没像这一刻这么凶狠过，像只垂危的母狮在拼尽全力地嘶吼。

他当然不知道，胡彪的话句句都砸在了方敏的心坎上。方敏这一辈子担惊受怕，怕拖累别人，又怕被别人抛下。她没聋，脑子也没坏，当然知道这小胡子是用自己在要挟儿子呢，儿子又在外头惹出事了，惹出什么事她不知道，但这对头绝对不是正经人，正经人哪有找上人家爹妈来要挟的，只怕是要债的。

在刺耳的铃声里，方敏声音嘶哑而凄厉："我这是要死的病，这辈子也只剩我儿子这么一个挂念了……你们谁要弄我儿子，我就跟谁拼命！我告诉你们，我没两天好活了，我不怕你们！"

乔东按住方敏，抬头看着胡彪，眼睛里透着恨意："我再说一遍，咱们的事，咱们自己解决，我妈还得休息！"

胡彪看着他，神色变幻不定，门外已经隐隐能听到护士和医生跑近的脚步声了。他忽然轻笑一声，摸了摸自己的脖子。

"行，那阿姨您歇着，我们跟东哥出去抽根烟。"胡彪的脸上露出冰冷的笑意。

乔东心里一松，正要起身，袖子却被拉住了。只见方敏正拉着乔东的袖子，脸上的惊慌不仅没有褪去，还掺杂了一些其他的情绪，悲伤、恐惧、无助。

乔东在好些年前看过她这样，那是他爸死的时候，他爸作为院长参与制假贩假，害死了不少人。那会儿方敏还年轻，医院的苦主闹到乔东他爸的悼念仪式上，踢翻了灵位，现场一片混乱，她就蜷缩在角落，一个人抱着乔兴年的遗像，那副表情落在乔东眼里，让他记了好些年。

乔东勉强挤出一个笑容，说道："妈，没事，就是闹了点误会，说通就好了。"

接着他将方敏的手拉开，不敢再去看她的眼神，跟在胡彪的后面，与那些进来的医生护士错身而过，匆匆走了出去。

乔东跟着胡彪一路走到楼下，前头那伙人走得快，也没人回头看他。但乔东心里知道自己要是敢跑，绝对免不了一顿收拾，只能闷着声埋头紧跟着。等走到了医院背后偏僻的自行车棚边时，他刚想说点什么，胡彪回过头一拳头照着他的脸就砸了过来。

乔东的脸上结结实实挨了一下，接着头就被按在了地上，他脑子里咚的一声，意识瞬间有些断线，许久尖锐的痛觉才从四面八方传来。他迟钝地意识到自己在挨打，落在他身上的每一脚都力大无比。

随后他被粗鲁地扯着架了起来，按在车棚边的石坎上。

乔东挣扎着，又被胡彪一脚踹在肚子上，他闷哼一声，蜷缩起来，勉力睁开发花的双眼，看见了胡彪扭曲的脸上的怒火。

胡彪刚在病房里因为他们母子丢了面子，一直憋着火气。

"我上次是怎么跟你说的？"胡彪咬牙切齿，语气阴毒，"没钱就赔一根手指头，还记得吗？"

粗糙的石面搓得他掌心生疼，他的脑子仍然晕眩，胡彪的声音在他听来忽远忽近。他看到胡彪从兜里掏出一把折叠刀，抵在了他的小拇指上。

刀锋冰冷的触感压在指根的皮肤上，让乔东控制不住地哆嗦，但他还是咬紧牙，没吱声。

他不想求饶。

胡彪冷笑着："我看你能装哑巴到什么时候！"

他说完便高高举起了他的折叠刀，对着那根跷起的手指就要往下剁。胡彪的动作缓缓落在乔东眼底，乔东眼前一阵阵发黑，耳鸣声嗡嗡不断，他发起抖来，牙齿相互碰撞得咯咯作响。他不由得闭上眼，像待宰的羔羊等待刀落下时更尖锐的痛感。

在一片漆黑的视觉中，他后知后觉地想到，这种濒死的幻想名叫恐惧。

但幻想中尖锐的刺痛迟迟没有到来。

不知过了多久，或许是一两个小时，又或许不过是几秒而已，他听到一个陌生男人的声音。

"这是怎么了？要报警吗？"

这声音相当温和，又颇具力量。

乔东小心翼翼地睁开眼，看到面前站着一个儒雅温和的男人。他衣着笔挺而体面，戴着考究斯文的金丝眼镜，鬓角花白，看得出上了年纪。他身后跟着个高个的壮汉，正稳稳地捏住胡彪举着刀的右臂，叫胡彪动弹不得。

胡彪的脸色涨红，不是因为窘迫，而是他正用力试图挣开男人的钳制。

但他的努力却无济于事。

随即他的手腕被男人向后掰去，咔嗒一声，手中的小刀落在了地上。

男人松开了手，没去管警惕地向后退去的胡彪，俯身把小刀捡了起来。

他的举止慢悠悠的，却自有一种沉稳的气势。

"过来的时候听到这边有动静，就看了一眼，没想到是熟人，"男人笑眯眯的，很是温和地冲乔东点了下头，又看向胡彪，"我跟他父亲认得，只是有些年没见了……你们这是怎么呢？差钱还是差事？"

乔东认识这人，叫杜峰，算是乔兴年的熟人。当初方敏要找医院，就是杜峰找上门来，杜峰跟嘉禾有些关系，给他们牵线介绍了这家医院。

壮汉手一松，胡彪随即揉着胳膊躲到一边，瞪着这老头。

胡彪是惯会察言观色的，他瞧见不远的地方还有个年轻的男人在往老头这边瞧，穿着和老头背后那壮汉差不多，那男的站在一辆名牌车边，看架势是这老头的司机，他身边带着的就是保镖。

出门又带司机又带保镖，这排场，肯定不是好相与的人物。

"别多管闲事啊！"胡彪色厉内荏地威吓，"他欠我钱，欠债还钱天经地义！"

杜峰若有所思地点了点头，问："欠多少？我可以帮忙。"

乔东依然趴在地上，灰头土脸，鼻青脸肿。他肚子被踹得挺疼，这会儿还没缓过来，也站不起来，只觉得自己丢人丢大发了。他张了张嘴，想劝对方别掺和了，但小胡子已经先他一步说了话。

"十万。"胡彪挑衅地看着对方。

"哪他妈来的十万？！"乔东霍地抬头瞪着胡彪，忍无可忍地骂出了声音，他磕破的头顶淌着血，血在他脸上蜿蜒而下，弄得他满脸都是。

当初只是借两万救急，没半年他凑够了本金去还，小胡子张嘴就说利息已经滚到了五万，嫌钱不够把他赶走了，现在张口就要到了十万！恐怕是看杜峰有钱，想讹一笔！

胡彪皮笑肉不笑地说："东哥，你借钱的时候，我给你算过利息啊，你当时不记清楚，现在倒要赖账了？就十万，一分钱都不能少！"

他们各执一词。但杜峰什么场面没见过？他露出了然的神色，对身边的保镖使了个眼色。对方随即会意，将带着的手提包打开，摸出两包牛皮纸信封。

"这是两万，"杜峰轻描淡写地说，"本来今儿谈生意用的，你就先拿着吧，后续的……"

乔东突然接了话："我自己还。"

他一开口，几人的视线都投了过来。见乔东还被按着，胡彪摆了下手，让他的那帮兄弟放开了乔东。乔东胡乱抹了把脸上的血，他不想承杜峰的情，也不想对方被胡彪坑，于是咬着牙说："再等……一个星期，我自己还上。"

杜峰没说什么，只是点点头。

"行，那就麻烦你，缓一周。"他看着胡彪，把信封递过去，语气淡淡。

他把信封递了过去，但胡彪却没接。

胡彪虽然算不上什么大人物，但好歹在城南道上有名有姓。胡彪办事，不算不讲规矩，但也不算很讲规矩，规矩这个事，在他这里是灵活的，但也有条条框框。至少他讨债，不能是欠钱的说怎样就怎样，不然明天你说宽七天，后头他也说宽七天，七天接着再七天，人人都要无期限地宽限下去，他说的话在这帮老赖耳朵里就不顶用了，他不顶用就没了信用，对上头的债主自然也没法交代了。

当然了，威信要立，人也不能随便得罪。他背着手，慢吞吞地说："多缓一天就要多给一天的利息，这七天的利息怎么算呢？"

乔东没接茬，于是杜峰就替他说了："按规矩来。"

胡彪还是没接，好像觉得还能再摆一摆谱，他咧了下嘴角说："老板，您和这小子不算特别熟吧，我追着他也有一年了，从来没见过您哪！您说按规矩办，那是您的，上下嘴皮子一碰，话是说出来了，但到时候他拿不出来钱，我上哪儿说理去？您得给个保证啊！"

他想赖点什么，比如把这老板的具体情况套出来，乔东不给就找这老板闹。这也是他们的老手段了，不图这人真给多少，但对欠债的也是个压力。只是他这回算错了，杜峰也不是会被他这三两句话套住的人，他的脸色当即沉了下来，身边的保镖也会察言观色，上去就扭住了胡彪的手。

胡彪嚷嚷起来："你干吗？！"

杜峰把纸袋规规矩矩地放进了他的手里，瞥了胡彪一眼，声音很冷地说："我话不喜欢说两次，钱你拿了，剩下的按你们的规矩。"他话一说完，保镖就松了手。

胡彪捏着信封，脸色一通变幻，阴晴莫测。就在乔东以为胡彪要说点什么的时候，胡彪却只是打开封口，往里头看了一眼，随即瞄了一眼杜峰身后的壮汉，咧开嘴，阴阳怪气地说："行，老板都这么说了，那就再等七天。"

其实他那边人多，真干起来乔东这边恐怕干不过，但胡彪混了那么多年，也知道不必争一时短长，他把"七天"这两个字说得很重，随后又补了一句："别忘了，等得越久，欠得越多。"

他说完便带着自己的兄弟头也不回地离开了。

脑袋挨的那下让乔东的耳朵里耳鸣声仍嗡嗡不断，脑门上温热的血流正缓慢流淌下来。他没力气思考，好半天只憋出一句："你来干吗？来见我妈？她应该不想见你。"他想了想，觉得对方刚替自己解了围，又是长辈，他不该是这个态度，于是又老老实实地加上了称呼"杜叔"。

杜峰确实是乔兴年的熟人，但具体熟到哪种程度不好说。杜峰觉得他们是朋友，但方敏觉得是仇人。具体如何乔东并不知情，只听说当年乔兴年是杜峰的领导，对他有知遇之恩，市场开放后，杜峰离开医院出去单干，两人还时常有往来，直到乔兴年出事。

当年乔兴年的追悼会上，杜峰是唯一一个带着花圈正儿八经来悼念的，却也是唯一一个被方敏抄着笤帚赶出去的。自那以后，每回杜峰想联系他们，都会被方敏拒绝。她也不许乔东跟杜峰来往，但每次乔东问原因，方敏便遮遮掩掩，从不提为什么。硬逼着问，她就来一句当初你爸都是被他害的，问怎么害的，又说不出来了。

她就是特恨他，但又说不出道理。

杜峰摇摇头，金丝镜框下的双眼眼角已延展出深深的纹理，但眼睛里的神色却相当沉静。他温声说："护士给我打电话说出事了，我才急着过来，你妈现在生病，好好休息最重要。"

杜峰和这家医院的院长有点关系，毕竟他现在还在做医药生意，手底下有个挺大的企业，和市里的医院或多或少都有往来。这事乔东一直瞒着方敏，生怕她知道了不肯治。

乔东点点头说："那我先上去了，免得她担心。今天谢了，那两万……我会想办法还你的。"

"还倒不用，"杜峰摇了摇头，"不过有个事，我想请你帮个忙。"

乔东也没觉得高兴，反倒很警惕地问："什么事？"

"当年乔大哥去世前，留下了一些东西，"杜峰语调平淡，"不是什么重要东西，但对我来说也算纪念，你帮我问问你妈，那些东西，她放在哪儿了。"

他并没有说是什么东西，语气也稀松平常。但不知怎的，乔东看着他和善的面孔，心里却有些犯怵。

乔东没答应，只胡乱嗯了两声，转身往住院部大楼走。走进大厅里要拐弯的时候，他回头看了一眼，发现杜峰仍然站在原地，背着手，脸上还是那副和善可亲的面容，像戴着一副面具。

他满脑子都是杜峰的话，一时忘了头顶的伤，等回病房被方敏提醒才反应过来。他没想好怎么解释，哼唧了半天，最后只能拿"解决就行了，别问那么多"搪塞过去，把他妈给气得够呛。

"我看你就是想气死我！"她又开始抹眼泪了。

乔东叹了口气，觉得没必要再拿杜峰的事来烦她，于是把脑子里的问题压了下去。正好小护士拿着绷带和碘酒进来，乔东干脆拿包扎当借口，拖着小护士就跑了。

他草草把伤口处理好，便开始往家赶。姓胡的找上医院这事给了他紧迫感，他必须尽快拿到钱，把手头的债还了。不然这次能找上医院，下次指不定会干什么呢！

说不准他进局子那事就是拜他们所赐。

可眼下，他不敢背着他妈去求杜峰帮忙，申菱是他唯一的指望。她那些事危险了点，但险中求富贵，他现在根本没得选。

他想得挺好，但等他从医院回来看到电脑屏幕上成排的消息时，心却像沉进了海底，冷了下去。

从乔东家到新星商场算不上远，大约半个小时车程，但……

他木然看了一眼挂在墙上的时钟，它正指向 5 点 58 分。他在医院耽误了太久，按现在的车流，过去最起码要四十来分钟，只怕是来不及了。

QQ 还在嘀嘀作响，乔东咬着牙，敲了几个字回复，就拿起车钥匙跑了出去。

果不其然，路况如他所料，正值下班高峰期，道路堵塞让他在半路几乎动弹不得。好不容易抵达新星商场，成批警车围在商场周围，警察正在现场搜寻着混入人群中的嫌犯。显然一切都太迟了。

他自然也就不知道，此时在距离他几公里的家里，申菱一句又一句的质问在电脑上刷了屏。

白宇平：你又错过了，你在干什么？

白宇平：你到底想不想要钱？想不想救你妈？

白宇平：说话！我知道你在！

…………

白宇平：不想干就别干了，把电脑卖给别人！

白宇平：难怪你一事无成，你这种人能干成什么事？！

…………

第六章

10 月 23 日，晚上 7 点 21 分。

申菱眼睛充血，守在电脑前，她捏着死亡认定书的指节因用力过度而发白。

她的手机在桌上振动着，屏幕上的来电提醒是"妈"。申菱冷漠地扫了一眼，没管它。白宇平出事后，她只匆匆向公司请了个长假，没跟任何熟人联系过。

她的手机未读短信里塞满了虚情假意的问候，她知道他们背后的潜台词，等着看她笑话的同事，觊觎白宇平保险金的亲戚，以及大多数算不上熟悉却满心觉得她可怜的熟人。那种可怜背后透着种洞察一切般的自鸣得意，背后议论时，他们会用感慨万千的语气说，当初我就预感她会出事，但不好说出来云云。

而她妈就是这样的万千熟人中的一员。

她最恨被人这样可怜，仿佛她时至今日所选择的一切，都是一场虚妄的笑话。

这一天一夜，她一直在盯白宇平的死亡认定书。如果乔东成功了，认定书理应第一时间发生改变才对，但什么都没有发生。

申菱的心在等待中一点点沉下去，从希望到失望，从失望到绝望，到了最后，生出了怨恨。她不明白让白宇平别出门这么简单的一件事，乔东怎么就几次三番地办不成。

东哥：对不起。

东哥：海 E6407，这是当时那辆中包车的牌照，希望对你有用。

申菱冷笑着敲着键盘。

白宇平：你应该今天早上就告诉我。

乔东没再回复，申菱也不在意，她因疲惫而变成一团糨糊的大脑仍在迟钝地思索着：单凭乔东是靠不住的，她必须得自己做点什么。

这些线索在自己手里毫无用处，它们真正要发挥价值只有靠专案组。

申菱想到这里，突然感到胃一阵抽痛，这才想起来这一天她没怎么吃东西。申菱硬撑着爬起来，去厨房给自己煮了碗面条，囫囵地吃下去。

她得撑下去，只有她才能救白宇平，她必须撑下去。

她得把这些消息以合适的方式传递给警察，哪怕有危险，如果警察能借由线索找到真凶，为救下白宇平创造机会，那么冒点风险也是值得的。

但是她得想个办法，一个像样的办法。

申菱放下碗，随意地擦了擦嘴，咬着指甲。

窗外楼下，三三两两的小孩正凑在一起玩闹，声音透过窗户传了进来。她看着他们，一个计划在心中渐渐成形。

夜深了。

姜广平本打算去物证管理中心再翻一遍物证，可刚走到市局门口，就被拉着个脏兮兮的小孩的申菱堵在了门边。

自从小杜上回把申菱放进办公室后挨了姜广平一顿臭骂，他就不敢再随便安置来访人员了，尽管申菱一再强调自己有重要线索，也还是被按在接待室老老实实地等待。

她在接待室里徘徊踱步，听见门口的声响就要站起来看看。一见姜广平出来，她就赶紧把在座位上打盹的男孩拉起来，跑过去堵在姜广平面前。

姜广平被吓了一跳，满头雾水地看看她，又看看那脏兮兮的陌生小孩，问道："申菱？你怎么来了？这哪来的孩子？"

"宇平那案子的证人，他看见宇平那天被带走的时候坐的车了，"申菱把男孩往前推了推，低下头对着男孩说，"你跟警察叔叔说说，怎么回事？"

小孩的表情有些僵硬，说话磕磕巴巴的像在倒豆子，他说他住在城中村，一周前的半夜在街上打球，看见一个男人被好多人追，最后他上了一辆中包车跑了，这几天家里人看本地新闻，他才发现报纸上报道的遇害记者就是自己见过的那个男的。

男孩说一句看申菱一下，好像生怕说错了什么。

"我拿照片给他看过了，是宇平，"申菱急切地说，"而且这孩子看见那辆车的牌照了。"

她说着，又推了一把男孩，示意他快说，这动作落到姜广平眼里，让姜广平皱了皱眉头。

"车牌号是海 E6407，是一辆白色的面包车。"男孩一口气说下来，"你们快去抓坏蛋。"

姜广平按了按太阳穴，叹了口气，抬眼看申菱，问道："这小孩你从哪儿找到的？"

他还是起疑了。

申菱心里有些紧张。这孩子是她去城中村花一百块钱雇来的，来前定好了，让说什么就说什么。可干刑警的都是人精，这孩子又不太会骗人，想必姜广平一眼就能看出有问题。

申菱倒不怕姜广平看穿她撒谎，只是怕她费尽心思传递的信息被对方忽略。

"我在城中村找着的，"申菱意有所指地回答，"宇平之前老往那边跑，我忘了跟你们说。"

她当然不是忘了，她是今天才知道。

申菱说话的时候，姜广平就直直地看着她的眼睛，老警察的目光像把尖锐锋利的刀子，带着强烈的威慑力与压迫力，压得她心里发虚，她只能尽可能坦然地回望过去。但只有她自己清楚，她的手心已经全是黏腻冰冷的汗水。

问那么多干什么，查了再说啊！她心想。

但姜广平却不肯放过她，他语气严肃，对着小孩厉声质问："车牌号你记得没错？事情都过去一星期了，大晚上的，光线那么差，你怎么能记得那么清楚？"

小孩哪经得住他吓唬，一下心虚起来，不敢接姜广平的话。

姜广平见状，更笃定自己的判断，他板着脸，加重了语气说："我得找人证实一下，你老师和家长叫什么，我得叫来问问。"

听到叫家长，男孩被他吓愣了，嘴巴一撇，哇的一声哭了出来。

这一哭，就露馅了。

申菱赶紧把男孩揽住，轻轻拍着他："别哭了，叔叔逗你呢，不找你妈妈。"但男孩抽抽噎噎的，停不下来。申菱咬着唇看着姜广平，也不管自己理不理亏，硬着声说："你有什么觉得不合适的地方，跟我说，别吓唬孩子。"

姜广平抓了抓头发，有些无措和尴尬，他一向不会对付孩子，尤其是又哭又闹的孩子。一阵敲门声救了他，他抬头一看，是徒弟小杜。

"师父！那天晚上拉白宇平的司机找着了！"小杜满脸兴奋，"李玲刚给他做了笔录，急着找你汇报呢！"

姜广平头一次觉得有个没眼色的傻愣徒弟也不是件坏事。他点点头，犹豫了一下，又含糊地说："你找个人过来，照顾一下这边。"他说完就要跟着小杜出去，却被申菱拦住了。

她有些忐忑，但还是鼓起勇气说："姜警官，那个车牌，烦劳你一定得……"

姜广平身上那股子瘆人的威慑感也淡了，他说道："有线索我们就会核实，你再有什么消息，直接跟我说就行，得说实话。"

他说完也不再耽搁，出门离去。申菱怔怔地看着他离开的背影。

门被砰的一声带上，申菱松了口气，坐回椅子上，才发现自己手脚都有些发软。没一会儿进来了个陌生的女警，给她送了杯茶水，想来是姜广平叫来的。申菱感激地拿着杯子，忽然想起另一件事情。

她问那年轻女警："之前你们拘的那个乔东，现在放出来了吗？我能不能见见他？"

申菱提出这要求时，本以为会被对方拒绝，毕竟按规定，受害者家属不能私下接触嫌疑人，她甚至都找好了借口，可那女警却只是疑惑地看了看她。

她说："我们这边没拘过叫乔东的人啊。"

但短暂的停顿后，她露出了恍然大悟的表情："哦，对了，你说的是那个案子的嫌疑人吧，好像叫这名，我们传唤过，暂时没有找到证据，已经给放走了。"

同一时刻，一墙之隔的警局楼道里，姜广平接过了小杜手里的笔录资料。

翻开资料的时候，他脑子里还是申菱漏洞百出的谎话与古怪的举止。他觉得申菱绕了一个大弯只为了告诉他这么个车牌号，却不明白她为什么不肯直接说清楚，是弄来线索的渠道见不得光，还是她的怀疑没有证据？

他甚至在掂量这线索到底有多大价值，但这份掂量在打开笔录的下一刻烟消云散。

在调取酒店的监控之后，警方找到事发当晚白宇平离开时搭乘的出租车，他们通过出租车公司找到司机，下午刚把人传唤到局里作证。

此时此刻，在这份记录上，一行字被用细笔打了圈。

"10 月 12 日晚 7 点余，司机搭载受害人前往城中村。"

就像是冥冥中找到了两块看起来不大合适的卡扣，按在一起却严丝合缝地卡紧，发出咔嗒的一声轻响。姜广平停下脚步，盯着这行字，看了足足两分钟，随后他啪的一声合上笔录，掉头往另一个方向快步走去。

跟在他身后的小杜愣住了，不明所以地追上来。

"怎么了师父？"小杜问。

姜广平顾不上解释，从兜里摸出本笔记本，在上面飞快地写下海 E6407，交给小杜，言简意赅地传达命令："叫李玲查一下这个车牌号，通知专案组所有人开会，准备排查城中村。"

他深吸了一口气，眼中闪出熠熠的光彩，他知道，这次这混账绝对跑不了了。

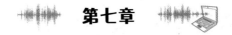

第七章

10 月 24 日，晚上 7 点 54 分。

深秋入夜早，这会儿外头已经是一片漆黑，下着淅淅沥沥的小雨。

挂着海 E6407 牌照的白色中包车停进了路边的停车位，车子熄火，一个四十岁出头的男人从车里钻了出来。

他小心谨慎地环顾四周，这会儿街上没几个人，只有街角停着辆亮灯的夏利，司机靠在车边打着电话骂骂咧咧。

没人注意到他。

男人打开后备箱，从里面提出一只箱子，三步并两步地进了近旁的利民药店。

药店门脸刷着斑驳的灰漆，外头刚下过一场雨，招牌沾上了不少泥点子，脏兮兮的。他进去的时候，帮忙看柜台的小妹还在，见他来了，打了个招呼："徐宏大哥！"

徐宏把箱子藏在背后，点点头："早点下班吧，店里我看着。"

小妹应了一声，收拾东西离开了。

徐宏走到柜台边，把箱子塞在柜台下方顶里头，小妹前脚刚走，他后脚就把店门口"营业中"的牌子翻了个面。

他前一天跟那边说好了，今晚带着钱去见前妻许楠和女儿媛媛。那帮人狡猾得很，他们见不着钱，徐宏就见不着人。这可能成为自己见她们的最后一面。媛媛一岁多的时候，许楠带她去庙里求平安符，算命的都说媛媛有富贵相，一生顺遂。这一生顺遂不该有他在，有他这个注定吃牢饭的人拖累，她怎么顺遂得起来？

她们拿了钱，就能找个安全的地方过舒坦日子，以后的人生和徐宏再无关联，再也不必因为他而受到那帮人的为难。

就在他要锁门的时候，玻璃门却突然被人砰的一声猛地推开来。

一对二十岁出头的年轻男女跌跌撞撞地进来，男的高高瘦瘦，看起来有些呆，而女孩捂着肚子，面露痛苦，男孩揽着身边的女孩，让女孩靠在他的肩膀上。

"老板，有止疼药吗？"男孩的脸上浮现出慌张，"我女朋友她，她不太舒服。"

啧，麻烦。

"止疼药是处方药，没处方不卖。"徐宏皱着眉头，"我要关门了，你带她上医院吧。"

女孩拉住了他的手，可怜兮兮地说："叔叔，我可能是中午吃坏肚子了，这里去医院还有好远啊，我明天要上班的，你帮帮忙吧。"

女孩的手很软，眼神可怜巴巴的，温和又无害，这让徐宏想起了媛媛，他觉得媛媛长大了也会是这样，出落得漂亮又讨人喜欢，开开心心跟个傻小子出来玩，但他肯定见不着了。

这么一想，他甩开手的动作就有些犹豫。

这犹豫被那女孩看出来了，她轻轻踢了一脚男孩。

"肠胃药也行，我不懂这个，"男孩挠着头，"您帮忙看看到底该拿点什么药吧。"

徐宏迟疑了片刻，又上下打量了两人一番，这才走回柜台边，从底下摸出一盒药来，放在柜台上。

"二十八。"他随口说。

男孩怔了怔，随即喜出望外，边答应着"好嘞"，边摸着裤子口袋找钱。他摸了一会儿，突然"咦"了一声，又去翻另一边的裤兜，翻得满头雾水，自言自语道："我钱呢？"

女孩捂着肚子看着他，看起来快哭出来了："你有病吧杜阳，出门不带钱啊！"

徐宏也不着急这一时半会儿了，于是兀自从兜里掏出根烟来叼上点燃，看着他俩在那儿相互埋怨。所幸男孩还是从外套兜里找出了三张十块钱的纸钞来，红着脸放在柜台上。徐宏有些好笑地把钱收起来，正要找零，却听见女孩"嘶"了一声捂着肚子蹲了下去。

"叔叔，"女孩眼泪汪汪地说，"我，我想上厕所，你这儿有没有洗手间借我用用？"

徐宏摸出两枚一块硬币，闻言手上一顿，心里涌上些许怪异感，但他来不及细想那种怪异感来自何处，又听到女孩有些怯怯地说："我很快的，真的有点忍不住了……"

"唉，行吧行吧！"徐宏无奈地把硬币扔在桌上，指了下右手边的一道小门，"那里进去，走到头就是，搞快点，别碰我的东西。"

女孩应了一声，弓着背捂着肚子就往里头跑。

她推开那小门，眼前先是一暗，随后才一点点看清事物的轮廓。门后是一道狭窄的走廊，走廊上没灯，只有一侧开了扇小窗，黯淡的月光透过毛玻璃照进来，勉强可见这阴暗逼仄的窄小过道的粗糙的轮廓。

过道边堆了不少垃圾，有些无处下脚。她缓步走到厕所门口时，发现在厕所的旁边还有一扇不起眼的深色木门，门没有关严，开了一条细细的窄缝。

女孩好奇地凑了过去。

门里几乎是全然漆黑的一片。靠着窗外投下来的一点光线，她隐约看到了地面上灰尘的痕迹，四处凌乱不堪，像是什么东西曾在那里挣扎过。

"别碰我的东西。"她忽然想起了老板说的这句话。

女孩看了一眼身后那扇虚掩的门，隐约听见男孩正和店主在聊些什么，不甚清晰。没人注意她，她于是回过头，抬起手缓缓向那扇小木门伸去。

在一声极细微的"嘎吱"声中，那扇不起眼的门被推开了，她向前两步，脚边却踢到了一个装满了水的塑料桶。

女孩险些被绊一跤，她踉跄两步，站稳重心，随即摸索着向木桶伸出手。

在哗啦的水声中，她摸到了一条粗麻绳，绳子因为沾了水而沉甸甸的。

她侧过头，从兜里翻出手机，打开来提供一点光源。借着微弱的光线，她眯起眼，观察着这根粗绳。粗绳被磨得竖起了一层细密的毛刺，在绳子的一侧，遍布着某种暗红色的痕迹，带着股若有似无的铁锈味道。

那是血迹。

徐宏看着那女孩的背影消失在门后，吐出一口烟圈来，正吹到男孩脸上，男孩咳嗽了两声，退后几步。

"大小伙子闻不了烟味可不行。"徐宏笑着，过来人似的给他讲道理，"以后赚钱谈生意，烟酒都得适应。"

男孩只是皱了皱眉，却没有反驳。他退到一边，拿出个随身听，戴上耳机，听起歌来。

徐宏见状很是没劲地哼了一声，今晚他总有种怪异的不安感，也不知这种不安感从何而来，好像他忽略了什么，这让他有些心慌。

他眯起眼睛，看着外头的街道。街角的那辆破夏利还停在那儿，开着大灯，照得他心烦。从房檐和树叶上滴下来的雨水不时打在地面的水洼上，把门口那片水洼里的暗橘色的路灯倒影搅出细碎的波澜，诡异而扭曲。

哪儿出问题了吗？徐宏烦躁不安地仔细回想着。

他平时是9点半关店，今天因为要处理事情，打算早走，其实外头雨刚停，再等也不会有什么生意，这个时间点，除了那些出来遛弯的老头老太太，街上也不会有其他人了。

这么一想，徐宏突然发现奇怪在哪儿了，雨停了，那帮老头老太太最爱这个点遛弯，他们遛弯就沿着这条路走，可今晚这条路上，除了刚刚进来的这对小情侣，一个人都没见着。

对了，刚下过雨，这对情侣的打扮又明显不是刚从家里出来的，怎么会一点没淋湿呢？他们可没带着伞！

徐宏不动声色，手却探向柜台下摸出一把水果刀，接着站起身往那扇小门里头走，没走两步，胳膊就被人拉住了。

男孩神色有些紧张地拽着他："我女朋友还在里面，老板，你不方便进去吧。"

"她太慢了，"徐宏声音生硬，"我要关门了。"

"我去叫她吧。"男孩说着就要往里头去，徐宏被他挡了一步，眼见他往里头走的时候却按住了随身听的耳机。

这种时候听歌？

不对，徐宏突然反应过来，谁说连着随身听的耳机里放的就一定是歌呢？

变故于顷刻间发生。那男孩一把扯掉随身听，扭头向徐宏扑过来，但徐宏反应出奇地快，几乎在同一时间就向旁侧闪开！

他随即往门口冲去，却听见门被撞开的沉重闷响。

"别动！"有人大吼着，那是两个穿着蓝黑色警服的男人冲了进来。

是警察！警察早在周围布控了！

而刚刚的女孩不知何时已经从小门里跑了出来，和男孩一起堵住了另一条通道的去路！

徐宏举起水果刀，猛地一划，把面前几人逼得退后几步，趁机挤进药店最里侧角落的货架边，看着一屋子的警察——无论是穿着警服的，还是便衣——慢慢逼近他。就在所有人都以为他已无路可逃时，徐宏却突然一把拉倒货架，砰的一声巨响，货架砸倒在柜台上，药品哗啦撒了满地。

墙上露出了一扇半开的小窗。

趁着满地的药品阻挡了众人的路，他飞快地从柜台底下抽出手提箱，矫健地爬上窗台，从窗户跳了出去。

窗户有些高，他落地之后打了个滚，身上被硌得生疼，但他不敢停下，只能一门心思往前奔跑。他很久没这么不要命地逃窜过了，这会儿嗓子眼里都是血味。所幸侧窗后头的巷道通往前门，车就停在巷道口，并不算远。

徐宏不知道这帮警察是怎么找上他的，但他现在还没有束手就擒的打算。

他三步并作两步地冲出巷子，跑到车边，正要拉门上去，一个黑影却从旁侧猛然撞过来。

徐宏腰间一痛，只觉得眼前天旋地转，随后脸狠狠地砸在地上，燃烧起火辣辣的痛觉，手提箱被摔到了一边。身后的人干脆利落地把他的双臂扭到背后，膝盖一顶，死死压在徐宏的腰上。

徐宏努力地扭过头，看见这人正是门外那辆夏利车边一直打电话的司机。

随后是杂乱的脚步声，由远及近。

手腕上传来冰冷的触感，咔嗒一声，一副手铐铐在了他的胳膊上。身后的那人是姜广平，他将徐宏拉了起来，粗暴地按住他，向外头走去。几个警察聚了过来，将他团团围住。

徐宏想起了这天晚上自己本该去见的人，见不上了，他也没机会跟她们说一句别等了。

这就是命，他闭上了眼睛。

警车一路呼啸着回到局里时已经是深夜，但所有参与行动的人员都没有休息。现场勘察的人已经连夜赶往药店进行搜查取样，李玲和小杜则忙着把找到的物证提交化验。

那是一截还带着点血痕的麻绳，被丢在了小仓库的最里头，可能因为血迹不明显，徐宏忘了处理它。只要麻绳上的血迹确认和白宇平匹配，这案子基本就告破了。除此之外，徐宏带回店里的手提箱里有十万块钱现金，他们核对了编号和标记，正是当初申菱交的赎金。

在李玲和小杜扮作情侣进入药店试探徐宏前，姜广平没有十足的把握：警方手里其实没有证据。以往的经验来说，最好跟踪几天，掌握确切证据后再抓人。

但眼下时间却有些来不及。绑架案救援失败导致撕票，再加上白宇平的记者身份，那帮媒体在这案子上不吝笔墨，已经大肆渲染了好些天。在产生了相当广泛的社会影响后，局里也给姜广平添了不少破案的压力。

姜广平只得在领导面前立了个军令状：半个月以内必定破案，破不了案他脱警服走人。

排查徐宏的车牌号和走访目击证人整整花了警方一天的时间。刑侦支队副支队长带着大部分人手上城中村走访，这才找到了能与那小孩的证言相互佐证的证人。

时间不等人，当时李玲提出了一个冒险的方案，由她和杜阳冒险接触徐宏以搜索证据，姜广平则提前和上头打好招呼，一旦发现证据，马上实施逮捕。

别看她平时说话和和气气的，但在做事上一直是个作风凌厉的姑娘。

所幸一切进展顺利。姜广平无比兴奋，一回来就把徐宏带进了审讯室。人赃并获，徐宏没有过多的挣扎和犹豫就认了罪。

"人是我杀的。"他的语气毫无波澜，好像在陈述一个与自己无关的事实，"他送我蹲了三年大牢，我就让他还我两百万，再送他见阎王爷。"

这事其实李玲在从车管所查到徐宏的牌照后就发现了。

徐宏有犯罪记录，被判过三年刑。三年前，他因为伙同医院向癌症患者贩卖假药被捕，这事儿是被一个记者调查挖出来的，一度在本地闹得沸沸扬扬。

这个记者，就是白宇平。

监狱是个见惯了人性凉薄的地方，这期间他老婆跟他离了婚；他七八十岁的老父嫌他丢人，跟他断绝了关系；只有他母亲会背着家里人，偶尔来探望他。

出狱后，徐宏孑然一身，厚着脸皮借了他母亲攒的一点家底，在临近城乡接合部的地方租了个破门脸，干起老本行来。当然，他开的是没有资质的黑药店，专卖临期药给没有本地医保、买不起正价药的外地打工仔。

但老天并不打算就这么饶了他，没多久，他就被查出得了癌。专坑癌症病人的假药贩子最后得了癌，也算是报应。但他不觉得，他看着那张鉴定通知书，忽然间恨意就冲上了头，他恨透了毁了自己人生的白宇平，所以他要报复。

徐宏交代的过程语气冷淡："那段时间我老开车跟他，有天晚上他把我当拉黑车的了，我就趁机会把他打昏，绑在店后头的仓库里，店里平时就我一个人，天天住那儿盯着他，他跑不了。等骗他老婆拿到了钱，我就把他杀了，尸体扔城南的护城河里，就这么简单。"

姜广平看着徐宏签字确认的笔录，深吸了口气，让年轻的同事把徐宏押回看守所。一切终于尘埃落定，他转了转脖子，决定抽根烟放松一下。他走出公安局大厅，刚把打火机摸出来，面前突然堵了个人。

是申菱。

姜广平有些愣神，一句"你怎么在这儿"还没问出口，已经被申菱一把拽住。

"抓的是我说的那个人吗？那个开面包车的？"申菱颤着声问，"你们在哪儿抓到他的？"

姜广平试着把申菱的手推开，却发现这女人的双手已经死死抠住了自己的警服袖子，过度用力的手臂上鼓起了青筋。

这是怎么了？姜广平有点犯嘀咕，但还是摆出公事公办的姿态说："你不要太着急，现在还没有定性……"

他的话还没说完，就被打断了。

"我问你，是在哪里抓到他的？在哪儿？"申菱的声音近乎咆哮。

她的双眼中透出一种异样的色彩。

那是姜广平看不明白的东西，歇斯底里的兴奋与偏执。

申菱急匆匆地回到警察局对面的咖啡厅，靠窗的位置杂七杂八地堆着写满笔记的纸张，她把这些东西向一侧推开，把白宇平的笔记本电脑放在桌上。

笔记本电脑她一向随身携带，免得出了什么岔子。

她把雇来的小孩送回去以后，便坐在这儿盯着警察的动向，中途实在扛不住，趴在桌子上昏睡过去，等醒来时看到成队的警车呼啸而回，她就猜到有结果了。

申菱打开 QQ，正要给乔东发消息，映入眼帘的却是自己早前发给乔东的话。

白宇平：难怪你一事无成，你这种人能干成什么事？！

这条之后，乔东隔了很久才回复，他没解释也没找补，只撂下简单的"对不起"三个字，就再没回任何消息。

申菱的手指放在键盘上，一时不知道该如何组织语言。她担心自己话说过头，把乔东得罪了，他真一撂挑子不肯干了。

其实白宇平的脾气她清楚，倔驴一样，他打定主意的事哪是那么简单就能拦下来的？她自己劝了那么多年，照样没结果。只是当时她心理落差太大，一时情绪失控，打出来了这么一句话，现在冷静下来想想，多少有些后悔。

她思索片刻，决定从乔东最关心的事情入手。

白宇平：还在吗？

白宇平：刑拘的事，我问了，不知道你怎么做到的，但已经改变了，你安全了。

白宇平：你能改变自己的命运，也一定能改变他的。

白宇平：之前是我的错，我太急，话说得不对，但他真的是个好人，现在只有你能救他，求你一定要救他！

她打完这一大段的话，见对面仍没有回复的意思，只能硬着头皮继续往下写。

白宇平：警察查到了，宇平在你现在的时间，被关在一个叫徐宏的人的药店里，地址是城厢西路底商 13 号。

白宇平：我准备好了所有的股票号码，现在可以先给你一批，当我预付的钱。后续的，只要把宇平救回来，你要多少就有多少。

她坐在电脑前，听着时钟的秒针咔嗒作响，捏着手指，她觉得自己像回到了交完赎金等消息的时候，等待着一个未知的结果。

幸运的是对方没有那么不近人情，至少他愿意考虑考虑她的条件。

东哥：好。

漫长的沉默后，他如此回答。

第八章

10 月 15 日，夜里 12 点 54 分。

电脑另一端，乔东捏着烟头，看着电脑屏幕上对方发来的一行行的字。他喝了点酒，有点迷瞪，想哑巴一口烟，却发现烟头的火星不知道何时已经灭了，于是叹着气，摇摇晃晃地站起来，从工具箱里摸出把榔头。

这玩意儿和酒都是壮胆的好东西。

他其实不太想去，怕惹上事，前一天看到申菱发的那话的时候，他以为这事就到此为止了，心里感觉也挺复杂，一方面庆幸不用再冒险了，另一方面又着急接下来上哪儿弄钱，接着他发现，这一下午，申菱的话都时不时在他脑子里打转。

他想着"你这种人"几个字，觉得憋屈，心想：我这种人，我是哪种人？

其实像申菱这种读过书又有点钱的人他见得多了，他们骨子里看不起他，面上却爱端着，他早习惯了。不说远的，自打他被讨债的找上门后，房东都巴不得他早点走人。上回来收钱，她还带着孙子，出门时挺大嗓门跟她孙子说："瞧见没？你不好好读书就跟这种人一个下场。"他当时就想，这跟读不读书有什么关系，这是投胎的问题。

也赖他，昨天他要能狠得下心，直接冲过去照白宇平脑门上来一棍子，把他弄回去，也就没今天的这事了。

乔东赶到药店时已接近半夜2点，居民楼基本都灭了灯。他远远绕着药店从前到后转了两圈，才找到了一扇没关严实的窗户。借着路灯的光从那扇窗户望进去，只能勉强看清药店里货架的影子。他在窗外徘徊了几分钟，咬着牙根给自己鼓了半天劲，才小心翼翼地把窗子推开，翻了进去。

"咔啦"一声，他的脚踹到了某种轻飘飘的滚圆的东西。是一个易拉罐，咕噜噜地向着走廊深处的黑暗中滚去，撞到了墙壁上后反弹回来，发出尖锐的动静。

乔东僵立原地，手里紧紧握着榔头，鼻子冒汗，耳边是剧烈的心跳声和急促的呼吸声。他一动不敢动，生怕把徐宏给吵出来。

他记得申菱说过，这家店里平时就徐宏一个人，天天晚上住这儿盯着白宇平。

他等了很久，屋里也没有半点动静。

乔东庆幸之余难免有些疑惑，借着微弱的光线，他看清了地面乱七八糟的样子，这狗东西不知道堆了多少垃圾。他只能小心翼翼地把窗户关好，随后握着榔头，谨慎而顺利地走到那扇小门边，伸手推门。

木门被推开时发出的"嘎吱"声响，在一片寂静的深夜里尤为刺耳。

乔东一把按住木门，留下一条细窄的缝隙容自己挤进过道。

走廊的尽头是厕所，或许是平日里不怎么打扫，他已经能闻到里头的阵阵恶臭。侧面开了两扇门，顶里头就是小仓库，外头这扇门虚掩着，顺着门的间缝，他看到了一张破烂的单人床，床上隐约有人裹着一团被子。

他猜徐宏大概是喝蒙了，现在正睡得像头死猪。

乔东屏住呼吸，一步步向前。这段距离很短，但他走得很慢，迟缓得让他觉得自己的心跳都显得无比清晰。

下午他左右等不来申菱的消息，心里不舒坦，上张平那儿蹭饭的时候喝了瓶假二锅头，醉醺醺地问张平："你说咱这种人，这辈子是不是就这样了？"

张平嚼着花生米，反问："不然你还能咋的？"

是，还能咋的？三十好几的人了，哪来那么多雄心壮志？能把日子过下去就不错了。

他也清楚，申菱一辈子没过过他们这样的生活，他也一辈子理解不了申菱的世界，他们是两路人，不过是一个给钱一个办事的关系。

所以他看着电脑屏幕上"你安全了"四个字，心里终于明朗起来，靠着申菱他知道了自己的未来，在医院延了一星期还债的时间，未来就这么改变了。这就挺好的了，日子还能继续过下去，他还拿了钱，他得谢谢申菱才对，有什么不满意的？

过好现在就得了。

乔东继续向前走着，小仓库的门离他越来越近。

他开始思考门后的白宇平会是怎么个蓬头垢面的样，他要怎么说才能让对方信服，转念一想，不对，他是来救人的，白宇平还能怀疑自己这个救命恩人？他应该跪下说：谢谢东哥，我再也不欠你钱了。

这短短几分钟，他想了很多事，可当他走到那扇关着白宇平的房间的小门前时，却突然感觉到古怪——这屋子里未免安静得过头了。

姓徐的在杂货间里关了个人，真能放心大胆地喝醉了睡大觉？白宇平被关在那么一间小破房间里天天挨打，居然会一点挣扎和呻吟的声音都没有？

月光从背后那块布满灰尘的毛玻璃后头照进来，把这扇小门的铁质把手照得轻微反光，乔东从那一点点的反光中看到了因扭曲而膨胀的自己的影子。

他的手已经放在了门把上，不安和焦虑感在他的脑子里嗡嗡作响。他听到自己的心跳声越来越急，右眼眼皮也跟着抽风似的跳起来。

他按下了把手，咔嗒一声。

没有推开，门被卡住了。

开什么玩笑！

乔东觉得自己一瞬间要昏头了，使劲按了两下把手，门把手发出暴躁的咔嗒咔嗒声，但门锁仍然纹丝不动。这两声动静把乔东的理智往回拽了一点，他清醒过来，扭头看了一眼卧室的方向。

没有人出来。

他松了口气，看着那扇小门，脑子里只纠结了不到半秒，终于一咬牙，使劲地按下门把，猛地撞了上去。

他和白宇平两个人，难道还能打不过一个徐宏？

砰的一声巨响，卡住的门被成功撞开了，乔东钻了进去，随后迅速用身体把门顶上，以免被赶来查看情况的徐宏抓住。他靠在门板上，急促地呼吸着，接着，长长地松了口气。

但随即，他愣住了。

幽暗的月光从天花板边缘的隔窗照下，让房间处于一种恰好能被看清却又隐约模糊的状态，借着这点光，他扫视了整个小仓库。

这里空空荡荡，并无一人。

他来不及搞明白眼前发生了什么，就听到一阵汽车发动机的声音，车前大灯的光透过背后模糊的毛玻璃，一晃划过整个走廊。

有人来了！

大灯熄灭的瞬间，乔东当机立断冲回了药店。

门外很快响起了脚步声，悠闲、缓慢而迟钝，它一步步接近，缓缓来到了卷帘门边。

接着，是钥匙串的声音，它们相互碰撞，在寂静的深夜里叮当作响，隔着一道卷帘门声音仍然清晰。

乔东冲到窗边，推了下窗户，却发现窗户的风撑因为生锈被卡住了！他看了眼卷帘门，他已经听到钥匙插进门锁里的声音了。

不能再等了。乔东一咬牙，抬起胳膊肘猛地一撞，窗户咣当一声直挺挺向外被撞开，露出外头的小巷，他手一撑跳了出去。

就在他落地的刹那，背后传来卷帘门咯啦啦被拉起的声音，淹没了他沉重落地的脚步声。

乔东不敢停下，大步向巷子外的大街跑去。

拐角处，一辆白色中包车斜插在巷口一侧的两棵树中间，车头对着药店积满灰尘的毛玻璃窗。他从车屁股后跑过去，匆匆往后窗里瞥了一眼。

那是辆普普通通的面包车，车里一片漆黑，却仍看得出里面空无一人。

乔东冲到路边，一把拉开桑塔纳的车门坐进去，锁好了门窗后，哆哆嗦嗦地点了根烟。他的手抖得几乎夹不住那根烟，心脏鼓动得几乎要从胸腔里跳出来了，他感觉自己一辈子没这么慌过。

透过前车窗玻璃，他看着不远处拉到一半的卷帘门和门里的光亮，心想：错了，所有人都弄错了，不管是警察、申菱还是他。

人根本不在徐宏手里，他后边还有人，他们都被徐宏给骗了。

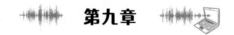

第九章

10 月 25 日，夜里 12 点 54 分。

姜广平捧着他的搪瓷茶杯，顶着一盏昏暗的台灯，翻阅审讯记录和尸检报告。

到了后半夜，局里除去值班的人都走得差不多了，专案组连班倒地折腾了快半个月没好好休息，大家都有些撑不住了。本来其他人也劝他回去休息，毕竟徐宏该认的都认了，人关在局子里又不会跑，剩下的也就是些流程性的工作。但姜广平总有些不放心，他不走，他的两个徒弟当然也没走，都留在局里跟着他整理资料。

小杜这会儿已经撑不住了，在外头走廊的排椅上把警服一盖，闷头呼呼大睡，李玲揉了揉眼睛，站起来烧了壶水，给他的搪瓷杯子里添了点水。

在姜广平看来，这案子疑点还有不少。他面前的笔录上草草记着徐宏的供述："我拿了钱就回去了，他当时被我关在杂物间，因为杂物间里留下血迹不好处理，我就想把他拖到厕所，但他不配合，一直想挣扎逃跑，我没办法，就拿东西砸他的头，把他砸晕了再拖进厕所里，杀人的时候是一刀捅进心脏。然后，我把尸体装进旅行袋，放到车的后备箱里，把他拉到护城河边再把他扔下去。"

这交代看起来翔实，可一问为什么白宇平身上有那么多被虐待的伤痕，他便愣住了，好一会儿才找补说他对白宇平怀恨在心，气愤不过，所以一直对他实施虐待。当被问到是拿什么东西虐待的，他就支支吾吾，搬出一套记不清了的说辞蒙混过去。

尸检报告上显示白宇平身上曾遭钝器击打和锐器划刺，法医推断工具包括棍棒、皮带、小型刀具，就算记不清所有的东西，难道一两样都记不住？过往嫌犯敷衍细节避重就轻，无外乎图个从轻处置，但徐宏却又说不上想脱罪，他从一开始就给自己的报复行为定了性，没给自己开脱过。

最矛盾的地方在于，现场没检出足量的血液反应，除了麻绳和货架上留下了少许血迹，其他地方既没有血迹残留，也没有鲁米诺反应，而货架和麻绳上的那点出血量，显然不会使成年人致死。此外，杀人的凶器以及用来剪断白宇平手指的钳子也都不见踪迹。

徐宏的解释是，他杀人前在白宇平身下垫了塑料布，避免鲜血流淌，而塑料布和旅行袋、凶器一起被处理掉了。可再一问怎么处理的，他又说不出来了，只说找地方挖个坑埋了，埋哪儿了，又忘了。

他的态度明显有猫腻，姜广平甚至怀疑药店不是第一案发现场，徐宏在杀人前曾将白宇平转运到其他地方。

至于为什么要隐瞒真正的作案现场，姜广平只能想到一个解释：有共犯。

真实的作案地点和杀人过程，是共犯参与布置实施的，徐宏并不清楚，他真正参与的只有绑架部分。

姜广平当场就问了，有没有其他人参与，坦白从宽，揭发算立功。但徐宏咬死了所有事都是他干的，他往审讯椅椅背上一靠，挺不耐烦地说："要毙我就快点，哪他妈那么多废话！"

眼见审讯进行不下去，他们只能先把人押回看守所。临走的时候，徐宏看着姜广平，似乎还想说什么，但最后还是什么也没说，闷不吭声地跟着其他人走了。

姜广平在办公室里来回踱着步子。他把这些疑点跟其他同事说了，但这毕竟只是疑点，想要确认存在共犯，还需要更明确的证据，否则它不过就是个虚无缥缈的猜测。

他回忆着抓到徐宏后这人的一言一行，每一幕在他眼前重现，一帧一帧，最终静止在徐宏被带出去时，看他的那个眼神……他忽然把手里的资料一抓，让李玲给看守所打电话，他得和徐宏谈谈。

可看守所值班的说这个点不能提人了，刚关进去的也不让提，气得姜广平抢过话筒跟他发了顿脾气，监警挨了一通骂，嘟嘟囔囔，只说自己先去看一眼徐宏的情况，便挂了电话。

姜广平气得一挥手把话筒摔座机上了。

李玲小心翼翼地问："师父，你今儿怎么了？心情不好？咱不都有进展了吗？"

姜广平揉了揉太阳穴，有些急躁，是有进展了，但他总觉得有些发慌。直觉是个很玄的东西，它能比理智更快地察觉到被忽略的那些蛛丝马迹，然后一遍又一遍地在他脑海里拉警报器，可忽略了什么，他想不明白。

电话的铃声突然响起来了，丁零零的，姜广平一把抓起话筒，深吸了口气，想把心里那股慌劲儿压下去。

"喂。"他说。

他还没说上话，那头的监警吵了起来，声音慌乱不堪。

"姜队，出事了！"监警哆嗦着喊，"出事了，徐宏出事了！"

"怎么了？"姜广平问着，心里却一沉。他脑子里不安的警报响到了最大声，对监警要报告给他的消息已经有了数。

果不其然，监警的声音发着颤："徐宏，徐宏他死了！"

姜广平木然地挂了电话，他突然间想起来了，有一回他抓一个犯人，那犯人被追到了某栋楼的天台顶上，警察不敢妄动，只能拿着喇叭对他打感情牌。但感情牌没用，那犯人走投无路已经发了疯，只是看了他们一眼，就从楼顶跳了下去。

那时候姜广平就在最前头，那人的眼神，和徐宏走前的一模一样。

那是要死的人的眼神。

"好好的人怎么就死了呢？"

第二天一早，刑侦支队会议室里聚满了专案组的人，副支队长郭杰背着手，愁眉苦脸，问出了在座所有人的心声。

辛辛苦苦忙了半个月，好不容易抓着人了，结果还没判就死了。努力却落不着好，传出去还指不定要被人怎么编派，什么警察严刑拷打致疑犯死亡，绝对是那帮媒体最热衷的话题。老郭刚从局长办公室出来，让领导一顿数落，正要赶紧拿个解决的办法出来。

根据看守所监警的说法，徐宏被关进去之后一直表现得十分正常，但等后半夜同监的人都睡熟之后，他自己悄悄起来，把囚服绑在通风口的栏杆上，上吊死了。监警后半夜打了个瞌睡没留意到情况，接线的过去才发现人已经吊上了，过去一摸，尸体还没凉透。要是姜广平的电话早来十分钟，说不定人就救下来了。

可现在说什么都迟了。

想到这个，郭杰才后知后觉地意识到不对："老姜呢？怎么说开会现在还不来？"

一屋子人面面相觑，打早上来的时候就没人见过姜广平。尴尬的沉默只延续了片刻，就被小杜抬起的手打破。

"他去白宇平单位了，省报社，"小杜说，"说还有一些问题，要找白宇平领导了解情况，天还没亮就带着李玲出去了。"

还有一些问题？郭杰低骂了一声，又叹了口气。都到这个份上了，还有什么值得了解的问题？不如好好想想报告怎么写吧！

姜广平可不知道自个儿的老部下在腹诽自己。他这会儿一本正经地端坐在省报社的会客室里，对面坐着的是省报社的主编韩平，这人是白宇平的直属上司，四五十岁的中年人，一张标准的国字脸因为发福而显出浑圆。

韩平笑得客套："白宇平的情况，之前也有警察同志来问过，我们当时都交代了，您这次来是……"他的疑问拖在了漫长的尾音里，弓着身给姜广平倒了杯茶。

"没什么，就是还有些想不通的事来问问，"姜广平端起茶喝了一口，想了想，又补了一句，"哦，对了，凶手已经抓着了，你们也别担心。"

"抓到了就好啊，"韩平有些感慨，"宇平是个好记者，就是性格太直，不懂变通，难免被人记恨。这下他也能瞑目了。"

姜广平说："您消息挺快啊，都知道他是被寻仇了？"

韩平一怔，干笑着说："我是他领导，我能不知道他什么样？再者说，我们这儿的记者之前也出过事，只是闹出人命确实是头一回。"

"他出事前做的是什么报道？"姜广平问。

其实这问题他们之前了解情况时问过，当时韩平说白宇平手里没有任务，事实上这两个月白宇平的工作量都不算饱和，甚至是远低于标准。当时姜广平他们只当白宇平临近婚期乐不思蜀，当起了办公室闲人，但如今掌握了白宇平遇害前的行动轨迹后，他开始怀疑白宇平当时在查些什么东西。

"他失踪前去城南城中村了，应该是跟线去了，"姜广平看着韩平，"具体跟的哪条线你有数没有？"

这问题可难倒韩平了："肯定不是我们派的任务，估计是他自己发掘的，他这人，要有了什么线索，不到十拿九稳的程度是不会跟我们汇报的。"

他琢磨了一下，又说："这么着吧，我把白宇平经手的报道，不管做没做完的都派人整理一下，你们需要呢就看看，不需要呢就算了，我们能提供的帮助也就这么多了。报社这一天天工作也不少，你们为了这么个案子隔三岔五进出我们单位，弄得人心惶惶的，你们麻烦，我们这边影响也不好。"

这话里话外的意思是要送客。姜广平没吱声，鹰隼一样的眼神盯着韩平，他的眼神一贯是有力的，看着一颗豆大的汗珠从这人的额角渗了出来，顺着那张方正中带圆的脸的颌线骨碌碌滚了下来，然后啪嗒，掉落在地。

姜广平不动声色地点了点头说："那行，麻烦你们，我也没什么别的事，先走了。"

他出来的时候已经临近中午了，局里的车就停在报社楼下，李玲正坐在驾驶座打着电话。

早上姜广平来报社，嘱咐两个徒弟去查徐宏的社会关系，这会儿见姜广平拉门进来，她赶忙挂了手机汇报进展："师父，我查过了，徐宏他父母一直在乡下，和徐宏这段时间没有往来。倒是他前妻许楠独自带着女儿徐媛媛住在城西……"

许楠是个护士，离婚后为了工资高点，去了家私立门诊。早上李玲去走访了，结果许楠这天没来上班，一问值班的护士才知道，许楠前段时间出去旅游了，请了个长假。

姜广平闷不吭声地听着，听到最后一句，问："前段时间？哪天去的？"

"10月13号走的，"李玲翻着手机上的信息，"到现在也没回来。"

这时间段太巧了，恰恰是白宇平失踪的第二天。

李玲接着说："还有一点，她同事说最近俩月有个男的经常来找她，看着感情挺好的，许楠说那是他前夫，我查监控了，确定是徐宏。"

很显然，这两人看起来不是一对老死不相往来的离婚夫妇。

姜广平皱着眉思索了一阵后说："想办法联系她，通知她来处理徐宏的后事，如果徐宏认罪是为了包庇共犯，那她保不准知道点什么。"

或者……她就是那个共犯。

姜广平如此推测。

根据徐宏的说法，他跟踪白宇平挺长时间了，既然是为了报仇，为什么整整两个月都没动手，直到白宇平去了城中村才动手？

也许白宇平不是因为三年前的事被盯上，而是因为现在的某件事再次触碰到了徐宏的利益，他才新仇旧恨一起算呢？徐宏是一个癌症晚期的人，没几天日子了，但他前妻不同。更何况，除了他前妻，姜广平想不到有什么人是值得徐宏拿命来包庇的。

姜广平正捋着思路，兜里的手机忽然嘀嘀地响了起来。

电话是局里的领导打来的，前一晚发生了太多事，搞得老领导早上来局里觉得自己不是回去歇了一宿，是昏迷了一个月。出了事本该找直接负责人了解情况，谁承想专案组的组长碰上这么大的事还有闲心往外头跑，他只能抓着副支队长兼副组长郭杰了解情况。

也不知道郭杰说了什么，老领导快被气出心肌梗死了，电话一接通就是一顿臭骂，催着姜广平回去打报告。姜广平只能好声好气地应着，里头骂一声，他"是"一声，最后挂了电话，无奈地摆摆手让小杜开车回局里，想了想，又小声嘱咐他下午过来检查报社周边的监控。

他发现新线索的高兴劲没能延续太久，回到局里就被老局长的一句话浇了一头冷水。

老局长就坐在他办公桌前的沙发上，翻着刚刚整理出来的还有些潦草的案件记录，听见姜广平敲门进来，他叹着气，把记录往桌上一撂。

"刚跟老郭了解了下大致情况，这段时间辛苦你们了，结案吧。"

"这是什么意思？案子还没查明白怎么结案？"姜广平急了，"是不是老郭说什么了？他人呢？"

"关郭杰什么事，这案子闹多大你自己心里没数？"老局长厉声说，"昨晚刚死的人，现在就传什么的都有了，我得给上面交代，给媒体交代，你明不明白？"

姜广平还想说什么，却被对方摆摆手堵了回去："你先回去看看，早上老郭说在现场发现了新证物，看了你说不定就改主意了。"

这哑谜打得姜广平一头雾水，等他回了队里，郭杰把一沓新洗出来的照片放在他面前，他才明白了老局长的意思。

那张照片上，赫然陈列的是消失的凶器——一把锋利的水果刀，就被裹在沾着血迹的旅行袋和塑料防水布里。下附的文件是鉴定科的比对结果，防水布和旅行袋上干干净净，没有检出什么，但凶器上沾着的只有徐宏一个人的指纹，而这些东西上的血迹，与白宇平的 DNA 鉴定结果一致。

"今儿早上在现场新发现的证物，就在徐宏药店背后那片泥地里埋着，"郭杰背着手，看着姜广平，"这下不存在疑点了吧？"

姜广平捏着报告一言不发，不对，他还是觉得不对，可他却提不出反驳的理由。

共犯，姜广平仍然在想那个虚无缥缈的共犯，他觉得如果能找到许楠，问题就会有答案。他俩正僵持着，李玲忽然推开门冲了进来，她急切地对着姜广平说："师父，找着徐宏的前妻和孩子了！刚刚城郊派出所回信了！"

姜广平的眼里升起了希望。

李玲是跑过来的，喘得厉害，姜广平赶紧给她递了瓶水。她接过来一口气喝了半瓶，这才深吸了口气，把话说完："八天前，山城省道外的悬崖下发现了一辆侧翻的大货车，车上除了司机还有两个死者，尸体上没有身份证明，也一直没人认领，刚核对了照片，就是她俩！"

短暂的希望转瞬即逝，姜广平脑子里好不容易抓住的线头啪的一声，断了。

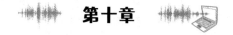

第十章

10 月 25 日，凌晨 4 点 12 分，雨。

申菱是被一阵刺耳的 QQ 提示音吵醒的，她不记得自己什么时候睡着了。

她熬了好几天，人也算到了一个极限，等乔东回信的时候就昏睡过去。她梦到了大学时刚跟白宇平恋爱不久时的场景。那是在学校的小礼堂，那会儿白宇平做了份相当出色的学生报刊，因此在学校里小有名气，她坐在台下听白宇平演讲，听那个年轻人慷慨激昂地讲着理想、自由、热爱与正义，梦里的他被叠上了一层晨曦般氤氲的光晕。

他演讲完，从后台离场，申菱就追了过去。他们俩约好了一起离开。在小礼堂的后门，白宇平正等她，他问申菱他表现得怎么样，申菱用夸张的语气说："特——别——棒——"

于是她看到白宇平得意起来，眼睛明亮极了，仿佛里头藏着把小小的火炬。

"我有个东西给你看，在宿舍，"白宇平弯着眼睛，神秘兮兮地说，"走，我带你溜进去。"

那个刚刚在台上光芒万丈的年轻人突然变成了个小坏蛋，仅限她一个人珍藏。

随后刺耳的 QQ 提示音就响了起来，一瞬间打破了她所有对过去的回忆和幻想。

申菱猛地睁开眼，面前茶几上的小灯散发着一点柔和的暖光，抱在腿上的笔记本电脑屏幕上有一排乔东的回信。

东哥：那屋里没人。

东哥：我回来的时候看见那个人了，开白面包那个，他半夜才回店里，我还去确认了一下，他车里也没人。

申菱按了按太阳穴，感觉那里一跳一跳地疼，有些钝感的思维反应了许久才运转起来。一种空茫的失落涌了上来，是这些天里的第三次了，她感到更加疲惫，不知道还会不会有第四次和第五次，但她觉得自己就快要适应这种期待落空的感觉了。

姜广平只告诉她抓人的地方，再多就一句也不肯说了，但临走的时候，姜广平身边那个一直跟着他的女警却悄悄拽住了申菱，告诉她他们在徐宏店里的杂物间找到了不少物证，她话说得含糊，但言下之意却是清晰的。

"如果你对这个人有什么印象，一定要告诉我们，"那女警语气严肃地说，"很多不起眼的线索在法庭上都可能发挥特别巨大的作用。"

QQ 又响了起来。

东哥：会不会关在其他地方了？或者搞错人了？

申菱捏了捏手指，在键盘上敲下回复。

白宇平：宇平肯定在他手里过，只是时间……

她顿了顿，短暂地捋了下思路，又写道：也许他把人转移了，也许他还有其他的帮手。

乔东的消息又传了过来。

东哥：那现在怎么办？

申菱一顿，她的手指悬在键盘上，久久没有动。她发现自己不知道该如何回答这个问题。

也许是太久没有回复，乔东又跟了一句。

东哥：我说，你没事吧？

申菱闭上眼，敲下简单的几个字发过去。

白宇平：让我想想。

她站起来走到洗手间，拧开水龙头想洗把脸，水哗啦啦地流淌下来，她看到镜子前成对的牙刷，一种迟缓的钝痛从心里滋生开来。

她撑着洗手池，好半天，抬手抹了一把脸上的水。

想办法，申菱迟钝的思维里念叨着这三个字。

乔东那边的时间是 10 月 15 日的凌晨，距离警方推断死亡时间20 日还有几天时间，她轻声咒骂着自己，还有办法，快想想办法，别总像个废物一样哭哭啼啼。但这些天的失望一齐涌来，她又抹了一把脸，眼泪就跟没了阀门的水龙头似的一个劲地往下淌。

你能怎么办？心里的另一个声音开始给她泼冷水：难道你能冲到警察局去跟他们说你能改变时间吗？他们不把你当神经病抓起来才怪。

她的思绪像一粒随风飘散的蒲公英种子，漫无目的地在一件又一件毫无意义的事情上游走。那个没做完的梦又占据了她的大脑，人要是能躲在梦里不醒来就好了。梦里的他们自始至终都停留在那样一个幸福的时刻，不必思考那么多现实的东西。

她记得那天下午，白宇平扯了个谎支开看门的宿管，带着她一路小跑溜进空无一人的男生宿舍。他在包里翻了很久，神秘兮兮地翻出一张贴了胶布的软盘。

软盘很常见，申菱被吊了半天胃口，一时觉得有点无趣，但白宇平却说，这里头存着个很有意思的软件。那是当时只有几百千字节的 QQ 安装文件，是白宇平学计算机的朋友拿给他的。那时候这东西刚刚兴起，只在小范围内传播，白宇平说它像 BBS 的私信，但比 BBS 好用，因为是即时通讯，而且能联系学校外的人。

这勉强让申菱产生了点兴趣，于是白宇平拉着申菱出了学校，找到网吧——那时候管那儿叫电脑房，开了台机子，建了他们两个人各自的第一个 QQ 账号，密码设定成了彼此的生日。

因为软盘要还给朋友，于是白宇平把安装文件拷进电脑里后又弄了个隐藏文件夹，把软件所有安装程序都藏了起来，还手把手教给了申菱。他说这是跟他那个朋友学的，这家电脑房不刷机，这样就能把程序存下来，以后要用就开这台机子。

他脸上带着种狡黠的笑意，侧头在申菱耳边小声说："就存在 C 盘的 Document 文件夹里，记住了，这是咱俩的秘密。"

后来他们没再去用那台电脑，至少申菱没有。

隐藏文件。

申菱睁开眼，看着那两把成对的牙刷，她在心里咀嚼着这个词，像是获得了什么启发。

你会给我留下这样的东西吗？她无声地问着。

牙刷当然不会回答。

申菱捧了捧水，猛地拍在脸上，深秋的自来水凉冰冰的，冷得她打了个哆嗦，她一下子精神起来，把水龙头拧上，又飞快地走回客厅。

天边已经亮起了一道细微的晨光，给屋子里增添了点亮度。申菱把鼠标按得咔哒咔哒响，迅速地打开电脑的 C 盘找到 Document 文件夹，双击，电脑读取的速度有些慢，在此刻有了一瞬的卡机和白屏。申菱捏紧手指，看着屏幕上迟滞的画面，在闪烁了几次之后，弹出一个文件夹。

一片空白。

申菱觉得自己离正确答案无比接近了，她开始试着回忆白宇平跟她讲过的步骤，是哪个菜单来着？文件？视图？不对不对，应该是先看属性，隐藏栏打钩，然后看……对了，看视图，一个显示隐藏文件和文件夹的选项跳了出来。她激动地拍了下桌子，找到了！

她的呼吸越发急促起来，手指摇晃着鼠标，将光标移到了显示隐藏文件的选项上，点了下去。

咔嗒声轻响，随之屏幕刷新，一排文件在空白的文件夹界面里终于显现出来。

她看到了两张照片，以及一个标名为瑞格列奈的文件夹。

但当她试图点开时才发现文件夹设置了密码，显然白宇平足够谨慎，给他的秘密文件上了份双保险。

瑞格列奈。

申菱把这四个字念了两遍，又打开了搜索引擎。

这是种通过刺激胰岛素分泌来降糖的药物，通常用于治疗一种常见的肾脏病：糖尿病。且因为它用于日常维持血糖正常，所以有着相当广泛的需求和使用量。白宇平为什么要查这个？申菱和他朝夕相处，对他的基本情况很清楚，他可没得过这种病。

也许，这东西背后有什么重大新闻。

她有些不安，又开始翻看那两张照片，其中一张是个有点像门禁卡的东西，而另一张则是一张从远处拍摄的厂房的照片，厂房看起来破破烂烂的，周围砌的是红砖墙，不甚清晰，唯一称得上特点的大概是这片旧厂房背后不远处林立的高楼。通常厂房为了避免噪声和污染，都会建在偏僻的郊外，能建在住宅或办公楼附近的厂房，申菱第一反应便想到了白宇平失踪的城南城中村。

但城中村面积庞大，申菱又鲜少往那头去，对于这栋小楼的具体位置无从获知。

她想了想，在 QQ 里给乔东留言。

白宇平：你知不知道城中村那边哪里有一座红砖围起来的旧厂房？两层高，面朝北。

乔东没有回复，可能他奔波了一夜正在休息，申菱只能按捺住急切的情绪等待着。

窗外天光乍现，喧嚣声洗退了一夜寂静，伴随响起的是申菱的手机铃。她皱了皱眉，看着手机屏幕上的联系人名称亮起——"妈"，这不知是她这段时间以来打来的第几个电话了，申菱甚至连未接来电的列表都懒得点进去。

申菱移开了视线，耐着脾气等待聒噪的铃声休止，但她只获得了短暂的安静，很快，手机再次响了起来。

申菱忍无可忍，拿起手机就要挂断，却看到这次屏幕上显示的名字是"何琪"。

是她在公司的助理。

她叹了口气，在短暂的犹豫之后还是接了起来，手机里立刻传来女孩年轻活泼的声音："申菱姐，你终于接我电话了！"

申菱的注意力仍然放在电脑屏幕上，只分出一点精力应付何琪，她不打算回应何琪叽叽喳喳的"你最近怎么样""没事吧"之类的废话，干脆直奔主题。

"公司有事？"

女孩瞬间踌躇起来。"姐，是经理让我联系你的，"她期期艾艾地说，"他今天发了好大的脾气，他说……理解你现在的情况，但是再怎么也该回来了……"

她说话有点底气不足，显然被迫当了两个上司间的传话筒让她也颇为尴尬。

申菱冷淡回答："我知道了。"

她没说好，也没说不好，何琪犹豫了一下，自说自话地接下去："我明天上班，跟他讲你处理完白哥的葬礼再说，行不？再怎么着，他也不能太不讲人情吧。"说到这儿，她又好像想起来了什么似的，试探地问："姐，葬礼还没办吧？啥时候办你跟我说一声，我到时候也去送送白哥。"

这问题让申菱有些恍惚。葬礼？确认过白宇平的遗体后，她就让殡仪馆组织火化了，火化的遗骨她还没去取，殡仪馆这些天也给她打过电话，但她不想去，似乎只要她不去接回那个狭小的方盒，就能忘记白宇平已经死了的事实。至于什么时候下葬，什么时候举办葬礼，她甚至没有考虑，她只相信一个现实，那个还未曾到来的，白宇平会获救的现实。

申菱敷衍了一句"确定了通知你"便挂了电话，发了会儿呆。

这世界以其不变的速度向前奔涌，不为任何人停留一秒，唯独她被层层记忆困在了过去。

她闭了闭眼，给何琪发了一条短信。

"30 号葬礼。"

20 号死亡，30 号葬礼，十天的间隔有悖常理，但她决定坚持到最后一刻。

QQ 的另一端，十天前的 10 月 15 日，乔东抱着一袋包子边吃边坐回电脑桌前。

他扫了一眼屏幕上的消息，伸出没沾上包子油的手指，敲下了两个字。

东哥：知道。

电脑那头的人似乎一直守着没离开，很快回了消息。

白宇平：在哪儿？

白宇平：我从宇平电脑里找到了这地方的照片，应该是他失踪前去调查的地方。

乔东没有立马回复，他还在想一些问题，也许是感受到了他的迟疑，申菱又发来一串消息。

白宇平：怎么了，有什么问题吗？

乔东只沉默了一会儿，便发去了语气生硬的回复。

东哥：我可以帮你查。

东哥：但这次我要钱，更多的钱。

他把这两行字打出来后总算松了口气，像卸下了一副沉重的担子。

其实申菱这段时间给他的股票号不少了，但奈何乔东手里的本金实在有限，赚是赚了，但赚不了多少。如果按部就班地跟着申菱的节奏，也许花点时间，几个月或者一两年，他也能发家致富，但他现在急要钱，他等不起了。

就在他等申菱查线索的这段时间，医院来了电话。

和老太太匹配的肾源找着了。

乔东连休息都顾不上就赶了过去，医院通知他尽早准备手术，毕竟这次一旦错过了，下次再想有这样的机会就难了。

可手术费要二十万，不是现在维持透析的费用可以比拟的数，乔东连十万的债都还不起，他上哪儿找二十万块钱去？

他很犯愁，该怎么跟老太太报这个信。回了住院部，他看见一个不速之客正站在老太太的病房里，与病床上冷脸的她彼此对视。

是杜峰。

杜峰是来雪中送炭的。他听说医院找到肾源就赶来了，带着他的"诚意"：他可以支付方敏换肾手术和术后休养的所有开销，只要方敏给他"那个东西"——乔兴年的遗物。

方敏抄起桌上的水果篮冲着杜峰就砸了过去，柚子、葡萄劈头盖脸砸在杜峰身上。他倒也不生气，只是弯下腰把水果捡起来，装回篮子里。

"嫂子，你这病不能吃太甜，我带的水果你不要没关系，但你别老让东子给你带橘子。"他把水果装好，放在一边，语气仍是替人着想的和善劲，"我的条件你想想，这么多年了，那玩意你拿着也没用，不如给我，我当初答应了乔哥好好照顾你们，就一定说到做到。"

他的好声好气只换来方敏一声凌厉的"滚"，不带一点商量。杜峰也没生气，临走前劝乔东："你也考虑考虑，觉得行就劝劝你妈。"

方敏急了，扬声喊了起来："你要敢听他的，我就没你这个儿子！"

这下乔东也不好说话了。

杜峰只是微微一笑，也不勉强，施施然走了出去。等他的背影消失在住院部的走廊尽头，乔东回过神来，忍不住数落老太太。他打心眼里觉得，没什么东西能有命重要，更何况他爸要真留下什么值钱东西了，他跟他妈这么多年也不至于过得这么艰难。

偏偏方敏的犟脾气上来了，见杜峰刚走儿子就开始跟自己唱反调，扶着病房的窗户就要往外伸腿。乔东慌了，赶紧把她拖下来，又被她指着鼻子骂："你翅膀硬了，不听我话了是不？我告诉你，你敢要他的钱，我就从这儿跳下去！去死去，不治了！"

乔东心里憋着句"爱治不治"，憋了半天，最后也没能说出来，他受不了方敏的神经质，掉头就要走，方敏却突然伸手拉住他的袖子。

"总有一天我会告诉你的，"她目露哀色，"我都跟人安排好了，很快就有结果了。这病怎么样我认了，你别找他，别听他的。"

乔东张了张嘴，说不出话来，最后只是沉默地离开病房。他不清楚所谓的"安排好了"是什么意思，反正他妈打的哑谜他从来都弄不明白。但他只怕老太太钻牛角尖，所以虽然忐忑，他还是把这个无礼的要求对申菱提了出来。

对方显然对他的要求也很意外。

白宇平：我之前不是给过你一些股票号了吗？

乔东的手敲着键盘，在对话框里打了一句"这次是深入一帮杀人犯的老巢，是要玩命的，我现在就要钱"。他的手指悬在回车键上，他不知道该不该按下去。他知道这个借口实在没有可信度，倒更像一句威胁。

乔东闭上眼，不知为何，那个暴雨夜里，派出所孤灯下女人沉默的影子回旋在他脑子里。他的手指一动，不自主地移到了删除键上，随后下意识地打出了几行字。

等他反应过来时，他发现自己已经对对方和盘托出。

东哥：我妈的换肾手术有肾源了，我想救她。

东哥：我爸早就死了，我妈这辈子过得苦，摊上我这么个不孝的儿子。这可能是我留住她的最后机会了，求你了。

东哥：我什么都能做，我真的没招了。

乔东挠挠头，觉得自己求人的样子丑陋极了，他后悔得甚至想拔了网线阻止这几段话传过去，但来不及了，对方已经看到了。

白宇平：我明白了。

白宇平：那就赶快开始吧，A股赚不了你要的数，可以试试港股和期货。

白宇平：前提是你有账户。

乔东的嘴张了又闭，闭了又张，眼睛里突然看到了希望。他跳起来，打下一句话，随后推开门向外飞奔而去。

东哥：我问问我兄弟。

一点轻松的心情悄然浮起，混杂着他自己也说不清的感情。

第十一章

10月15日，晚上6点32分，阴。

城中村的深处坐落着被红砖围墙拦起来的旧厂房，厂房外墙斑驳不堪，远远地能看到房顶上厚重的青苔。单看这厂房破败的样子，一般人都会以为它已经荒废，但偏偏围墙上的铁丝电网和门口新装的摄像头展示出了厂房严密的防护网。

乔东远远地躲在泥路边的老树后头。他在这儿蹲了半个小时，只看见一辆卡车进去，看门的出来仔细核查了他的证，才打开铁门让他进去，至于是什么证，隔得太远了，实在看不清。

防得这么紧，里头绝对不简单。

乔东眯着眼睛盯了一会儿，忽然瞧见守门的老头从亭子里出来，走到门外，偷偷摸摸左顾右盼，找了个监控拍不着的墙角，解开裤子尿了起来。

他小声嘀咕："老东西，怎么跟条狗似的。"

与此同时，一个有些冒险的主意在他心里蹦了出来。他在脑子里左思右想，觉得这主意妙极了，当下心情大好，哼着歌坐回破桑塔纳里，一路溜了回去。

他到家的时候，就看见张平戴着黑鸭舌帽、黑墨镜，穿着身破旧的黑皮衣，怀里抱着个巨大的黑色塑料袋，贼眉鼠眼，三步一顿。乔东一时有些无语，追上去一巴掌抽在了对方头上。

"能不能自然点？这一路上没人报警把你抓起来算你运气好！"

张平嗷的一嗓子，扭头见是乔东，才讪讪地把墨镜摘下来："电影里接头不都这样吗？"他说着又兴奋起来，把怀里的黑塑料袋拉开个小口，给乔东看了一眼。

全是红彤彤的纸票子。

三十五万，手术费和他的债都还上了，他还要了八万结余，跟申菱说的是自己的车在前几天追白宇平的时候刮了，得修，不过这钱的用途他另有安排。趁交易所和银行没下班，乔东让张平赶紧把钱取出来。他心里松快了些，开玩笑说以后跟申菱合伙炒股，赚到了钱再平分，简直是一本万利的买卖。

但申菱情绪不高，只推说救了人再说。

申菱：这下能救人了吧？

乔东把对方QQ号的昵称改成了"申菱"，聊天记录里显示的名字也就随之改变了，他总觉得看着白宇平的名字跟申菱对话，会让他对俩人产生错误的印象，于是干脆改了回来。反正在白宇平得救前，他也不可能跟真正的白宇平搭上话。

看着申菱的消息，他撇撇嘴，心想有钱能使鬼推磨，有了钱，阎王爷都得给白宇平放行。

他跟申菱汇报自己找到地方后，就兴冲冲带着那一袋子钱先去了医院，在医生错愕的目光中把手术费结了，接着开车，一溜烟奔去了城南台球场。

台球场租用了间地下室，外头是扇沾满灰尘和泥巴的歪斜斜的门。底下烟雾缭绕，一帮头发染得五颜六色的毛头小子叼着烟，拿着台球杆，在球桌边装模作样地比画着。

乔东穿过人群，小心翼翼地找到了前台。

"我找胡彪。"他说。

前台的瘦子一副爱答不理的样子，手一抬指着里头的包间。乔东也不多言语，闷头就往里走。他进去的时候，胡彪就坐在正对大门的宽背椅子上，脚搭在桌边，悠哉地看着小弟打台球，听见动静眼皮子一抬，阴阳怪气地说："哟，稀客啊！"

乔东确实很少来，毕竟一般都是胡彪找他，没有他找胡彪的。

乔东也不理会胡彪话里的讥讽，他把那个塑料袋往台球桌上一放，从里面开始掏钱。

一万一沓的纸币，他掏出了八沓，第八沓掏出来的时候，周围的小混混都是一副嬉皮笑脸的看戏神色。

胡彪叼着烟，慢悠悠地问："还有两万呢？"

乔东语气发冷："杜峰不是给你了？"

胡彪怪笑起来："那两万是你延后的利息，你可还差着十万呢。"

乔东看着胡彪脸上的怪笑，又扫过周围人不怀好意的神色，心里知道他们都在等他不知天高地厚地撒个野，然后让胡彪好好教训一番，这可能是这帮人一天里为数不多的乐子了。

他没再多说，只是低下头，从袋子里再掏出两沓钱，"啪"地拍在了胡彪面前。

"这下够了吗？"他挑衅地扬了扬下巴。

胡彪的脸上第一次露出意外的神情。他抬了下手，旁边的小弟便把钱恭恭敬敬地递了过来，胡彪的手划拉着那沓纸币，半晌才语带威胁地说："你知道耍花样的下场吧？"

"都是真钱，一分不少，"乔东直白地回应，"不信我就坐这儿等你点清了再走。"

胡彪眯起眼看他，哼笑起来："我就说你小子今天怎么这么硬气，连声哥都不喊了，原来是在外头发财了。"

他也不点了，从那沓钱里抽出几张来，往旁边小弟手里一塞，说道："给兄弟们买点烟，这段时间都挺辛苦，剩下的记上，咱东哥的账平了。"他说完，见乔东还稳当地坐在台球桌对面，于是抽了口烟问："怎么，东哥，还有事？"

乔东听见账平了，心放下了一半，另一半还悬着。他手心渗着汗，心里也是七上八下的，但还是装出副冷静的样子问："我要让你给我办个事，得多少钱？"

胡彪打量着他说："那得看是什么事了。"

"帮我找个人问点事，"乔东从袋子里再次拿出一万来，"够不够？"

胡彪似笑非笑地看着他，也不言语。他这笑面虎的神色是乔东最捉摸不透的，他也不想琢磨，他今天揣着这包钱走进台球馆，不是为了琢磨胡彪在想什么，是为了让胡彪琢磨他在想什么。毕竟说破了天，胡彪也就是个替人办事的马仔，既然他有了钱，位置该变一变了。

于是乔东又扔出来一万，险些扔胡彪脸上，他装出和胡彪一模一样傲慢的表情问："怎么着？还不够？事办成了，我还有尾款。"

他甚至不等胡彪回答，手伸进袋子里，还要再掏，却突然被胡彪站起来一把按住。乔东一顿，抬头时眼睛直直与胡彪对上了。

胡彪的眼神冷冰冰的，嘴角扬起，笑容里却没有丝毫的笑意。

"够了，东哥，两万办个小事，我平时就这个价，您再多给，我也不会要，"他的手猛地用了狠劲，剧烈的疼痛让乔东一瞬间龇牙咧嘴起来。胡彪凑近了他，轻声细气的，语调里却满是危险，"钱是个好东西，但你也得想好了钱该怎么花。"

乔东倒抽了口凉气，说不出话来，下一刻，手上的劲松了，他狼狈地趴倒在台球桌上。胡彪看着乔东懒洋洋地说："兄弟们，收拾收拾，准备帮咱东哥干活儿。"

他把"东哥"那俩字咬得很重。

那帮小混混顿时哄堂大笑，挨个抄起家伙走了出去。

他们出去后，乔东才慢慢从桌上爬起来，迟缓地把那个黑色塑料袋拿起来揣回自己兜里，又抬手拍掉脸颊上不知道谁掸下的烟灰，一派颓丧。

他穷了半辈子，理所当然觉得，要想得到旁人拥有的一切，有钱就行。他不想像他爸那么傻，有钱有名还要贪，闹到最后身败名裂。

然而这个瞬间他才明白，纵使他踏踏实实做个好人，有朝一日一夜暴富，锦衣上身，卡里是数不清的财产，这世上也照样有他得不到的东西。

自始至终，他在别人眼里就注定是个小人物，一言一行，一举一动。

三小时后，乔东开着破桑塔纳带着胡彪和他两个小弟到了城中村的旧工厂。

天色已经黑了，乔东把车灯关了，以免被人注意，胡彪拿着他的单筒望远镜，远远看着亮着灯的旧工厂。靠着望远镜，他看得清楚些了，看门的是个五十多岁的老头，就坐在简陋的门卫室里看着报纸。

"就他？"胡彪问。

"就他。"乔东答。

老头喜欢尿墙根，但没人乐意撒尿的时候还让监控盯着，所以他会走远了尿，乔东的想法是趁门卫出来撒尿把人弄走，打听里头的情况。但胡彪一乐，直说不用，他冲自己的小弟招了下手，就见他手底下的小混混掏出把树杈削的弹弓出去了。

"这我兄弟，毛杆，他那手弹弓是这个，"胡彪叼着烟，得意洋洋地比了个大拇指，"八百米外，穿杨射柳，弹无虚发。"

牛才吹到一半，就听见厂子那头传来咔嚓一声，接着便是玻璃碎落一地的动静，老头的怒骂穿插其中："他妈的，哪个兔崽子干的！"

没人说话，于是一个弓腰背手的影子很快从大门里走了出来，往毛杆刚刚躲的位置去了。

胡彪的手把着门，眼睛直勾勾地注视着老头的影子，一见他走进林子的阴影里，立马跟手下的小弟打了个招呼，登时便有两人一起推门冲了过去。

不出几分钟，胡彪便绑着头顶布袋的老头回来，一把把他推进车里。

"开车，带老爷子兜兜风。"胡彪冷冰冰地说。

老头抖得像只落水的鹌鹑，他脸上的头套被一把摘下来，看见车里坐了四个壮汉，个个不像善茬，一张老脸瞬间皱巴起来。

"问吧，要问什么？"胡彪看了一眼开车的乔东。

乔东隐在黑暗里。他没心情和人周旋，干脆直奔主题："前两天你们这儿扣了个人，是个记者，清楚吗？"

老头的声音卡了壳："没，没听说，不清楚。"

乔东扫了一眼后视镜，毛杆正拿手电筒抵在老头下巴下面，把他的脸照得纤毫毕现，以便其他人看得清楚。听到"记者"这俩字的时候，老头嘴上说不知道，实际眉毛一抖，眼神心虚地游离了起来。

老东西明显不太会撒谎。

胡彪当即提起拳头，老头吓得一哆嗦，抱着头喊："我说，别动手！他们前两天关了个人进去，具体怎么回事不清楚！我就一看门的，什么都没参与！"

胡彪放下拳头，冷哼一声，说道："什么时候关的，关哪儿了，为什么关的，里头干什么的，都说清楚了！"

老头哆哆嗦嗦，无可奈何地交代起来。

老头姓许，原来是城中村里种地的，自打周边的土地被政府征用盖楼后，他们这帮人就没了仰仗。有儿有女的大多跟着儿女去了城里，剩下的只能找地方打工。去年，城中村的废厂让一个不知名的老板买下来了，说要招村里的劳力去干活儿。

但厂子不是什么人去都要，他们是"介绍制"，不招外人，要有亲熟的人介绍才能进，还要一一审核。等老许被介绍进去的时候，厂里已经不缺劳力了。管事的叫王贵，看他一把年纪也不容易，干脆给了他份闲差，每天看大门。

老许感激不已，可进去没几天，他就发现不对劲。厂里做的可不是什么寻常手艺活儿，那些快报废的老机子打的是滑石粉，他们俗称老粉，吃了治拉肚，但灌的不是老粉的瓶，包装上印着老许看不懂的洋文，一看就是高端牌子。他们的老板王贵说这是灌来卖给那些老外治拉肚的，说老粉可好用了，老外抢着买。但老许却知道不对，他有个堂侄女在城里，先前他去探望的时候，看见她公公生病在吃药，吃的就是他们灌的那种洋牌子药。

他堂侄女说，公公得的是糖尿病，烂手烂脚的那种。

这是个假药窝子啊！

老许一下慌了，他死了好些年的婆娘信佛，他跟着多少有点忌讳，觉得这事损阴德。可他想走的时候却走不成了。王贵拿了把刀往桌上一扎，凶相毕露，说来了就算吃了同一碗饭，除非厂子没了，不然谁也别想走。

真想走，那就横着出去吧。

老许这才发现，平时看起来和善的"王先生"，可不是什么善茬。

他没辙，只能待下来，安慰自己只是看个门，算不了什么。

厂子里的人都沾亲带故，一般没人会出去乱说话，可不知怎的，厂里的事还是漏了风。小半个月前，有个人鬼鬼祟祟地摸到了这儿。老许听人说，那好像是个记者，靠着和厂里一个姓陈的司机搭上了线，混进来的，王贵把记者和姓陈的都抓了。至于人关在哪儿，应该是在仓库，厂里不听话的人都让王贵关仓库了。

老许说得嘴皮子都干了，终于说完了这一长串的事。他小心地看着乔东说："我就知道这么多了，小兄弟，别为难我了，你问完给我送回去吧，算叔求你。"

乔东的车已经绕着城中村转了一圈，此时快要绕回废厂子了。他沉默了一会儿，一脚刹车停在路边，扭过头看着老头。

"放你回去可以。"他说。

没等老头的喜色露出，乔东的下一句话让他如丧考妣。

"但你得把我介绍进去，你要不帮……刚刚你说的那些我录音了，明天就寄给你们老板。"

第十二章

王贵办公室里那座昂贵的古董钟显示着 9 点 14 分，钟顶上一只苍鹰雕刻得栩栩如生。

偌大的办公室里安静极了，只有座钟秒针走动的声音。

乔东站在古董钟前，四下打量的视线与王贵探究的目光相撞。他看着对方，尽可能不露怯地露出个憨厚的傻笑。他旁边站着的老许不着痕迹地拍了下他的背，装模作样地让他站好，别在王先生面前给自己丢人。

前一天晚上，靠着威胁和劝诱，乔东总算"劝"动老许以舅甥关系的名义把自己介绍进厂里。老许和胡彪想不明白他葫芦里卖的是什么药，但乔东清楚，他孤身一人，手里没有证据，面对这么个封锁严密的黑厂，想尽快查清白宇平的下落，发个信号，只能想办法混进去。

他决定让胡彪在外头守着，等自己弄明白白宇平的下落，胡彪就报警。到时候警察来查黑厂势必会造成混乱，乔东就靠着老许的帮衬逃出去。他低声下气地跟胡彪商量，承诺只要自己能平安出来，再给胡彪五万块钱，这才说动胡彪帮忙。可他万万没料到，厂里的人也不是吃素的，刚进门就来了个高壮的大汉，说要把他的手机收了。

乔东不想给，硬是被老许按着头给了，老许对着那个鼻孔朝天的保安点头哈腰的样子像条老哈巴狗，害得乔东以为这人就是管事的王贵，等被他一路跟押犯人似的送到王贵的办公室，乔东才明白，先前的人原来就是一保安。

他鄙夷地看了一眼老许，心想，一个保安你至于这样？

老许老神在在，装得就像没看见他的眼神一样。

"王先生，这是我外甥，之前在城里跑黑出租，赚得也不多，还天天提心吊胆生怕让城管抓了，我就寻思干脆让他回来，上您这儿谋个出路。"老许拍拍乔东的背，赔笑着，"他人傻点，贵在听话，是个老实孩子。"

乔东傻笑着说："老板，我舅说跟着您能发大财，我想发财！"

王贵靠在老板椅上，他脸型瘦削而长，面孔棱角分明，在嶙峋的颧骨下便是深深凹陷的面颊，嘴角向下耷拉着，一副狠厉的面相，纵使手上套着核桃串，脖子上挂着佛珠坠，照旧遮不住身上带着的那股子煞气。他正后方挂着张黑鹰高飞的巨幅画像，旁边龙飞凤舞地题着大鹏展翅。他脸上的神情和那只黑鹰如出一辙地阴沉肃穆，说道："当不起，替人办事罢了。"

他看了一眼老许，对乔东说："你知不知道我这儿是干什么的？"

"舅说是发财的地儿，让我来给人开车，"乔东装起傻来，"王老……王先生，我车开得特好，以前在工地上混过，A 本 B 本都有，夜班也能开。"

见王贵的眼神凌厉中带着质问，老许赶紧找补："这不老陈出事了嘛，咱村能开货车的没几个，与其外头找人补空，我就先紧着自家了。"这也是两人商量好的说法，那姓陈的司机因为出卖药厂的消息被抓了，如今差个缺，老许便推荐乔东这个"便宜外甥"补上。

"老东西，倒挺会占便宜。"背后也不知道谁小声嘀咕了一句。

乔东扭头看了一眼，后头只有那个把他带来的保安，这会儿正站门口把着门，百无聊赖。

王贵脸上难辨喜怒，只是面目阴沉地抱着臂，对那个把门的说："把人弄过来。"

人？什么人？乔东还没来得及细想，就听见那人应了一声拉门出去，没多久就跟个壮汉一起按着个小伙子走了进来。那小伙子和壮汉比起来显得很瘦小，还在使劲挣扎着，被把门的一脚踹在肚子上，翻滚着倒在了地上，头正撞在乔东脚边。

乔东赶紧退后两步，看着他在地上呻吟。

"见笑了，河子做事有点粗鲁。"王贵说，"这是昨儿抓的人，手脚不干净，想动我的货，不过厂里有摄像头，被抓了现行。"

乔东还没反应过来王贵这话什么意思，河子突然从背着的袋子里掏出把菜刀来，咣当一声，扔到了乔东脚下。铁制器具和地面碰撞发出冰冷的声音，让乔东心里一颤。

"按理，这样的得卸条胳膊，免得其他人有样学样，赶巧你来了……"王贵慢悠悠地站起来，走到乔东面前，把那刀捡起来，在手里把玩着，"钱可不容易赚的，想发财，得让我们信得过你。"

他淡淡一笑，把刀塞进乔东手里说："这事，你来干。"

乔东愣了好几秒，才反应过来王贵的意思是让他去砍那人的胳膊，汗毛登时都竖起来了，这弄不好是会死人的！

前一天晚上，老许跟他说过，进厂子的都得让王贵"试一试"，至于具体怎么试，全看他心情，他说什么照做就是了。可乔东没想过会是这样试！

他手里的刀沉甸甸的，是屠户家分猪牛用的那种剁骨刀。乔东握着刀柄，只觉得手发软，只能勉强挤出个难看的笑来："哥，我就一开车的，至于这样？"

王贵没如何，河子先不耐烦了，说道："开车拉货，货多重要你不懂？别他妈磨磨叽叽的！"

王贵没说话，他往桌边一靠，摆出个请的手势，显然并无宽限之意。

也是，清白人要进贼窝，不背个罪名，人家怎么信得过？可这一刀下去就是故意伤害，够他进去关好几年的。乔东不傻，他是来打听消息救人的，不是真来当罪犯的。他看着那年轻人呻吟求饶的模样，咬了咬牙，决定跟王贵说自己干不来这见血的事。

眼见乔东把手里的刀垂了下去，明显打起了退堂鼓，而那头王贵已经露出怀疑的眼神。旁边的老许一下急了，伸手就把乔东拽了过来，抬高了声音呵斥："王先生让你砍你就砍！想赚钱狠不下心，这辈子怎么出人头地！"趁人不注意，老许又在他耳朵边小声说："不砍走不了！砍，出不了事！"

老许说完，一巴掌扇乔东背上，把他推搡到那年轻人面前。他意思很明白，乔东今天人在这里，这刀就得落下去，不然王贵不会放他走出这间办公室。

乔东苦笑着想，他现在可是伸头也一刀，缩头也一刀，自己把自己将死了。

他犹豫的这会儿工夫，河子已经把那年轻人的胳膊扭起来往桌上一卡，比画着让乔东"往这砍"。乔东不情不愿地看向他比画的地方，就在他的眼睛扫向那人的胳膊时，他敏锐地捕捉到那人的臂弯袖子被压出了个淡淡的环形凸起。

只是短暂的一秒间，随着那人的动作，压痕转瞬又恢复成了普通的褶皱。但这一闪而过的压痕清楚地落在了乔东眼底，让他霎时间理解了老许的话。

那人的胳膊肘那里塞了东西，比着那儿砍，没事！

乔东手里的刀一下稳了，河子还在催促，年轻人的呻吟声被他抛出脑海外。他深吸一口气，把刀高举起来，猛地大吼一声，对准那人的臂弯狠狠剁了下去。

只听当的一声金属相撞的脆响，那人的衣袖裂了半截，摊开的手臂上头，刀刃与一片紧贴皮肤的铁环死死卡在了一起。

旁边爆发出一声爽朗的大笑，是刚刚还满脸恐慌的年轻人。乔东倏地撒开手，沉重的剁骨刀应声落地。他装出一无所知的错愕样子向后退去，只见那年轻人把臂弯上环了一圈的铁皮摘了下来，调侃着："你小子劲儿够大的！"

他果然是装的！

乔东看向王贵，对方的语气也十分轻松："这是海子，你以后就跟着他。"

他看上去对乔东的表现颇为满意。

乔东心里窃喜，面上仍是副没弄明白现状的懵懂样子，只傻乎乎地点头。海子伸胳膊过来一把揽住了乔东，叫嚷着要带自己的小弟去逛逛厂子。乔东顾不上反对，只能扭过头给老许隐晦地丢了个眼色。

晚点再说。

老许心领神会，提了半天的心也终于落回了肚子里，于是他例行跟王贵客气两句，跟着两人一起出去了。

等老许懂事地把门带上，办公室里便只剩下了河子和王贵两个人。

河子看着关得严严实实的大门，哼笑起来："许老头这是拿人赎身来了，上回让你吓得都尿裤子了，还不死心呢。"

他语气中对老许满是不屑，显然没把这看门老头放在眼里。但王贵的神情却凝重许多，他径直走回办公桌边，打开了电脑，示意河子过去看。

那电脑屏幕上赫然显示的，是乔东那辆停在门口树阴下的破桑塔纳。那车乔东留给了胡彪，后者此时正无知无觉地摇下车窗，时不时地看着厂子这边。

"在门口停一早了。"王贵点了根烟，随口说。

河子脸上对老许的轻慢收了起来，取而代之的是被戏耍的恼怒，他当即站了起来骂骂咧咧道："我出去看看，妈的，这老东西敢联合警察搞我们？"

他说着掉头就要往外走，却被王贵拉住了。

王贵不紧不慢地嘱咐："别打草惊蛇。"

河子把脸上的怒气收敛起来，摆出副板正的神态，向外走去。他的背影消失在门外，没一会儿就出现在了电脑屏幕上的监控里。

只见他径直走向那辆桑塔纳，不知和车上的胡彪说了什么，胡彪无所谓地摊了下手，把车窗关上，接着便稳而快地倒车退出了监控画面。

　　那人一走，河子很快打来了汇报电话。

　　"不像警察，"他的语气有些困惑，"我好像在哪儿见过这男的。"

　　王贵向后靠在他那昂贵的真皮老板椅上，不紧不慢地抽了口烟，丝丝缕缕的烟在空气中飘浮而上，从容地散作一片，他冷峻而难辨情绪的面容在烟雾后显得更为莫测。

　　他说："明儿晚上送货的事，让乔东去。"

　　话筒那头愣了愣说："不是说让老陈去吗？这就算了？"

　　"先前被人盯上，现在又被这么个人摸进来，我担心最近厂子里不安全。老陈到底在咱们这儿好几年了，真查着了不好办，你悄悄把人处理了就行，"王贵轻声说，"谁让这姓乔的运气不好，来得这么不凑巧呢。"

　　那头沉默了片刻说："知道了，我会处理干净后续的。"

　　"对了，送货的事，海子还不知道？"

　　河子的声音略一停顿："我没说，我怕他嘴不严又被套话。"

　　王贵不大赞同，说道："都是自家兄弟，没必要遮掩，我相信他有分寸。"

　　"知道了，"河子不大爽快地答应了，"我一会儿就跟他说。"

　　他顿了顿，又有些不确定地问："不过，哥，这么大的事，之后恐怕得上新闻吧？你确定姓徐那小子注意不到？"

　　"我跟老板打过招呼了，"王贵说，"放心吧，这事一定会处理得悄无声息……你那边该录的东西录好了，隔三岔五给姓徐的发过去，他不敢问的。"

河子含糊地应了一声，于是王贵没再说什么，兀自挂了电话，这些小事河子会处理妥当。他把手里烟头那点微弱的火星按灭在烟灰缸里。小小的烟灰缸中歪七扭八挺立着不少烟头。

座钟上高立的苍鹰仍张着冷峻的双目，静静观赏着这一波静水之下泥泞的深流。

10 月 16 日下午。

她的眼前是一片伸手不见五指的黑暗。

女人躺在地上，地面是潮湿而阴冷的，给她带来一种冰冷的触感，她试图动了动手脚，依然被绑得很紧，而她周身唯一的温度来自大腿上那份沉甸甸的触感，那是她女儿，正靠在她的腿上沉沉地睡着。

她身上到处都是伤，是被那帮人给打的。之前那帮人其实没绑着她，看守也算不上严密，她对一个盯着她的男人花言巧语，那男人对她有点下流意思，被她几句话骗住了，她就趁机跑了出去。可还没跑多远就让他们抓住关了回来，那之后周围的防备就严了很多。

视觉被蒙蔽的时候，其他感觉就会非常敏锐。空气中尘土的气息，这间仓库外河流的流水声，风刮过林子，她听到门外的人在絮絮低语，几个零星的词飘进了她的耳朵。

"……姓白的……老陈……带过去了……"

但她还不太清醒，也无力分辨那些连不成句子的词后头代表的意思，只能模模糊糊地想着，那大概说的是被关在这儿的另外两个人。

她眼睛被蒙着，看不见他们，但他们都被关在这间仓库里，凭偶尔的呻吟和交谈声能判断那是两个男人，一个年轻些，一个年纪大点。一段时间之前，她也分不清具体是多久，一两个小时前或是十几分钟前，那两个人被他们拽起来弄走了，到现在也没回来。她有种预感，或许自己等不到那两人回来了。

接着，她听到大门在一声刺耳的巨响中被拉开，随后是脚步声。那脚步声沉重、缓慢，一步一步地迈下台阶，向她走来。

一种巨大的恐惧笼罩了她，她急促地呼吸着，心想现在轮到她和她女儿了吗？她想尖叫求饶，却发现自己的嘴被堵住了，发不出半个音来。

脚步声停在她的身边，接着一股巨大的力量扯住她的头发，把她揪了起来，给了她一巴掌。

她的脸上火辣辣地疼，但很快那只手开始在她身上暧昧地摸索，她感觉自己像是被割裂开了，一半的自我放下心来，另一半的自我被恐惧折磨着，恐惧像一条冰凉黏腻的蛇在她的身体里蠕动，催人作呕。她最终还是没能忍住，猛地甩开了那只手。

有小孩子的哭声，是媛媛被吵醒了。

她想靠过去，安慰她不要怕，但那个人显然并不想这么简单地放过她，他显然被她的挣扎搞得怒气冲天，一把把她按在了墙上。

"搞清楚你现在是什么处境，"男人的声音里隐藏着愤怒和危险，"之前你让我丢多大的人？怎么，想去和老陈做伴了？你看看，他马上就要埋外头了……哦，我忘了，你看不见。"

她脸上的罩子被粗鲁地摘下来，她也终于看清了男人的样貌，瘦小但又精壮，至少对付她绰绰有余。她记得那些人管他叫海子。男人的手把她略略提起来，扔在那面焊了栏杆的小窗上，指着老远的林子。

　　"看到没，窝子桥那儿，"男人威胁着，"旁边那棵绑红布的树，到时候就把你们带过去弄死，埋那树底下。"

　　窗外是连片的林子，其实根本看不见男人所谓的绑着红布的树，但男人粗鲁的动作已经让她惊恐不定。她记得老陈是那个年纪大点的男人，刚被关进来的那天，媛媛紧张得一直在哭，那人往旁边挪了挪，说你来这儿吧，这有块破布垫着，小孩能舒服点。

　　她听到自己啜泣的声音，许久才哆嗦着摇了摇头。

　　男人冷笑起来。

　　"你跑不出去的，"他说，"刚刚他们两个一被带出去就想跑，老陈被打得就剩一口气了，结果……哼，另一个要不是还有话要问也一样，河子可暴躁得很。"

　　他说着，凑到女人耳边，低声诱惑道："我知道你不想死，你听我的，他们真要杀你，我可以放你一马，怎么样？"

　　"你能放我？你能不听他们的？"她的声音颤抖着问。

　　"到时候我带你过去，把你藏窝子桥底下，"男人的手又开始不安分起来，"这点能耐我还是有的，但前提是你得听我的……"

　　女人没有说话，只是兀自啜泣着。

　　乔东跟着热情的海子逛遍了厂里大大小小的地方，包括他的"宿舍"。

所谓的员工宿舍就是在一间破败的屋子里放了张快要散架的高低床，木头腐败霉烂的味道熏得他恨不得掉头就跑。海子说这就是间暂时落脚的房子，以后乔东赚得多了，自然会给他安排更好的地方。

乔东干咳一声，借口想给家人报个信，试探性地问起了他的手机，不承想刚刚还挂着笑的海子霎时变了脸，他冷森森地看着乔东说："怎么？刚进来就想坏规矩了？"

他按着乔东肩膀的手指扣得死紧，也不知那干柴般的手怎么那么有劲儿，似乎乔东只要说半个"不"字就要被他捏碎似的。乔东心里一怵，识趣地闭上嘴。

看乔东不再要求，海子又爽朗地笑了起来，仿佛刚刚那个面色沉重的人不是他一样。

那嘴脸跟王贵简直是一个模子里刻出来的！

晚上乔东偷溜去门口找老许。

"我当时就说了让你砍，你就是不知道海子是谁，"老许摇着大蒲扇，得意洋洋，"别人不清楚，我可是打听过的，河子、海子这哥俩是王贵堂弟，平时他天天带身边，这么亲近的兄弟，真犯了事，按他那脾气也是自己亲自动手，怎么会让你这个新来的干？明摆着有猫腻。"

乔东撇了撇嘴，心里却不得不承认这老头肚子里有点东西。

他咂了口老许的茶叶水，跟这个破厂子一样一股霉味。枉老许给他泡茶的时候神秘兮兮地说，这是他珍藏的龙井，好家伙，放了不知道多少年的龙井！偏这个不懂茶的老土鳖宝贝得不行，还只舍得给乔东一小撮。

老许还嘟囔："怎么着，小子，出去以后要不要拜我为师，跟我学学？"

他嗯啊地敷衍着老许，眼睛还在看厂子外头。

"别看了，你那兄弟上午让河子赶走了，这会儿不知道躲哪儿呢！"老许压低了声音，"你挨两天，我明后天想办法跟他通个气。"

乔东也想不出别的办法，只能答应了。

他今天跟着海子走遍了厂里，唯独没能进老许说的那个仓库里头看看。海子只是远远地给他指了一下，接着便不肯让他走近了，说那地方重要得很，仓库门装了密码锁，密码隔天一换，只有王贵本人知道密码。

乔东本想把这消息跟胡彪通个信，但无奈现在什么传信的法子都没了。他只能自我安慰缓两天也不急，反正眼下他也没什么偷摸进仓库的办法。

他没想到第二天，海子一早兴冲冲地跑来告诉他，王贵决定让他参与厂子的送货行动。

"难得的机会，"海子意味深长地说，"可得把握住啊。"

这是瞌睡来了送枕头，乔东心里一阵窃喜，他正愁没招靠近仓库。可欣喜之余，他心底也感到一丝怪异，如此重要的差事，他们就这么放心地交给第一天来的新人？

乔东心念电转，脸上却不动声色，只是照旧露出个憨厚的笑容，说道："海哥你放心！我保证完成任务！"

他说完，看到海子意味深长地笑了笑，转头离开。

第十三章

10 月 17 日，晚上 10 点 45 分。

夜沉如水。

废旧的工厂厂棚中，三辆大货车开到了仓库边一字排开，黄澄澄的大灯在黑夜里异常刺眼，大货车的发动机发出沉闷的轰鸣，大开的货仓如同某种怪异的野兽，张开漆黑的巨口，贪婪地等待吞噬一切。

工人们一声不吭，迅速高效地进出仓库搬运着货箱。

乔东提着应急灯，站在海子的后头。他往仓库深处看了看，漆黑一片，什么也看不清。但他不能再走近了，海子一直戒备着他的动向。

他露出副巴结相，凑到海子面前问："哥，咱这是送去哪儿啊？我还啥都不知道嘞！"

"别问那么多，"海子有些冷淡，"跟着就成。"

乔东心里一阵腹诽，昨天海子对他还是哥俩好的态度，今天却突然爱答不理了起来，这厂子里的人个个都跟阴阳人似的。

海子也不打算和他解释，等货上得差不多了，他扬了下下巴说："上车。"

乔东就等他这句话，闻言第一时间坐上了驾驶位，屁股刚沾上座椅，还没扣安全带，就听见后头的货箱里传来一声闷响。

那声音是咚的一声，像是什么东西从里头撞在货车的车厢上了。

乔东刚想下去看看情况，他那车门就被外头的海子给关上了。

"别瞎好奇，"海子冷冷地说，"不该知道的，别看也别问。"

他说完就和河子各上了一辆车，拉上门的时候，他瞟了眼乔东，在冷厉和森然的脸色中，还掺杂一丝说不清道不明的东西，像是怜悯。

随后，他大声吼道："出发！"

众目睽睽之下，乔东不好再下车检查，只能老实地把安全带扣好，看着海子的车从他前头过去，打头开路。

车出了城中村，拐了个弯，向更为荒僻的郊外开去。城里的光亮渐渐成了模糊而微弱的光点，被甩在了背后，四周都是伸手不见五指的黑夜。乔东只看得见前车的车灯，它宛如深渊中的双目，在深秋夜里迷蒙的雾气中散射出猩红的光。

很快车队进了山，路也开始崎岖起伏，穿行于悬崖峭壁的盘山道和重重隧道之间。夜间走山路本就危险，可不知怎的，海子的车却骤然加了速，在七拐八绕的山路上，竟一下把乔东甩远了。

乔东只能踩了脚油门，试图追上去，但他不敢开快，只能勉强在弯道的尽头看到海子的车灯。

海子还在加速，拐过一个弯，又一个弯，接着是一条漫长的隧道，然而就在乔东紧跟着追出隧道的时候，却发现海子的车不见了！他扫了一眼后视镜，想看看自己是不是错过了岔路口，却发现不知什么时候，跟在他后头的河子也不见了。

他赶忙踩了脚刹车，这一脚下去却觉出不对劲儿了。

先前他刹车都踩得轻，这脚重了些，却发现刹车是绵软无力的，车速也丝毫不见减慢！

乔东一怔，随即狠拉了一把手刹，车速仍然毫无变化。

大货车的刹车有问题！

眼见前头就是一段盘山下行的路，悬崖峭壁深入林海，翻下去哪还有命活？

乔东霎时出了一后背的冷汗。电光石火之间，他明白了海子那丝怜悯的意义：他今天怕是走不出这条山道了。

视野里一侧是悬崖，一侧是山壁，他在刹那间作出了选择，降了挡，往山壁上靠。

车身迟缓地接近了右侧的山壁边缘，接着靠了上去，在巨大的摩擦声中，货车的车身摩擦着山壁的石砾，整个侧壁都开始崎岖变形，可惯性让它在这样的摩擦中也只堪堪保持着匀速行进。

就在乔东绝望之际，后头突然超出来一辆小轿车，冲着他晃了两下大灯。乔东眯着眼睛看过去，正是他自己的那辆破桑塔纳！

是胡彪！

胡彪飞快地超过乔东，开到乔东前头，差一线贴着山壁，接着缓慢减速。砰的一声巨响，桑塔纳的车尾和货车车头相撞。

胡彪没有停下，他边顺着山壁转向边减速。乔东心里已经祈祷了无数遍，此时也只能尽人事听天命，他双手沉稳地把住方向盘，缓慢地踩着刹车。

或许是他的祈祷应验了，前头的坡终于平缓，变回了平直的大道，胡彪的速度继续下降迫停，而山体的摩擦也终于起了效果，大货车开始减速，在下一个向外转向的拐弯处，顶住桑塔纳侧摆的车身，哐的一声，停在了拐角的山窝里。

驾驶室中，乔东握着方向盘，满头大汗。他颤着手去拉车门，刚从驾驶室里出来就扑通一声跪在了地上，这时候他才发现自己的手脚已经软得没了力气。

不幸中的万幸是，此时夜深，这条山路又偏僻，路上除了他们，一辆车也没有，否则他只怕真没命。

下一秒，他就看见桑塔纳的车门被从里头一脚踹开，胡彪也是脸色发白，下来看了眼他，确认没事之后，从兜里掏出根烟来想点着压压惊。他手抖着打了三次火，都没打着，忍不住骂了一声。

连声音都是抖的。

"你小子是真他妈命大，"他喃喃自语，"这一趟下来，你怎么也得给我二十万以上，五万不够，绝对不够……"

乔东喘了口气，忽然想起上车前货箱里那个动静，连滚带爬地站起来。他钻进桑塔纳，摸了一阵，在胡彪错愕的目光中从副驾驶的车座底下摸出一把斧头和一支手电，又走到货车车厢后头，一斧子劈开了车厢锁，将门拽开。

在手电的灯光下，他看见一堆散了架的空纸箱子，箱子里一件货都没有。

而在那堆空纸箱子的深处，坐着一大一小两个人，都被反绑着手，拿袋子蒙住了头。

乔东爬了上去，抬手就把袋子拿了下来，待看清了人脸后，他脸上扬起的笑容凝固了。

怎么是个女的？白宇平呢？

那是个看起来十分清秀的短发女人，嘴上还缠了厚厚好几圈胶带，胶带被撕下来的第一时间，她几乎哭着哀求道："放了我孩子，求求你，我不跑了，我都听你们的，不管我前夫做了什么，别牵连孩子，她是无辜的！"

乔东有些无措地问："你前夫是谁？"

"徐宏，"她泪眼婆娑，哀哀地看着乔东，"你跟他们……不是一伙的？"

乔东站了起来。这一刻，他才算想通了为什么白宇平不在徐宏那儿，为什么徐宏会去认下那个不属于自己的罪名，却绝口不提其他人。

他前妻、孩子在王贵手里，打一开始，他就准备好了去做替罪羊。可即便徐宏答应了老老实实去顶罪，王贵也没打算放过他们一家子。也许是徐宏迟迟不去自首把他惹火了，也许是这女人带着孩子尝试逃跑的行动让王贵感觉到了风险，他打定了主意，要背着徐宏搞死他的前妻和孩子，只是巧了，这个时候，乔东来了。如果乔东没有来，也许他们会用其他方式杀了她们母女，但既然乔东来了，他们就让乔东当了这个替罪羊。

今天要是出了事，任谁看这个现场，都会认为是乔东绑架了她们母女。

乔东跳下车厢，拽住胡彪的胳膊，急切地说："你叫你兄弟过来接我们，那帮人看见我们走着出去肯定不会放过我们，但这两个人我必须得救！"

半小时前，河子的车停在隧道口边的应急车道上，他和海子现在一人把着盘山道的一头，等着确认乔东那辆大货车出事了再走。他切了个CD，音响里很快爆发出一阵震耳欲聋的鼓点。海子老说他听的歌鬼哭狼嚎哐哐乱响，跟他本人似的，又吵又没脑子，但他就喜欢这种东西，带劲儿。

再说海子有什么脑子，被女人迷得着了道，差点坏了大事，还得让其他兄弟来擦屁股。当时海子想睡徐宏前妻，却没留神，被那女的用仓库里的货件砸到头，晕倒在地。偏偏海子觉得自己干的这事见不得人，还让守门的兄弟把记者和老许带走，把人都给支开了。那女的差点跑出去。要不是后来正好撞上巡逻的河子，事情就闹大发了。所以河子这次防着他，临出发前才告诉他，这趟不是送货，是杀人。

不过他犯事倒便宜了河子，以前王贵在两个兄弟里更看重海子，现在河子反而成了王贵眼前的红人。

他把腿往前挡风玻璃上一放，悠哉地点了根烟。

烟头的火星刚亮起，他眼角的余光就瞟见一辆桑塔纳开了过去。那车的车窗大敞，驾驶座上的人半边膀子露在外头，路灯和河子的车灯把他的半张脸照得亮堂。

是那个小胡子。

河子叼着烟眯着眼，脑子里一丝被遗忘的记忆忽然被拽出来了。

去年他还没上王贵这干活儿的时候，整天不着四六，爱和一帮二流子一起混迹在城里的网吧、KTV、台球场，那会儿有个兄弟说城南台球场在圈里特别有名，他们就相互撺掇着去了。

结果那哥们儿喝了酒想泡妞，也不知道碰上了哪个惹不起的妞，让个小胡子带人给打出来了，当时小胡子怎么说的？我的场子可不是开给你们这种人的，再不走，拿哪只手碰的人就剁了哪只手！他这么一看，那人不就是刚才开桑塔纳的？

许老头他可太清楚了，胆子还没兔子大，怎么跟这种道上的人混到一起去的？

河子一下就坐不住了，他赶着回去找许老头算账，王贵说了这事交给他来办，他自然认为要把问题彻底处理干净，这干净当然包括许老头那个吃里扒外的老东西。

至于监视大货车，这点小事，海子一个人就能处理，更何况那车的刹车管是他亲自剪的，不怕不出事。

退一万步讲，要是海子又出了岔子，以后厂子里的钱和账，恐怕就要落他手里喽。河子得意洋洋地想着，把车开得飞快，二十分钟后他就回了厂子。

见只有河子一个人回来，老许心里警铃大作，却只能装着不知所措的样子上去演戏，问他的大外甥去哪儿了。

"老板器重他，留他在那边干活儿呢，"河子假情假意地笑着，"我来接你和他一块做个伴！"

河子打算随便找个借口把老许诳出去绑起来再好好审审。老许听得出他那话里的潜台词，吭哧半天，磕磕巴巴地说："那我，那我拿点东西。"

他颤巍巍地走进大门口的值班室，想拖延点时间，可值班室总共就那么点东西，拖不了多久，何况拖了又有什么用？外头那个小胡子男人是跟着乔东来的，这会儿只怕也已经跟着乔东走了，现在没人能救他。

河子跟了进来，骂骂咧咧道："快点，老不死的，磨蹭啥呢！"

他走了两步，脚下也不安分，一脚踹到了老许椅子后头的架子上，摆在架子边那个破破烂烂的铁茶叶罐晃了晃，咣当一声掉在了地上。河子又踢了一脚，那罐子便滚到了老许的脚边。

"这都什么玩意，一堆破烂。"河子说。

老许心中一动，颤颤地弯下腰，把他婆娘留给他的破茶叶罐子揣进怀里，又借着这个动作背过身，靠着身体的遮挡，从椅子底下拿了把榔头揣在袖子里。

"来了，就来。"他吭哧吭哧地说，"年纪大了，动作慢。"

老许站起来，蹒跚着走到了河子旁边。就在河子嗤笑着转过身往外走的时候，老头突然举起榔头，以一种不属于他这个年纪的力度和速度砸了下去，正中河子的后脑勺。

河子踉跄两步，抱着头，难以置信地看着他。老许看得明白他那意思：你居然敢打我？你个半截身子都快入土的老瘪三居然敢打我？河子瞧不起他，可能是他那回让王贵拿把刀吓没声了，河子就觉得他是个软骨头，是个谁都能欺负的老废物。

可兔子急了还会咬人呢！一个毛都没长齐的兔崽子，明着把刀架他脖子上了，凭什么觉得他不会蹦跶两下？

老许追上去还要再砸，却被河子踉跄着躲过了，一把抓住老许的胳膊抢下榔头，怒不可遏，反手一榔头砸在了老许头上。

扑通一声，老许应声倒地。

河子捂着头，歪歪斜斜地走过来，看着倒在地上呻吟的老许。

"老不死的，居然敢打我！"他骂咧着，举着榔头冲着老许的脑袋就锤了下去，老许只闷哼了一声，就没了声音。

他拿命换来的尊严不过短短数秒，此时已经化为乌有，他那混浊而涣散的老眼微张着，死不瞑目地看着那锈迹斑斑的罐子。

河子泄了愤，喘着气直起身，把榔头扔了，一屁股坐在地上，只觉得眼前天旋地转。手机这时候不识时务地响了起来，河子掏出来一看，是海子打来的，他只能吐了口带血的唾沫，将电话接起。

电话那头是海子带着愠怒的质问："人跑了，你他妈怎么回事？去哪儿了？"

"回来找许老头了，"河子的语气一副无所谓的架势，"你没看住他？这可是你第二回犯错了。"

海子几乎在咆哮："少他妈放屁，你搞我！亲兄弟你他妈搞我是吧？人是从你那边跑的！赶紧问问许老头那两个人是谁，躲哪儿去了，天亮之前必须把人找回来！"

"哦，来不及问了，"河子看了一眼自己面前的尸体，撇了撇嘴，"不过你放心吧，我知道他们是谁。"

第十四章

10月27日，晚上9点24分。

二手电脑回收店里，白宇平的电脑被摆在柜台上。无数条数据线将它和另两台台式电脑相连，笔记本电脑的屏幕是私密文件夹的密码输入页面。而台式电脑的大屏幕上，一个简陋的程序正在运行着，几组随机的数字飞速切换，正以简单粗暴的方式试探着加密文件的打开方式。

回收店的老板华子正躺在旁边的摇椅上鼾声如雷，风扇的声音聒噪不堪，申菱焦虑地看着手表，表针飞速走动着。

她的助理何琪就坐在她旁边，见她这样，安慰似的拍拍她。

"很快就会好的。"她轻声说。

乔东和药厂周旋之际，申菱也没片刻清闲。白宇平的电脑里那个名为瑞格列奈的加密文件夹一直在她脑子里打转，直觉告诉她，只要打开这个文件夹，关于白宇平的一切问题都将找到答案。

她原想找姜广平帮忙，但就在她拿起电话的时候，却看到了电视新闻上滚动播放的新消息：白宇平绑架案尘埃落定，凶手畏罪自杀。那一刻她心都凉了，申菱清楚警察不会再为已经结案的事大费周章，除非她拿出货真价实的证据证明他们错了。

恰好在这个当口，何琪找上门来了。老板让她来下最后通牒，要么明天回去上班，要么直接滚蛋。何琪唯唯诺诺，作好了被申菱当出气筒的打算，可没想到刚进门就被申菱一把抓住，问她认不认识会破解加密文件的人，要嘴够严的。

何琪毕竟是申菱一手带出来的，虽然感到莫名其妙，却还是带着申菱找上了她的发小华子。

华子满口应下，只是这事虽然能办，但要花时间。他只能用程序粗暴地试验密码的组合，就算他开了两台机器一块跑程序，破译密码要花的时间仍然令申菱坐立难安。

她在这儿守了一天，在耐心濒临耗尽之际，接到了姜广平打来的电话。

姜广平前些天一直在犹豫要不要联系她，他对申菱有些愧疚，毕竟当初他答应过要给她和白宇平一个交代，可因为线索的中断，却不得不面临着囫囵收场的局面。即便他从没告诉过申菱真凶可能另有其人，但他骗不了自己的良心。

实话说，从营救白宇平失利起他就不甘心，虽说这事有一部分责任在家属私联犯人上，但他从没觉得自己能置身事外。这事他当初该想到的，可他没想到，就像当初人就该抓着的，但他没抓着。

他熬了这么些天，本来回了家头沾枕头就该睡着了。可他睡不着，他一闭眼，眼前就是白宇平那张被水泡烂浮肿的脸，是申菱在存尸处痛哭的模样。

就这么放下这个案子，他对不起自己这身警服。

他当即爬起来穿上衣服又回了局里，想再拦一拦，拦不拦得住他都得再拦一下。

老局长看见他来了也没觉得意外，一句话没多说，就把一个案子的卷宗扔过来了，这卷宗是刚从城郊派出所调回来的，也就是徐宏的妻女遇害的事故卷宗，摊开的那页上，是货车司机的照片和名字陈和平。

尸检结果显示，许楠和徐媛媛遇害时，手脚均有被捆绑的痕迹，也就代表这很可能不是一起单纯的意外。

"查吧，现在也就这么个切入点了，"老局长说，"上头我先拖着，你这边只要找到共同点，就批准并案调查。"

姜广平大喜过望，他追着陈和平查了两天，发现这人也住城南的城中村里，但偏偏他周围的近邻亲戚对他的基本情况一问三不知，干什么的，在哪儿干活儿，最近和什么人来往，出事的时候拉的大货车是谁家的，没人知道。至于许楠和徐媛媛就更没人见过了。

焦头烂额的时候，姜广平忽然想起申菱说过，白宇平出事前也常去城中村调查，他怀疑白宇平、徐宏、陈和平之间存在某些关联，于是打电话过去，想问问她有没有城中村的线索。

除此之外，他也打算跟申菱提一下白宇平那案子的真实情况。他没法将案件的细节告诉申菱，只能模糊地告诉她，这事也许另有隐情，他一定会继续追查。

申菱静静地听着，有一瞬间她几乎想把自己所掌握的真相和盘托出，但最终理智还是把它压下来。她深吸了口气，意识到此刻她手里确实有对方需要的东西——那张照片。乔东能凭它找到药厂，警察肯定也能找着。

想到这儿，她当即打算让姜广平来二手回收店找自己拿照片，可她话刚落到嘴边，却只觉一阵头晕目眩。骤然间耳边躁动的风扇声、店主的呼噜声、姜广平在话筒里说话的声音扩大成百数千倍，它们交织在一起，变成嘈杂不堪的噪声，接着收缩为高亢的耳鸣。

她似乎听到了姜广平在说话，却连一个音节都分辨不清。

那耳鸣声来得快去得也快，它忽而拉远，最终与柜台上的台式机响起的警示音汇合，聒噪的声音让华子猛地惊醒过来，他回到机器前按了下鼠标。

警示音戛然而止，手机里被盖过的人声终于能听清了。

姜广平的语气急切："……现在在家不？不在马上回去，这几天不要出门，犯罪嫌疑人跑了，我怕他会对你不利……"

申菱的手捏紧了手机。

"你说什么？"她有些茫然，"犯罪嫌疑人？"

"徐宏，你提供的线索，你忘了？"姜广平说，"目前还发现了其他受害者，下一步难保不会对你进行报复，注意安全，不要单独行动！"

姜广平的电话匆匆挂断，申菱愣了半晌，才反应过来姜广平话里的意思。

徐宏跑了？可他不是昨天就死了吗？

一时间，巨大的恐慌将她淹没，她终于反应过来时间被再度修改了。但乔东到底改变了什么？为什么本来已经死了的徐宏会死而复生？为什么白宇平还是没被救下来？

申菱攥紧了手机，感到无比地慌乱。

华子陡然的欢呼让她回过神来："成功了！"

申菱循声抬头，只见白宇平的电脑上的密码输入页面此时已经消失，转而跳入了一个全新的文件夹窗口。华子兴奋不已，摇着鼠标就要点开页面里的文件，鼠标刚落到文件夹里的图片图标上，申菱忽地站起来一把扣下了笔记本电脑的屏幕。

她面色苍白，扯了下嘴角说："抱歉，这个你们不能看。"

接着她翻出钱包，拿出一沓钱放在柜台上，只仓促地留下一句再见，便提着笔记本电脑大步走出门去，留下华子和何琪两人面面相觑。

申菱急匆匆地回到车上，锁好车门，她开着车过了两三个红绿灯，才找到一家有 WiFi 的小店，重新打开笔记本电脑。

QQ 里，乔东还没有发回任何消息。她发了句"出什么事了"过去，边等回信，边切进那个刚刚打开的文件夹。里面总共有三样东西：第一样是访谈录音，里面是白宇平和一个中年女人的对谈，录音长达数个小时，应当是几次采访的拼接，申菱没有时间全部听完，只能匆匆跳过；第二样是采访稿，她打开看了一眼，里面正是三年前把徐宏送进监狱的那篇新闻稿，却和当时发表出来的不太一样。

这篇新闻稿多出了一段内容，在揭露了本市的假药制售产业链后，白宇平提到了一处后来未被公开的细节：在当时被打掉的窝点里曾查获了两种不同的假药。

其一是回流药，当年查获的假药里有一大批进口包装的瑞格列奈，这药是近几年刚经研发进入国内的糖尿病日常用药，价格不菲，但打开之后却发现里头装的是二甲双胍，二甲双胍是老牌的降糖药，制药成本和售价比前者便宜很多。不仅如此，这些二甲双胍药片有回潮现象，明显不是合格药品，只是不知道药物来源，是在市面上买来的临期药，还是直接从各大药厂收来的残次品经回炉重造获得的。

但无论药品的来源为何，回流药的剂量仍是符合规定的，而另一种假药贩子的自制药就不同了。也许是回流的药片满足不了他们的贪欲，他们弄到了一种名为格列本脲的原料，将其打入米粉团子里，自制包装后散布到各个下游，假称这是从印度进口的新药，高价售卖。这些药品单片里的剂量不一，只大体控制在一个限度内——简言之，吃不死人的量。

自制药必须由有医药相关背景的人提供指导才能生产，可当年被逮捕的制假团伙里，竟没有一个有高中以上的学历。这样的人，怎么搞得懂药品原料的选择和剂量的添加呢？

白宇平怀疑有人在暗中资助假药链条，而排在他怀疑名单第一位的就是 H 市最大的药企：康遐药业。

事实上，在瑞格列奈进入国内市场前，康遐生产的二甲双胍和格列本脲一直对本地的医院进行稳定的供应，可瑞格列奈的进入却导致这两项药品的市场被大幅蚕食，为了打击新药，保住自己的市场份额，康遐暗中资助假药链仿制新药不无可能。而更重要的是本地虽然有医药企业，却没有原料厂，除了康遐，别说是 H 市，就是在本省都没有谁家有如此大量的药品原料资源。

但这篇稿件的底下被附上了主编的审稿意见：无端臆测，易招致诽谤之名。很明显，这也是当年白宇平将文章后半段删除的原因。

最后则是一封手写举报信，举报人讲述了康遐的董事多年前参与制假贩假，并为了掩盖真相害人性命的手段，而她的手中就握有此事的证据。

扫描件的里面，留下了一个电话号码。

申菱死死地盯着那个电话号码，随后拿起了手机，一下下地按下了数字。车窗外的车流呼啸而过，电话在短暂的两声提示音后陷入了忙音，无人接听。

而电脑上和乔东的对话框也毫无回应。

她咬着唇，她等不下去了，姜广平的话还在她耳边回响。徐宏死而复生，乔东暂时联系不上，而电脑里的那些潜藏着过去种种的资料每一样都让她坐立难安，但她很快又意识到，这对她而言无疑是个机会，徐宏活了过来，也就代表着原本已经了结的案子重回到了办理中的状态。

她手里的这些证据有用了。

她抱起电脑，决定去警局见姜广平一面。

申菱匆忙赶到市局时，局里一片混乱。她在大厅站了好一会儿，才看见小杜从里头出来，赶紧把人拦住说自己有重要的线索要见姜广平。小杜正忙着，闻言只能匆匆忙忙地把她带进支队办公室，说他去找人来，接着便不见了踪影。已近深夜，往来的警察却都是行色匆匆，满脸凝重。

她在桌边局促地站了半天，终于瞧见姜广平和李玲从外头进来，正往他自己的办公室走，于是她赶忙追过去，还没喊出人名，就听见了对方的谈话。

"死者身份确定了，"李玲说，"乔东，三十四岁，黑车司机，咱们之前找过他，当时排除了嫌疑，我排查监控，发现肇事车辆在徐宏家出没过，怀疑有蓄意成分，建议并案处理……"

她话说到这里，忽然看见已经走到近前的申菱，于是打住了话头，正要问对方来意，却发现她脸色惨白，一脸难以置信，愣愣地看着姜广平。

申菱惊恐而无措地问："乔东……死了？"

她这时才意识到，原来姜广平电话里提到的"其他受害者"，竟然就是乔东。

⫴⫴⫴ 第十五章 ⫴⫴⫴

10 月 18 日，凌晨。

胡彪打电话叫他小弟毛杆把平时催债的车开过来，等车开来了，又让毛杆装作桑塔纳的车主报案，以便完了事能把他的桑塔纳弄回去。胡彪和乔东则开车送许楠母女去市局，白宇平的案子目前归市局的专案组，他们得让许楠把这事的前因后果跟警察说清楚。

开车回去的路上他俩还在说这事，许楠抱着女儿在后面听着，也不说话。乔东见后座的女人许久不吭一声，便抬头看了眼后视镜，看到那女人怀里的小女孩正沉沉地睡着，女人低眉垂目，一下一下地拍着女孩的背。

估计是吓坏了，乔东想。

在那破地方被关了那么久，好不容易逃出来，此时估计身心俱疲，别说这两个女人，就是乔东自己，在那黑厂里窝了两天，眼下逃出来，也有种如释重负的解脱感。

等着吧，就快好了。他对自己这样说着。

车里的广播放着柔和的音乐，车一路进了城里，他终于放轻松了些，眼皮子也有些沉重，脑袋鸡啄米似的耷拉下来，即将睡去。

乔东昏昏欲睡，胡彪开着车眼睛盯着前头，两个人自然谁都没留意到，后座的许楠正谨慎地观察窗外的环境。

此时天色将明，车流缓慢，喇叭声混作一团，路边已经有不少上班族在早餐摊边排队。远远地，许楠已经看见了市局的影子，过了这个红绿灯，下个路口拐弯就到了。而此时的信号灯正闪烁着，前头的车流缓慢地蠕动，绿灯的倒计时恰恰卡在他们前面结束了。

红灯亮起，车停了下来。许楠知道，这是她最后的逃跑机会了。

她一把拉开车门，抱着女儿就跑了下去，直直冲向路边排队买早饭的人群。

从货车上下来时，乔东和胡彪只言片语的交谈让她在一刹那敏锐地明白了现状：厂里那帮人抓她和媛媛，不是因为跟徐宏结了什么仇，而是为了拿她们要挟徐宏，去给那帮亡命徒顶杀人罪！

她的思维在一瞬间变得十分清楚，眼下她去报案，警察可能会去抓黑厂那帮人，可能会去救那个姓白的记者，可对徐宏却没有半点好处。

人是徐宏绑的，钱是徐宏要的，他的罪名半点都脱不了，甚至她去了警局里，很可能是从一帮人的人质变成了另一帮人的人质——警察逼徐宏自首的由头。

她不能就这么去警局，她得先回去通知徐宏，等徐宏跑了，躲得远远的，她再回来跟警察说清楚一切。

胡彪和乔东毫无防备，听见后座的开门声才发觉不对，当即拉开车门追了下来。可他们已经晚了一步，许楠撞进那帮上班族中，她身材娇小，十分灵活地挤进了队伍。

她高声喊："有小偷啊！"

人群霎时乱作一团，趁这个机会，她钻进了楼与楼之间的小巷道。

乔东和胡彪追过来时，这帮人正吵着谁是小偷，谁喊的抓小偷，本就不宽敞的路让吵架的人一堵，更走不通了，面前全是人挤着人，乔东看来看去，竟完全找不着许楠的影子。

他叉着腰，恨恨地长叹一口气。

路口的红绿灯再次变换，后面的车流按起了喇叭，眼瞅着交警就要过来了，胡彪赶紧拉了乔东一把。

"算了吧，"胡彪说，"跑就跑了，跟个女人较什么劲呢！"

"不是计较不计较的事……唉，"乔东叹着气，也只好蔫头耷脑地自我安慰，"行吧，救人一命胜造七级浮屠了。"

人跑了也没法去市局报案，胡彪做了个好人，把乔东送回他出租屋的楼下。临走时他从兜里摸了根烟递给乔东，这让乔东有些受宠若惊，他认识胡彪两三年了，从没见他这么和善过，一时间捧着烟居然不知道该怎么反应。

胡彪见他那样，把打火机扔过去，哼笑起来："抽吧，又没毒，你小子倒也算有种。"

乔东这才按着打火机，点上了烟。

"老子在城南放了这么些年的贷，没种的废物可见多了，敢借这种钱，赌的吸的嫖的总得占一样，再不然就是你这种蠢货，"他往车窗外掸了掸烟灰，也不管乔东听见这评价连连的咳嗽声，"不过骨头硬的蠢货我喜欢，你小子以后要是干不下去了，上城南跟我混吧。"

乔东止住了咳嗽，一时间有些五味杂陈，他没想到这辈子自己收到的最明确的认可，竟是来自自己恨之入骨的人。

"跟你混啊，我可打不了人，也不敢剁人手指头。"他意有所指地说。

胡彪大笑起来："你给老子算算账不行啊？平时在外头开车找零，算数挺快的吧？"

他也不等乔东回答，把自己的手机号写了个条给他，接着摆了摆手把他打发走了："不着急，想好了来找我，老子还得回去看场子。"

等胡彪开车回他的台球场时，已经临近中午。他拐进台球场的门到了地下，刚一进门就觉得不对劲儿了。

虽说台球场白天人少，但场子里也不至于一个人都没有。

出事了！胡彪经验丰富，几乎第一时间作出了判断，他毫不犹豫地掉头就走，可还是晚了一步，背后传来棍棒挥动的风声，接着他脑后一痛，人便昏了过去。

等他醒来时，发现自己被人绑在凳子上，手脚都动弹不得。他的兄弟们一个个也全被捆成了粽子，除了鼻青脸肿的毛杆，其他人都不省人事地躺在地上。而他面前则站了几个高个壮汉，这帮人围在一块，正中间大爷似的坐着个人。

胡彪脑瓜子还是嗡嗡地疼，他抬起头想看看自己栽谁手上了，却觉得眼前有些发花，什么都看不清楚。有人踹了他一脚，让他连人带椅子倒在了地上，他这才认出踹自己的正是前天在城中村见过的保安小子，心里顿时明白这帮人是为了什么事。

"王哥，怎么处理？"那人说。

王贵没有说话，他手里拿着手机摆弄着，声音冷硬地说："老板都亲自打电话过来了，当然是问老板的意思。"

他的语气好像有些不悦，却难说清是冲着下头的人去的，还是上头的人去的。话音才落下，他手里的手机就公放出了声，接话的"老板"语气平和，十分大度。

"我有两个人让你们截了，是吗？"他温声说。

透过电话传来的声音有些失真，但胡彪还是觉得耳熟，他眯着眼睛，心里苦苦地思索着。

"我不喜欢粗鲁办事，你的那位好朋友，以及你们带走的人在哪儿，麻烦你请他们过来谈谈。"这头没有回应，但"老板"似乎并不生气，他的声音仍然不紧不慢。

"你他妈谁啊？"胡彪反问了一句，"你说什么就是什么……"

胡彪的话只说到一半，那高个保安又踹了他一脚，让他剩下的话全闷在痛哼里。

"你没得选，"电话那头的声音仍然平淡，"我话不喜欢说第二遍，不请人，就只能请你吃点苦了。"

他话说到这儿时，熟悉的腔调和语句却瞬间过电一般击穿了胡彪的记忆，他瞪大了眼睛，骇然地看着那手机，几天前才听过的声音在脑子里反复回荡。这答案让他难以理解，以至于他忍不住出声："怎么是你？！"

电话那头的人不再说话了。

"少他妈废话，回答问题，"保安骂道，"你不是爱剁人手吗？

不说我就把你和你兄弟的手全剁了。"那保安说着，从一边的桌上拿起把砍刀来，威胁似的比画着。

胡彪咳了两下，只觉得好笑。风水轮流转，竟然也有他倒霉的一天。但他没有吱声，吃他们这碗饭的人或许不在乎法律和道德，但很在乎规矩，胡彪有胡彪自己的规矩，就像替人办事，该收一块钱决不收两块，答应给老板办事就不能随便卖了老板，破了规矩，他以后就混不下去。

他也不说话，兀自闭上眼，摆出一副蔑视而无动于衷的架势。

他是个守规矩的人，他的兄弟却不是。胡彪嘴都没张一下，毛杆却忽然叫出了声："我知道！我都说！别对我动手！"

此时此刻的乔东全然不知危机将近。他刚回到家里打开电脑，就听见 QQ 提示音乱响一气。乔东本以为申菱是来催问情况的，正觉得无奈，最新的几条留言却让他愣在了原地。

申菱：18 号上午 9 点半之前不要出门，9 点半你会因为车祸没命的。

申菱：肇事逃逸，不排除蓄意。恐怕是那些人在打击报复！

申菱：怎么样了？看到回个消息！

留言时间是昨天夜里。

乔东忍不住看了一眼现在的时间，9 点 21 分，距离申菱所说的 9 点半还有九分钟。他已经不像刚跟申菱认识时那么鲁莽了，对申菱的话自然十分慎重。

东哥：刚回来，我不出去应该没事。

申菱很快给他回复了 OK 的表情，两人这才有了交换信息的时间，乔东将过去两天发生的事逐一告诉对方。两天的经历说多不多，说少也不少，当乔东总算结束讲述时，电脑右下角的时钟也不多不少恰好过了 9 点 30 分。

什么都没有发生。

乔东终于松了口气。他张开手掌，才发现掌心全是冷汗。虽然按理说不出门就不会出车祸，但万一他命里有灾，躲过了车祸却来个什么心肌梗死，岂不是更憋屈了？

见眼下自己平安，他语气轻松了些，给申菱回复了消息。

东哥：没事了吧？

可网络对面的申菱却一反常态地沉默了。乔东有种不太妙的预感，他抖着腿，见对面始终没有回复，又发了一条消息过去。

东哥：怎么样了啊？

长达数分钟的沉默后，申菱才仓促地回复，只是她的回复却显得十分惊慌。

申菱：我问了，还是死了……

申菱：你先别急，在家躲好，我去找人确认一下具体情况！

东哥：什么意思？

但申菱没有回复，兴许是打完前面的话就着急忙慌地出了门，压根没看到他的消息。

乔东的手握着鼠标，鼠标悬停在申菱的几段回复上，此时他的脑子实际已经一片空白。他的视线不着边际地在那几行字上一遍又一遍地扫过，却只把"蓄意"和"死了"两个词印进了脑子里。

思路一下串成了线，他忍不住打了个哆嗦。

有人要杀他！是药厂的那帮人，他们找着他了，这是为了昨晚的事报复他呢！

乔东越想越不放心，他一把抓住了手机，按下了 110 三个数字，却又飞快地意识到他不可能为了没发生的事报警。他忽然记起下车时胡彪塞给他的手机号，赶紧把纸片掏出来，照着号码给胡彪打过去。

但胡彪不接他的电话，号刚拨过去就被挂断了，几分钟后才迟迟发来一条短信，问他干什么。乔东只能回了一句：你那边没事吧？我好像让人盯上了。

胡彪：没事。

乔东琢磨了一下，大祸临头，为了小命，他还是决定直白点，便直接问胡彪能不能去他那儿躲躲风头。

胡彪没迟疑，很爽快地回了一个字：来。

果然讲义气。乔东心里放松了很多，当即收拾好了东西，又给张平打了个电话，让他租辆车来送自己一路，生怕自己出门丢了小命。

张平开车来时摆了一副臭脸，一路上还在不停地絮叨，说好买了股票两个人分钱，结果乔东一个人把钱全拿走了不说，还失联了三天，隔了三天打来电话，结果头一件事就是让他帮忙，实在不够兄弟。

他按照乔东指示的路线开到台球场所在的小巷路口，正打算拐进去，却猛地被乔东拽住了胳膊。

张平满脸莫名地看向他，只见他这兄弟一脸凝重地低下了头，侧过脸，像是避着谁似的。

"往前开，别拐！"乔东低声说，"直接开走，前面想办法掉头回去。"

"你没事吧，东哥？"张平有些错愕，他甩开乔东的手，扶着方向盘，却也没敢转弯，只是让车慢慢向前滑去，"你拿我寻开心呢？刚出来又要回去？"

乔东此时才是有苦难言，就在刚刚张平的车开过前一个岔路口时，他看到一辆大货车停在小路深处。这辆大货车太眼熟了，从颜色、外形到牌照，都给乔东留下了深刻的印象——那是海子的货车。

他这才后知后觉地意识到，那帮人既然都瞄上他了，又怎么会忽略跟他一起的胡彪和老许呢？胡彪在道上的名声可比他这个无名小卒大多了，而老许就在他们手里，哪儿也跑不了，他们肯定会更早一步被控制住。

乔东深吸了口气，见张平把车开远了些，才拿出手机，准备给胡彪发条短信试探一下。但发什么，他却卡了壳。他对手机那头的人到底还是不是胡彪没把握，到底是胡彪出卖了他，还是胡彪已经遭遇不测？

他还在犹豫怎么给胡彪发消息，张平猛踩了一下刹车，他差点撞挡风玻璃上。他下意识地骂出了口："你小子干吗呢！"就看见张平指着前头，手抖得像是吓慌了神。

"哥，东哥，你快看看，"他磕巴着说，"那着火的窗户，是不是你家？"

乔东一抬头，就见前面熟悉的破烂居民楼里，四楼窗户浓烟滚滚，正是乔东租的那户破房子。烟雾沉沉地裹着若隐若现的火星从狭小的窗口涌溢而出，仿佛在嘲笑着乔东的不自量力。

他茫然地拉开车门下了车，向前走了几步。路边已经围满了看热闹的路人，消防车尖锐的鸣笛由远及近，人头攒动，议论声嗡嗡不止。他无措地向周围看去，隐约看到河子张狂的狞笑，随后眨眼便消失在了人群中。恐怕河子一直蹲点在他家附近，不管是先前的车祸还是如今的火灾，都是河子意欲灭口的手笔。

张平拉着他让他快走，可他却满心绝望，走哪儿去？他还能往哪儿躲？人家都找到他家了，把他的全部家当都烧了，这辈子拥有的全部化为乌有，甚至不知道下一个瞬间自己会不会被不知道从哪儿冲出来的人捅了，一刀归西。

想到这儿的时候，他才反应过来，只有他的老爷机能联络申菱，可老爷机还在楼上呢！他当即一把甩开张平，在一众惊恐的呼声中，顶着大火和浓烟义无反顾地冲进了居民楼。

第十六章

10 月 28 日，下午 5 点 34 分。

申菱的电脑页面正停留在一条对本地老城区火灾的报道上，网页上一栋陈旧的灰砖小楼已经被火烧得墙体漆黑，报道粗略地写着租户是名三十四岁的男性，因重度烧伤被送进医院，抢救无效死亡。

她是从姜广平那儿确认乔东的死讯的，可通话只维持了短短几分钟，还没来得及问清这一次乔东是怎么死的，姜广平便突然说有要紧事挂了电话。

乔东那边的情况刻不容缓。她只能用笨办法，从本地新闻里找到十天前的新闻报道，一条一条地筛查过去，把十天前所有出现了人员死亡的意外事故和蓄意伤害案件全整理出来，排除明显不可能的案件，最后将它们汇总为简单的时间地点信息，发给乔东，让他自己从中排查出可能与自己相关的内容。

乔东仍然没有回信，申菱不安地咬起了指甲。

从心底里讲，她对乔东有些埋怨，无论乔东怎么解释他的做法，在申菱看来，都不过是他为了逞英雄救一个不相关的人而打草惊蛇，不仅对白宇平没有丝毫助益，反倒可能因为惊扰了那群凶手而让救援更加困难。

她当时就该阻止他混进黑厂的，申菱想，当时她虽然觉得有些不妥，但却没有更好的办法，一心又急着把人救下来，竟然以一种病急乱投医的心态同意了他这样做。可乔东这人没分寸，也没计划，做事未免太想当然，她应该更冷静点才对。

她心里七上八下，实在难以安心，于是再次给姜广平打了电话。手机里的拨号声才响了三声，熟悉的眩晕感再次出现，申菱的眼前一花，网页上的文字竟像虫子一般扭曲起来，它们相互汇聚，重新拼接，接着变成一组新的文字。

"火灾现场仅租户受轻伤，无人死亡。"

成功了！

她顿时如释重负，只是心里仍然觉得不安，接连两次的死亡，还间隔如此之近，这背后肯定有什么隐情。

她这样思索的时候，电话也终于拨通了，姜广平的声音十分疲惫："喂？申菱，我们马上要行动了，你……"

申菱不由分说地打断了他："乔东怎么样了？"

"乔东？"姜广平一怔，接着语气有些无奈，"你不都问三遍了？死了，五天前摔下地铁轨道死的。我怀疑这事和白宇平的案子有关，但还得进一步调查。"

果然，那些人还是没有轻易放过乔东。

申菱怔怔地说了声谢谢，姜广平的宽慰几乎没进她的耳朵里，她挂断了电话，心里慌乱，却怎么也想不出个办法。

这时候，QQ 的提示音终于再次响了起来。

东哥：没事了，火灾的时候我在外面。

东哥：现在呢？

申菱的手放在键盘上，却头一回不知道该如何向对方回复，也许是她反常的沉默引起了对方的注意，乔东再次回复。

东哥：还是死了，是不？

申菱：……对。

她咬着唇，苍白地在输入框里敲下"我会继续想办法的"，但还没按下发送键，对方的消息接踵而至，让她瞬间如坠冰窟。

东哥：我不想干了，我得出去躲两天风头。

乔东的手臂上包着一层厚厚的纱布，纱布周边还隐约可见血迹和粘在上面的灰屑。他正坐在张平的柜台边，柜台底下接了条插线板出来，把他的老爷机歪七扭八地连在了张平的电脑显示器上，乔东费力地用没受伤的手一个字母一个字母地敲着键盘。

修车厂外的天光已经黯淡，他的手机就被扔在一边，上面停留在短信的界面，是他和胡彪的短信记录。

东哥：胡哥，欠你的钱还没还清，又来麻烦你，怪不好意思的，我自己想办法吧。

胡彪：没事啊，哥罩着你嘛。

乔东心里也就知道了，那不是胡彪。胡彪早就把他的账清了，不会对这话不作怀疑。

可他自身难保，已经无暇顾及胡彪的安危。说来也是幸运，他冲进居民楼的时候火势还没有完全蔓延到客厅，大门还能打得开，老爷机虽然被高温烤得滚烫，但机子本身也没有严重损坏。倒是他把机器抢出来的时候，因为缺乏防护，半只胳膊都被烫伤了。

张平只能带着他找了家诊所，把胳膊包扎好，才回到修车厂安顿下。可能在他眼里这兄弟也是疯了，不要命地抢怎么也得是传家宝，结果抢出来的是这么个破烂玩意。

他发出那条消息后，隔了很久，申菱才作出回复。

申菱：那宇平怎么办？

申菱：你让警察帮忙吧，他们肯定能顺着这事查到白宇平的，我这边警察都查到了。

东哥：报警？等警察查出来，我早凉了。

东哥：掺和你的事掺和得我连命都没了，你让我怎么玩？

申菱：那是因为你多管闲事！我给你钱不是让你去救绑架犯的前妻的！

QQ 的聊天界面上一时陷入了沉默。

乔东的手放在张平那颇不顺手的键盘上，迟迟没能打出一个字来。他想说你这人怎么这么冷血，那好歹也是两条人命，何况她们也是无辜的；想解释这跟救不救那两个人没关系，那帮人本来就没想留他；甚至想反问申菱你又付出了什么，虽然给了钱，但你只不过动动嘴皮子，你能在安全的地方高高在上地指手画脚，我可是要去卖命的！

愤怒之外，一种深深的失望也涌了上来。胡彪和老许生死不明，申菱却要他留下，这无异于逼他去送死，申菱难道不清楚吗？

她清楚，她就是不在乎而已，她是个既慷慨又吝啬的老板，这点从头到尾都没变过。

乔东最后还是什么都没说出口，只是回了一句言简意赅的拒绝。

东哥：跟你没法说，反正我不干了。

回复完，他抬手拔了插头，不想再看申菱的任何回复。他得收拾收拾出去避几天风头，最好能出省，那帮人再怎么丧心病狂，也不至于追到外地搞他去。

申菱死死地盯着她的电脑。

已经快过去半个小时了，乔东还没有回复，她确定对方是不打算回复了。

夕阳沉入地平线的边缘，只将一点残辉留在暮色大地上，而这点光也即将熄灭了。

申菱突然觉得可笑极了，全天下有那么多人，偏偏电脑对面的是乔东这么个不负责任的软蛋，而对于这个软蛋，偏偏她竟然一时心软，帮对方把账结清了。

现在她手里一点能拿捏对方的东西都没有。

她恨恨地锤了一下键盘，输入框里出现了一堆乱码和字母，申菱只能又将它们一一删去。

申菱怨愤地想，哪怕乔东把电脑给其他人呢？他不愿意继续赚这个钱，总有人愿意吧？就比如说，给过去的自己。

对了，给过去的自己。

申菱突然想到，要是她找着与白宇平遇害相关的证物在哪儿，再让乔东帮忙给过去的自己递个信，也不用他上刀山下火海，发条短信就行，这事不就迎刃而解了吗？她相信自己在拿到了证据之后清楚该怎么做，至少比乔东清楚该怎么做。

她这么想着，再次想起了白宇平的电脑里那份隐藏起来的手写举报信，以及信上她没能打通的电话。

要不再打一次试试看？申菱想。

她抱着死马当活马医的心态翻出号码打了过去，可事情并不顺利，话筒那边仍然只有连成串的拨号提示音，久久无人接听。

申菱的心也在一声又一声漫长的拨号音中，一点点沉了下去。

就在申菱丧失耐心，打算挂断电话的时候，电话那头却突然被人接起，一个中年女人的声音传了过来，和此前申菱在录音里听到的那女人的声音一样，只是她说话声音含混吃力，远比录音中虚弱。

"你是谁？"她戒备地问，"这号我只给一个人留过，但他已经死了。"

竟然通了！

申菱先是一怔，满心都是终于接近真相的喜悦，在听到女人的后半句话时，她的泪水涌了出来。她哽咽起来，才发现自己等着说出这句话很久了："我是白宇平的妻子，我在查关于他的事，能和我详细谈谈吗？"

似乎是漫长的沉默之后，她听到话筒那边传来一声叹息。

"你来见我吧，"那声音显得苍老，语气之中裹着深深的疲惫，"我告诉你我在哪儿。"

嘉禾医院住院部 3 楼 307。

这医院的名字有些眼熟，但申菱一时想不起来在哪里见过。她记得这是一家挺有名的私立医院，就在老城区东二环边上。她披上风衣匆匆出门，驱车前往记忆中的地址。

夜晚，医院住院部安安静静，走廊只有少数陪床守夜的家属走动，保洁刚擦过地，空气中弥漫着一股消毒水味。

申菱找前台问了位置，值班的是个年轻护士，听到这房间号一时间有些诧异。

"直走到头右手就是，"她比画了一下，自言自语地说，"307今天还挺热闹。"

巡逻的护士从服务台旁边走过，接了句话："儿子刚没了，亲戚朋友肯定会来看望一下……"

申菱走到病房门口，正要进去时，门却从里面被拉开了。一个中年女人站在门口，看见她先是一慌，随后迅速低下头从她身边绕过，匆匆离去。

申菱的视线追着她的背影，她觉得这女人似乎在哪儿见过。但咳嗽声打断了她的回忆，她向房间里看过去，映入眼帘的是病房里一个斜靠在床上满面病容的老太太，苍老憔悴，眼神黯淡枯朽得像一潭死水。

"坐吧，"她费力地直起身子，向申菱推了推面前陪床的人用的椅子，又把摆在床头的橘子塞给她，"以前我儿子来看我，就爱坐这儿扒橘子吃。嘿，这臭小子就顾自己喜欢，也不管我能不能吃，老买这个……"

申菱坐了下来，看到老太太的床头摆着一束百合和一提果篮。

"刚刚那人来送的，"老太太顺着她的目光看过去，"她说，我儿子之前救过她的命，她一直觉得对不起他，后来听说人出事了，来看看我。"

申菱不知道该如何作答，只能轻声说："您节哀。"

"这话我该对你说才对，"她的态度平和，像在聊家常一样，只是语气里透着种深深的悲切，她勉力从哀伤之中挣扎出来，抹了把脸转移了话题，"你打电话来的时候，我还以为新闻上报错了呢，挺高兴的，结果……白先生是个好人啊，是我的事害了他。"

按举报信里的说法，老太太的丈夫曾经是本地机械厂职工医院的院长，为人正直，却被人诬陷他罔顾患者性命，为牟利进购伪劣药品，他无法接受这样的污名，最终郁郁自杀，而他那个明面上的挚友，背地里却陷害他的小人，也就是如今本地最大的药企——康遐药业的老板。

这些年来，老太太一直为了还丈夫一个清白四处奔走，却求助无门，直至前段时间，白宇平找上了她，他这三年一直在调查本地的制假贩假利益链，也把怀疑的目光抛向了康遐，可对手老奸巨猾，行事精明，他没有切实的证据，在多方打听下才找到了她这个证人。

"我有一份当年的采购证明，以及相关的进货清单和账目表，"老太太轻声说，"算是证据，但跑了好些地方，都跟我说这东西意义不大，没法用来翻案，但我觉得它一定有用，不然那个人不会一直缠着我让我把东西给他。我把它藏起来了，也告诉了白记者东西在哪儿。可惜，他还没用上，人就没了……"

申菱眼睛一亮，迫切地问："证据在哪儿？能告诉我吗？"

但对方却摇了摇头，语调苦涩地说："姑娘，不是我不信你，但我不能把东西给你，那会害了你啊……那帮人，没有人性，无法无天，我儿子已经被他们害死了，白记者也被我拖累了，我真的不能再拖累你了……"

她说得激动，不由得咳嗽起来，申菱赶忙起身给她倒了杯水，拍着她的背让她抿了口水，见老太太的气顺了一些，才把水顺手放在床头柜上。

却不想这一放，手碰倒了摆在那的那束百合，花束向旁边倾斜，接着倒了下去，随着啪的一声轻响，一张雪白小巧的卡纸从花束中掉了出来。

是随花赠送的赠词卡，上面用娟秀的字迹写了一行小字："感念乔先生对我们一家的救命之恩，待家里人安置妥当，必将交代一切，为乔东先生讨回公道。"

落款是"许楠"。

申菱的眼睛直直瞪着卡片上的乔东和许楠两个名字。刚刚那女人的相貌在脑海中渐渐清晰起来。对了，三年前徐宏因为白宇平的假药案报道入狱，当时挺着大肚子上申菱家泼油漆的，就是刚刚走出门的女人。

而她这时才想起来，嘉禾医院这个名字她确实见过，在那份已经消失的乔东的档案上，他当时就是在这里因为打架被抓的。

她夺门而出，几乎不顾一切地顺着楼梯向外跑去。可从住院部大楼出来时，她却失望了。漫天夜色，街道上人群熙熙攘攘，哪里还有许楠的影子。

她仰起头，看着住院部亮起灯的一扇扇窗户，乔东的母亲就在三楼最东边的窗户后看着，申菱此刻心里油然而生一种悲凉。

"你就是为了救她死的，"申菱心想，"就是为了救她这种人，把你最重要的家人留在这儿，抛下你父亲的冤屈，害得你妈什么都没了。"

真的值得吗？

 第十七章

10 月 28 日，晚上 8 点 11 分。

姜广平穿着防水雨衣，缩在村口路边拐角处的小轿车里，他的眼睛眨也不眨，直直盯着不远处那亮着灯的土房。

雨已经下了整整一晚，那座土房子里的人也一晚没有动静。

通缉徐宏的消息一直在电视上滚动播放，没多久他们就接到了这村村民的举报，说徐宏带着妻女躲到村里父母家了。姜广平带着组里人紧急开了一下午的行动大会，又和村里的派出所取得联系，总算赶在夜深之前带着人奔赴村里部署下来，就待目标出现。

8点20分，雨小了一些，屋里的门嘎吱一声开了，这家的女主人披着雨衣端着糠米，在院子里喂了会儿鸡。

8点40分，雨差不多停了，老头出来，在门口昏暗的灯光下，抽着旱烟。

临近9点，一个中年人终于在村口出现，他戴着帽子，穿着厚重的大衣，提着一袋子日用品，一脚深一脚浅地踩着泥泞的村路缓缓行走。他走到屋子门口，警惕地左右看看，准备推门进去。

姜广平举起对讲机，沉声说："行动！"

刑警们闻讯而动，瞬间将男人围在了中心。小杜冲了上去，一个过肩摔将想要逃窜的男人按在了地上。那男人还在奋力地挣扎着，姜广平推开车门大步上前，抬手摘掉了他的帽子，底下露出了一张熟悉的脸。

"徐宏，你涉嫌绑架、杀害白宇平，"姜广平利索地给他铐上手铐，"跟我们走一趟吧。"

他这话只是走个流程，谁知徐宏听了，却突然仰起头大吼："我没杀人！白宇平不是我杀的！是他们抓了我前妻、孩子，是他们逼我的！"

姜广平的动作一顿，长久以来的猜测第一次得到了正面的印证。他按捺住心里的喜悦，面上却仍不动声色："这些话，跟我们回去慢慢说吧。"

徐宏的经历要从两个月前说起。

当时他刚从狱中出来，亲人朋友几乎都和他断了往来，雪上加霜的是他查出了胃癌晚期，只剩半年多的时间了。他倒不怕死，说实话，这辈子混成了这鬼德行，死了是种解脱，他唯独挂念的是女儿，当年他关进去时孩子还没出生，现在一晃眼，也快三岁了。

他想再见他女儿一面。

可或许上天觉得单惩罚他一个实在抵不了他害了那么多人造的孽，当他辛辛苦苦找到许楠时，却得知了一个巨大的噩耗，他女儿被查出了先天性血友病。他可以放弃自己的治疗，但他就只有这么一个女儿，怎么能眼睁睁看着她去死？可他手里一个子也没有，而三年来，为徐媛媛做维持治疗已经花光了许楠手里所有的积蓄。

他一个从不信佛的人开始求神拜佛，赶着凌晨给孩子排队挂号。他好不容易搞到一管针剂却又担心药的成色时，才忽然意识到当年在他店里千恩万谢地买走一盒"特价药"的那些病人，他们眼里的神色到底代表了什么。

走投无路的时候，一个老熟人来联系他了，这人叫王贵，是三年前给他搭线到假药厂子的中间人。他见面对徐宏说的第一句话就是："你缺钱给小孩治病吧？帮我办点事，我可以给你钱。"

徐宏没问他从哪儿知道自己的事，这不是他该知道的事。他只知道一点，为了钱，他能付出一切。

王贵给他的任务很简单：盯着白宇平，定期汇报他的动向。这人似乎还在追查三年前的旧案，他想查的人是谁徐宏不知道，但想必和王贵有关。这本是份普通的差事，可见到白宇平时，徐宏却怎么也克制不住心头的恨意。在那个晚上，当白宇平把他的车当成绝望中的救星时，却全然没想到正是这辆车带他走上了黄泉路。

徐宏把他打晕关在了家里，他心里只有一个歇斯底里的声音，他要报复，不单要报复，还要钱，要白宇平拿钱出来救他的媛媛！

然而就在白宇平被徐宏带走的第二天，王贵就找上门来了。

"倒省得我费力气了，"王贵皮笑肉不笑地看着昏迷在仓库里的白宇平，"你找他家里要钱了？"

徐宏心里忐忑，但还是应了："要了。"

"挺好，那你就记住了，从今天起，不管白宇平出了什么事，都是你干的，"王贵看着手下的人把昏迷的白宇平搬走，冷冷地说，"你起的头就该你来担，不然我可不能保证你前妻、小孩会怎么样。"

徐宏心中悚然一惊，赶忙冲到许楠家里，却发现许楠已经不见踪影，打电话到单位去，也只得到了她匆匆请假外出的消息。他的心几乎凉透了，也终于明白了王贵的意图，他们要的是一只替罪羊。

他以为自己为媛媛付出了很多，可到最后还是拖累了她们。

…………

清晨的光从窗口映照进来，专案组会议室已经坐满了人。

临近会议桌前的小黑板上错综复杂地画着关系图，在徐宏的上面，一道新的箭头指向了王贵，旁边标注着城中村窝点。

"十年前，王贵曾因械斗入狱。四年前出狱后，他在康遐药业当过两年保安队队长。"姜广平将一张王贵入狱时的照片贴在了黑板上，"按照徐宏的交代，目前王贵在城中村盘下了一间废弃的工厂，组织了一批人手进行假药的生产，重建了一套制假生产链。"

康遐，又是康遐。姜广平默不作声，心里却想起了申菱交给他的那份新闻稿，白宇平那至今没能找到实证的怀疑。他看着自己的电脑屏幕，上面显示着康遐药业董事的资料。那是个看起来儒雅随和的中年人，头发花白，笑容和善。

杜峰，H市优秀民营企业家代表，新闻页面上贴着他获得优秀代表称号时，各级领导跟他握手的照片。

他拿起笔，在王贵的背后拉出一条新的线，指向了一个巨大的问号。

这么一个人，会轻易让人抓到他的破绽吗？

按徐宏的证词以及派人探查的信息，副队长郭杰在桌上铺了张地图，规划出几条行动路线。打击制假窝点不比抓捕犯罪嫌疑人，是个大规模行动，必须慎重对待。

"记住，王贵是这次行动的重中之重，绝不能让他跑了，他关系到我们挖掘整个案件背后的利益团伙，行动的时间……"姜广平看着那张地图，深吸了一口气，沉声说，"今晚7点，全员做好行动准备！"

第十八章

10 月 19 日，晚上 6 点 54 分。

"滚！"

乔东刚推开方敏的病房门，一个雪白的病床枕头就飞他脑门上了。

他在张平那儿躲了一天，又订好了今晚的火车票，打算连夜离开 H 市，但走之前他还得跟方敏通个气，省得方敏在医院里干着急。虽然他心里也明白自己肯定逃不了一通埋怨，但没想到自己的话还没说出口，就结结实实地挨了方敏一下。

枕头掉在了地上，滚了半圈。他把它捡起来，拍了拍上面的灰。

"你又发什么疯？"他皱着眉，压着声音。

"我听说了，他们要给我动手术了，"方敏抓紧了被角，喘着粗气，"你哪来的钱，你去找那个姓杜的了，是不是？！"

乔东心里窝着气，忍了又忍，没把脾气发出来。他走过去把枕头塞到方敏手里，在床边的椅子上坐下。

"没找，我自己的钱，买股票赚的，"他含糊地说，"你儿子现在可厉害了，赚了大钱，又有大生意做，马上要去外地和人家谈合同呢！"

他不想把实话说出来让方敏担心，但方敏却想岔了，她尖声骂道："胡扯！你几斤几两我不知道？你能谈什么大生意？跟你说了多少次别去找他，我的话你都当耳旁风！"

这话让乔东再也憋不住了，他倏地站起来，椅子被咣当一声踹到一边，巨大的声响把方敏吓得闭了嘴。乔东瞪着她，只觉得自己心里的委屈混合着长久以来的憋闷，像引起了某种化学反应一般爆发了出来。

"对！我不是谈生意，我是为了赚钱给你治病惹上不该惹的人了，出去躲灾！我这些年让人追债，手都快让人砍了！"乔东的声音带着颤抖，"你在乎吗？你眼里只有我爸！他算什么东西！我告诉你，儿子随爹，我会这样因为他就是个王八蛋！"

就听见啪的一声脆响，方敏一耳光甩在了乔东脸上。

"他不是这样的人，"方敏老眼含着泪，"你根本不懂……"

乔东的脸上火辣辣的，心里却是浓浓的寒意："你不说我能懂什么？我只知道二十年了，一想到他我就抬不起头。反正我哪天让人砍死在外头，你也别管我，就抱着他的骨灰一个人好好活着吧。"

他说完，心灰意冷地就要离开，离开的事说清楚了，该安排的手术也安排好了，再没什么事需要他操心了。他想，该尽的孝都尽到了，真出了事他下去对着乔兴年也不觉得理亏。他自嘲地笑笑，觉得自己这辈子没劲透了。

却不想方敏在他身后突然提高了声音："是杜峰害死你爸的，当年你爸出问题的药是从他那里来的，他陷害你爸又逼死了他，你爸什么都没做！"

乔东脚步一顿，没有说话。

"东子啊，你信我，"方敏伸着手想拉他的胳膊，却隔着太远，只能颓然地放下，"我有证据，我都找好人了，有个记者在查假药案，他愿意帮你爸翻案，很快就会有结果了，我是……我不说是……不想拖累你……"

母亲的退让让乔东的心里松快下一些，可转瞬间"记者"这两个字却直直扎进了乔东的耳朵，一个念头突然跳了出来，他几乎没有迟疑便问了出来："是白宇平吗？"

"你怎么知道？"方敏愣住了，"你认识白先生？"

难怪啊，难怪那个来自未来的 QQ 偏偏联系上的是他，偏偏是他应该去救白宇平。

乔东苦笑着，看着他的母亲说："晚啦，他让人抓了，没几天好活了。"

当然我也一样，他在心里默默加上这样一句话。

方敏好像失去了支撑般倾颓在床侧，她目光黯淡，几乎失去了希望。忽然她抬手揪住胸口的衣服，瞪大双眼，剧烈地喘息起来。

是并发症。

乔东迟缓地意识到这一点，他脸色一变，冲过去按下紧急呼救铃。方敏的面色因为痛苦而变得惨白，豆大的汗珠从面目上渗了出来。很快医生和护士手忙脚乱地进来，在简单地检查之后，把她送进了重症监护室。

乔东坐在重症监护室门前的板凳上，捏着手指，一言不发。他此时梳理起从他妈那儿得来的消息，自然也就明白了白宇平不是单纯地被绑架或被报复，他是被人灭口了。而谋害白宇平的人，跟陷害他爸的人，乃至现在追杀自己的人，无论动手的是谁，背后都是一个人。

杜峰。

乔东心里五味杂陈。他忽然忆起那次胡彪为了追债找上他妈，之后申菱就说他的未来改变了。他原本觉得改变的契机是他知道了自己的未来，有意跟胡彪拖延了时间。可现在想想，正常情况下他提出把还款时间拖后一个星期，胡彪会答应吗？

胡彪不会，他那天之所以答应了，是因为杜峰在，杜峰才是那个变量。可杜峰怎么就那么赶巧了，在那天去找他和他妈了呢？

因为他前一天跟着白宇平去了城中村，他追了徐宏一路，徐宏怎么可能没注意到他？靠着他的车牌号，王贵自然能查到他是谁，也自然会告诉杜峰。

杜峰来找他妈要的恐怕也不是他所说的什么普通遗物，留个念想，而是他妈口中的证物！当杜峰听说他跟着白宇平行动的时候，只怕就意识到了他们跟白宇平搭上了关系，要利用那份证物做点什么了。

乔东的大脑飞速运转之时，忽然听到了一阵脚步声，那是皮鞋踏在光滑的石砖地面上的声音。走廊空旷，脚步声带着回响，步步向他靠近。他回过头，竟然看到自己刚刚想的人此时正站在走廊中央，微笑着看着他！

杜峰笑着说："我听到消息，说你妈出事了，就赶紧过来了。"

他仍带着那副和善的面具，虚伪得令乔东作呕。

"你回去吧，她要一会儿看见你，恐怕能再被气出病来，"乔东语气冷漠，"怎么？你还不死心？还想来抢那个证据？"

"看来你妈已经把事情告诉你了，"杜峰遗憾地叹了口气，走到乔东身边坐下，"其实那东西算不上证据，不然这么多年了，她为什么既没把东西交给警察，也不敢告诉你真相？有的事，她也心虚。"

乔东冷笑起来，杜峰这是在挑拨他和母亲，可乔东又不傻，怎么会上他的当？只是方敏还在紧急抢救，偏偏杜峰和这家医院又有些关联，乔东生怕把他惹急了拿方敏当威胁。

"我劝你自首吧，别耍花招了，"他虚张声势地威胁，"我会把王贵那个厂子的事告诉警察的，他们很快就会去抓人的。"

他说完往旁边挪了挪，和杜峰拉开距离，扭头看着重症监护室的大门，不再看杜峰一眼。

等方敏从重症监护室里出来就办转院，乔东咬着牙想。

可杜峰却笑了起来，浑不在意地说："你可以试试。不过我听说你定了明天的车票，准备走了？倒也不用这么着急，你妈手术后得有人照顾，你走了，她可不好办了。"

杜峰说完站了起来，也不管乔东的反应，背着手扬长而去，消失在沉沉的夜色里。

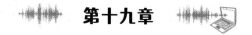

第十九章

10月29日，晚上7点零1分。

姜广平抬头看了看天，夜幕下成团成簇的乌云阴沉沉积下来，连成黑压压一片，像某种庞然巨物盘踞在城市上空，笼罩着整片城中村。月光早已隐入云后，不见分毫。空气中的湿度变化引起了低气压，沉闷得让人几乎喘不过气。

一场暴雨很快就会落下，也许要不了多久，也可能是更晚点的半夜。

姜广平惴惴不安，右眼皮子也一下一下地跳着，他好些年没有这样的感觉了。

这可不是好兆头，他想。

他坐在警车中，警灯已经被他提前摘去。在阴沉的夜色里，他只能就着前头工厂里的一点微弱灯光看了眼手表上的时间：行动时间已经到了。

于是姜广平举起对讲机："各小组注意，一小队，按计划行动。"

消防车沿着正中间的道路开向了面前废旧的工厂，刺目的红光跳跃闪动。车上很快跳下来一个人，他拿起喇叭高声呼喊起来。

"里面负责人在不在？消防检查！"

他连着喊了三遍，大门才迟缓地打开道缝，一个工人模样的年轻人有些怀疑地看着他们："有证件没有？我跟我们老板说一下。"

他还没来得及回答，众人眼前却乍然间一黑。

工厂里不知怎的断了电。

这意料之外的情况让两边的人都有些慌乱，黑暗之中只有消防车灯闪烁的红光勾勒出几个影影绰绰的人形。电动大门一下成了摆设，门里的小工霎时慌了神，大喊着："来人关门！"可人还没喊来，就见打头的"消防员"一步冲了上去，抓住门口小工的手臂一扭，将他按在门上。

各小组对讲机里再度传来姜广平沉稳的声音："亮手电，冲进去！"

　　警察们从狭小的门缝中鱼贯而入，警用强光手电骤然亮起，照亮了几个赶来关门的农民工，强光晃得他们睁不开眼，赶忙拿手挡住脸。随后赶来的警察举起枪高声呼喝："警察！别动！抱头蹲下！"这些人哪见过这阵仗，颤颤地举着双手蹲了下来。

　　而此时，厂里的电力竟也像是配合一样重新恢复供电，一时间厂子里仅剩的几个工人都暴露在骤然亮起的惨白灯光下，他们还没有找到反抗的空间，就被刑警迅速地包围起来。院子角落里狗吠声此起彼伏，这些养来看家护院的猎犬被脖子上的链子拴得很紧，只能在厂子的角落威胁般对着这些"不速之客"嘶吼。

　　姜广平很快跟着后头的小队走了进来，看见郭杰正带人逐个清点现场人员。他环顾一圈，冷声问："你们这儿领头的，叫王贵的那个在哪儿？"

　　蹲在地上的众人你看看我，我看看你，最后瑟瑟地伸出手，指了指厂子角落里破败的一栋两层小楼："那边……那边是老板的办公室。"

　　姜广平眯着眼睛看了看，抬了下手："一、三小队控制现场，二小队跟我走。"

　　郭杰的目光追随姜广平向远处走去，最终消失在昏暗的厂子深处，他随即开始指挥手下人收缴赃物，清点现场。

　　这时候，一个小警察慌里慌张地抱着一包油纸包着的东西冲到了郭杰面前。

　　"郭哥！郭哥！"他面色紧张，结结巴巴地说，"你看看！这东西……"

"咋咋呼呼地吵什么！"郭杰骂了一句，走过去扫了一眼油纸里的东西，忽然一顿。这一刻，他只觉得周身的血都快结成冰了。

一个假药窝子里怎么会有这东西？

他骤然抬头，对着手下人喊："三小组，快去支援姜队！"

二楼的办公室里，王贵站在窗边看着楼下，面色阴沉。打从看到消防车来的时候他就隐隐感觉到了不妙，他本想通知大门口的人死守好前头，决不能把外人放进来，可偏偏那短暂的断电太不是时候，把他所有的命令都堵死在了办公室里。

门被人猛地撞开了，是河子，他仓皇失措，看着王贵就像看着救命稻草一样："哥，快走吧，警察找上门来了！"

"海子呢？"

"找不着了，他之前好像说要下去看看，恐怕这会儿已经被警察抓了！"

王贵面上闪过一丝狠厉，说道："断电绝对是有人搞的，让我抓着是谁，看我不弄死他！"

眼看楼下的警察已经控制了厂里的员工，他也不再耽搁，从办公桌底下的抽屉里掏出个东西揣进兜里，又扫了一眼桌上那堆账本和外头的厂子，最后咬牙转身道："走！"

厂子后头有扇常年锁着的小门，出去就是河滩，两人下楼的时候警察还没过来，他们便直接从办公楼后头狭窄的缝隙钻了过去。王贵三两下撬开小门，刚要出去，警用手电筒的光就打在了他们身上。

河子倒也义气，他吐了口唾沫，提着砍刀挡在了王贵前头。

出口狭窄，河子这么一挡，没人能越过他去抓王贵。

姜广平抓着手电筒，向天空开了一枪，示警的枪响在废厂子里引起阵阵回响。

"站着别动！"他大喊着。

枪声唬人，河子被巨大的响动吓得一愣，防备的动作也出现了破绽。就这个空隙，姜广平两步冲上去，抽出警棍一棍打在河子手上。

剧烈的疼痛让他手上一松，砍刀应声落地。

姜广平身后跟着的警员赶紧上前踢开砍刀，两人各自一边，干脆利落地把河子压在地上。前后不过三四分钟，可就这点时间，王贵已经从小门逃出去，与他们拉开了距离。就在这时，姜广平眼角余光瞥见一个迅捷的身影冲出窄门，是小杜，他死死追在王贵身后。

这傻小子！

姜广平把河子铐住，转身追了上去。

河岸一片漆黑，只有工厂里透出来的一点微弱的光亮能让他看清前面两个模糊的影子。姜广平觉得自己的右眼皮子跳得更快了，他极力地奔跑着，想赶上徒弟。他看到小杜直直冲着王贵撞了上去，两人踉跄着倒在河滩边，随后王贵挣扎着爬起来，两人扭打在一起，接着小杜一声痛哼，被王贵踢开，王贵也没能站稳，再度被小杜拽倒。

他倒下时正好将身侧的大片范围暴露在姜广平的眼底，时间仿佛凝固在这一刻，姜广平眼睁睁看着王贵的手伸向了怀里，那怀里的东西是什么，他看不清。他的呼吸几乎要被剧烈的心跳声淹没，不祥的直觉叫嚣着，让他的身体先于大脑本能地行动，他冲了过去，挡在小杜的面前，举起手枪瞄向王贵扣下扳机。

"砰！""砰！"两声清脆的枪声划破夜空。

王贵倒在地上翻滚着，他抱住自己的肩膀发出尖锐的号叫，一把土枪从他的手中掉落，冰冷的枪口仍反射着微光。

姜广平摇摇晃晃地后退，他只觉得脖颈间一股温热的液体流淌下来。这片人体最脆弱的地方，恰恰在防弹衣的保护范围之外。他按着脖子，只觉得全身的力气都被抽去，克制不住地倒在了地上。

他听到小杜的叫声、河流汩汩流淌的声音，还有更远的地方，李玲和其他战友的声音，它们混作一片，此起彼伏，乱得听不出在喊些什么。

河滩上尽是碎石沙砾，它们在深秋的夜里透着一种入骨的寒意，这种寒意一开始让人不适，但脖颈间流出的鲜血让姜广平渐渐失去对温度的感受，他的手指有些麻木了。意识逐渐模糊，他只能努力睁大双眼，迷蒙的视野里，那片阴云仍在夜幕下沉积不去，在云的深处，隐隐有一丝电闪雷鸣的亮光，快要下雨了。可只有他知道，只有他看到了，偏偏他连将手抬起来指给别人看的力气都没了。

有人扑到了他身上在哭着说什么，是小杜，但他的声音像隔了一层水雾，传不进姜广平的耳朵里。

傻小子，他心想。

雨丝斜打下来，伴随隐隐轰鸣的雷声。当第一滴雨水落在他的脸上时，那些声音和思绪也都离他而去。

救护车一路呼啸着从城中村闯进市医院，姜广平躺在一张担架床上被医生推进了手术室。手术室门口乌泱泱站满了警队的人，除了正处理抓捕任务后续工作的人员外，队里其余人大多聚在医院的走廊上，忧虑而慌乱。

小杜靠在走廊边，他的眼睛泛红，死死瞪着门口亮着灯的"手术中"几个字。

医院大门开了又闭，郭杰带着一个中年女人和一个小男孩匆匆走了进来，那是姜广平的妻儿，听到消息刚刚赶来。女人的眼睛红肿，像是刚哭过一场，此时正强挺着走到门边。她环顾一周，或许是因为小杜离手术室的门最近，她突然拉住小杜的手，急切地问："怎么样了？广平他怎么样了？！"

小杜的脸上几乎失去了血色，他嘴唇发着抖，说不出一句话来。

郭杰在这时候大步走了过来，一巴掌扇在小杜头上。

"我不是说了让你留守局里，盯好嫌疑人！你在这儿干什么！"他厉声呵斥，"怎么，你师父倒了，你就觉得自己翅膀硬了，可以不听指挥了是不是？给我滚回去！"

小杜咬紧了后槽牙，眼睛定定地看着郭杰，许久，他立正站好，敬礼大声回答："是！"继而转身向外走去。

在他身后，郭杰搀着女人坐下来，轻声安慰着。走廊里一片沉闷，除了他低低的宽慰声和女人的啜泣，再没有别的声音。

与此同时，在另一边的急诊室里，王贵的肩膀刚刚被包扎好，因为麻醉和失血，他仍躺在临时病床上昏迷着，挂在病床边的生理盐水瓶里的药水正一点一滴地下落。

病床边守了个年轻警察，等着王贵醒了再通知队里把人送回看守所。他倒不担心王贵逃跑，他的手腕被铐在了病床边的把手上，跑也跑不到哪儿去。

没多久，一个护士推着医疗推车过来了。

"哎，干吗的？"警察拦了一下，"这什么药？"

"他伤口有炎症，医生让我给他加一管抗生素。"护士拿起推车上的小药瓶给那警察看了一眼，上面贴着阿莫西林注射剂的标签。

那警察看了一眼，也没瞧出个所以然来，于是摆摆手让对方继续操作。护士便拿针筒吸取了药剂，抬起王贵的胳膊，摸着静脉把注射剂打了进去。

王贵仍然昏迷着，没有醒来。

护士看了一眼旁边挂着的生理盐水袋，她抖了抖袋子，把点滴的速度加快了一些，随后将空针管放回推车，又面无表情地将推车推了出去。

走出病房，她飞快环顾四周，确认那警察没有追出来后，将推车推到杂物间，将空针管和小药瓶一起扔进了医用废弃物垃圾桶，随后将垃圾桶的袋子提了起来，从杂物间走出去。

她出来的时候，就听见急诊室那边骚动了起来，几个护士和医生急匆匆地往那边跑。

"怎么了？"她拉住一个平时跟她关系不错的护士问道。

"警察送过来的那个人出事了！"对方回答，"突发心脏病，送重症监护室了，要人手帮忙。"

"你先过去，我马上来。"护士说。

眼见一群人都往急诊室跑，她避着人群找了辆医废回收车，趁着没人注意把袋子扔进了小车里。接着，她偷偷从医院的侧门溜了出去，顶着淅淅沥沥的小雨，绕进小路，上了一辆停在路边的小轿车。

车前排的驾驶和副驾驶位上坐着两个男人。

"成了。"护士说，"人在抢救，但肯定救不回来了，打的氯化钾，我把着药量呢。"

驾驶座上的男人从兜里掏出一个信封递过来，她打开封口看了一眼，里面装着厚厚的一沓纸钞。

"手脚干净不？"那男人问道。

"十有八九查不出来，"护士把袋子揣进口袋，"放心吧，我嘴严，查出来了也不知道你们是谁。"

她说完冲两人点头示意，随即拉开车门下了车，急匆匆回医院里。她不能在外头多待，否则会被人察觉出问题来。

小轿车的停车灯熄灭了，紧接着车子发动，向外开去。

"杜老板，我安排得还不错吧？"驾驶座上的人带着点邀功的意思。

"不错。"副驾驶位上，杜峰看着车窗外细雨纷飞、街灯昏暗的小路，语气淡淡，"你倒是挺果断，我记得你跟王贵也是亲戚。"

"杜老板言重了。"

车开过一段明亮的路，街灯的灯光划过驾驶座上司机的脸，正是海子。

他看着前头的路，目不斜视，话语里全无得知兄长死讯的悲痛："杜老板，说实话，人都有私心，我有，我哥难道就没有吗？这私心有了就有了，但你不能为了它伤了兄弟的情分，不然就是不道义。他们事事瞒着我，事事想坑我，先对我不道义，不能怪我还手，人得往高处走嘛。"

"聪明的选择，"杜峰微微一笑，"药，弄多大架势都无所谓，但他们不该碰枪……之后你的新厂子，什么该碰，什么不该碰，你心里得有数。"

海子笑着说："放心吧杜总，我懂。"

"回头跟省报社的韩主编说一声，"杜峰交代着，"事到这一步也差不多了，舆论上就尽量息事宁人。你联系得上他吧？"

"没问题，不过这疏通媒体的费用……"

"合作这么些年了，他心里有数。"

"行，我明儿就找他去。"海子乐呵呵地说着，手上仍然四平八稳地开着车。

车子拐了一个弯，溅起一路水花，向道路的尽头驶去。

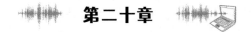

第二十章

10 月 30 日，早上 6 点 43 分。

她的梦里还是那片漆黑的仓库。

漆黑之中，有男人的喘息声和模糊不堪的调笑声，她侧过头，看到了墙壁上的小窗，透过窗户向外看去，是一片又一片茂密的林海与蜿蜒其间的河。

她感到反胃，像是被什么东西掐紧了脖子一样喘不过气来。她听见男人忽远忽近的声音仍在威胁着她："你要想活，就得听我的……"

模糊的轰鸣声袭来，在巨大的噪声里，她感觉有人在摇晃着她。

她骤然睁开眼，急促地呼吸着，发现自己正坐在公交车里，车子摇晃，发动机嗡嗡作响的声音几乎盖过了车里人低语的声音，身边不知道什么时候坐下的大婶拍了拍她的肩膀说："没事吧，妹子，看你脸色不太好啊！"

她理了理头发，微笑着示意自己没什么事，看了眼前头的到站提醒，站起身下了车。

都不过是一场噩梦而已。

许楠是来市局交代情况的。打从徐宏被抓起她就慌了神，满心想的只有上哪儿能求人给点方便，但她没什么人脉，真有人可求三年前就求了。想来想去，她只能让警察看在她提供线索又受人威胁的分上，对徐宏宽容一些。

她其实昨天就来过了，但当时队里正在部署行动，虽然有人给她做了笔录，却没人处理她的情况，毕竟她提供的那些线索，专案组多多少少都从徐宏那儿问出来了，没问出来的也能推断出来。许楠受了冷待，只能忐忑不安地回去，不承想第二天就被警察叫来指认嫌疑人。

许楠没想到他们这么快就把王贵那警戒森严的旧厂子给端了，心里难免惶恐，可看着看着，又觉得古怪起来。

她犹豫再三，才问对方："就这些人了吗？"

"人对不上号吗？"小杜问，他的双眼底下也是深深的阴影，看起来颇为疲惫憔悴。

"没见着抓我的那个，"许楠说，"我听他们管他叫海子。"

小杜想了想，问："是不是王继海？王继河的资料上有个兄弟叫这个名字。"

许楠摇摇头说："这就不知道了，我没听过这人的全名。"

小杜赶紧找人调来王继海的户籍资料和照片给许楠辨认，等许楠点了头，他才确定抓捕中逃了这么一号人。他既感到颓丧，又感到欣喜。颓丧的是这次行动轻率过头，基本情况没掌握好就展开行动，人没能一网打尽，还害师父在任务里牺牲了。欣喜的则是按许楠的说法，王继海在他们一伙里地位不低，早上他听说王贵死了，王继河这边又抵死不肯张嘴，心里难免低落，这时候发现还有个跑了的人，觉得也许也是个突破口。

他毕竟年轻，比不得姜广平的经验，面对案子毫无头绪，但师父的牺牲还是让小杜一夜之间稳重了许多，考虑也周全了不少。他这么想着，提起了点精神头送许楠出去。

只是两人才走到门口，面前突然多出个人，许楠抬眼看去，嘴上的话一下打了结。

申菱是在一早的电台新闻里听到警方查缉假药窝点的消息的。

她原本打算回公司收拾些东西，在听到新闻的下一秒便掉了头直直开向了市局。

过去的路上她又给姜广平打了个电话，但电话那头仍然占线，无人接听。这让申菱有些不太妙的预感。她在大厅等了半个多钟头才见到眼睛红肿的李玲，却万万没想到，自己从对方嘴里听到的是姜广平人已经没了的消息。

"你说你们姜队……没被抢救回来？"申菱怔怔地重复着李玲

的话。

她的眼神几乎是空茫的，许久才在对面的女孩身上聚焦起来，她好像没理解这话的意思，又重复了一遍："你说他……死了？怎么可能，怎么会这样……"

"抓人的时候，都没料到对面有枪，结果就出事了，"李玲眼圈发红，伸手擦掉了面上的泪水，"昨晚在医院抢救了一夜，今天早上人刚走的。"

她话音刚落，突然被申菱抓住了手臂，对方的手指甲死死地抠在李玲的胳膊上，抓得她生疼。李玲倒抽了一口冷气，还没能张嘴让她松手，就听见申菱突然疯了似的问："那宇平呢？宇平怎么死的，问出来没有？！"

李玲愣住了，只觉得荒谬。昨天半夜抓的人送的医，这会儿才早上，怎么审？更别提这案子的核心人员还死了。她扯开申菱的手，心里充斥着一种悲凉的愤怒："申姐，你再怎么急也考虑下我们的感受和情况吧，师父为了这个案子拼死拼活，你……"

"不是的！"申菱的声音突然尖锐无比，近乎歇斯底里地打断了李玲，把李玲吓了一跳。她的神色怔怔的，像魔怔了一样狂热而偏执地重复道："不是的，还有几个小时，只要他愿意帮忙，一切就都来得及，宇平能得救，你师父也能得救……"

她疯了，李玲看着申菱，慌乱地想。

疯了，或者被什么人骗了，那种搞传销的或者邪教的，李玲觉得自己得劝住她，不能让申菱跟着这种人受骗。

可她话刚到嘴边，申菱却倏地抬起头，眼睛直勾勾盯着一个方向。李玲顺着她的目光看去，看见小杜正领着一个女人从审讯室的方向过来。

"许楠……"申菱喃喃自语，叫出了女人的名字。

"你认识她？"李玲问。

申菱没有回答，像是没听见李玲的问题一样，她忽然动了起来，梦游一样地走到那两个人面前，当那女人抬起头看向她的时候，她抬手一巴掌抽在了许楠脸上。

一时间周围的人都呆住了。

"宇平死了，乔东也死了，"她仍然死死瞪着许楠，"是你和你前夫害死他们的！你们两口子……就是害人精！"

申菱举起手还要再打，被随后追过来的李玲拦下了，她像是生怕申菱闹起来，一个劲儿地拉着对方往外走，又给小杜递眼色让他把许楠带走。

"申姐，没别的事你就先回去吧，"她生硬地说，"有消息我通知你。"

"我不走，她来干什么？那帮人在哪儿，怎么害死宇平的？"申菱甩开李玲的手，"你今天不给我说清楚，我就不走，你也别想走！"

申菱说完找了把靠墙的长椅坐了下来，一副破罐破摔的样子。她知道自己现在的样子像个疯子，可那又有什么关系呢？她没有时间了，过了今天，要么一切推翻重来，要么……就什么都没有了。

大厅里陷入了尴尬的冷寂中，李玲踌躇片刻，正想说点什么的时候，一直沉默的许楠突然说话了："窝子桥。"

见众人的视线汇聚过来，许楠咬着唇，好半天才继续轻声说："我估计人是在窝子桥被抛下水的，之前他们在那边埋过死人，可能不止一个，这是我……被抓的时候，听海子提到的。"

第二十一章

10 月 20 日，早上 7 点 25 分。

方敏在重症监护室里观察了一个多小时后就转入了手术室。

尿毒症引发的急性心梗让她近乎休克，药物和透析器收效甚微，只能做心脏介入手术疏通。乔东在手术室门口坐立难安了整整两个小时，才终于看到那荧红的"手术中"三个字的提示灯暗了下来。

护士将方敏推了出来，乔东追上去，看见她正在病床上沉沉昏睡。这会儿她眉目平和，看着半点没有平时吵吵嚷嚷的凶戾。

医生也脱了手术服出来，和善地告诉乔东手术顺利，老太太的情况也基本稳定下来了，只是受麻醉影响，还要几个小时才能苏醒过来，手术后也需要进行观察。他说到这儿话锋一转，催促起乔东来："换肾手术可不能再拖了，你们确定好了就签字吧。"

术前术后都需要人照顾，医生便让乔东回去收拾一些日用品，接下来他得花不少时间在医院待着。乔东对医生千恩万谢，又一路看着老太太被送回重症监护室，悬着的心这才算放下了一半，他走出医院，松了口气，打辆车回了张平的车厂。

看见他回来，张平又惊又喜，一把搂住他的肩膀问："怎么？

不走了？"

张平只知道乔东打算跑外省躲事，但具体情况乔东却闭口不提。张平脑子转得快，大概也猜出来自己兄弟是惹上麻烦了，心里一直捏着把汗，这会儿见乔东改了主意不走了，以为形势好些了，乐呵了起来。

他哪知道，情况不仅没有半分好转，还越发混乱了。

乔东苦笑着没回答，他自己心里都还是一团乱麻，只能指了指里面，示意他要进去用一下电脑。

重新坐在那台老爷机面前时，乔东心里的感受十分复杂。

他整整一天两夜没碰这破电脑了，接近三十六个小时，这三十六个小时里时钟秒针的每一次走动都是死神逼近白宇平的步伐。警察在 10 月 21 日发现了白宇平的尸体，距离现在还有两天，而那帮法医推测白宇平的死亡时间在 10 月 19 日夜晚到 10 月 20 日凌晨，距离现在……只剩下不足一天。

他不知道电脑那头的申菱现在会有多愤怒，但不管多大的怒火他都得接着，因为他得去救白宇平。

别人欠他的债，他会亲自去讨。他欠别人的债，也必须亲自去还。

果不其然，电脑 QQ 一打开，申菱的消息便潮水一般地在乔东的老爷机上刷屏，过量的新消息让老爷机的处理器加速运转，在嗡嗡作响的风扇声里，屏幕卡白了几分钟，险些死了机。而对话框里申菱的消息也从最初的呼唤和哀求，到后来的咒骂他不负责任，质问他怎么能弃父母的冤情于不顾，再变成退而求其次的讨价还价，让他把电脑交给过去的申菱自己，直至最后的沉寂。

最后一条消息发送于昨天晚上，也许是一天一夜的毫无回应让申菱终于放弃了不切实际的尝试，她没有再发消息过来。

乔东看着最后一条消息后的时间，他把手指在键盘上放了许久，才深吸一口气，如同以往无数次那样打下了一行字。

东哥：我还能做什么？

他把这行字发过去后忐忑不安地等了一会儿，申菱没有回复，这也正常，她可能压根没看电脑，也可能正在外头有其他的什么事，甚至很可能已经放弃乔东这边了。

她不回我就得自己想办法，乔东想。反正他不可能放手了，就算是因为他妈，他也不可能从这件事里简单地脱身。

直到临近中午的时候，申菱的回复才姗姗来迟，也极其简短。

申菱：你回来了？

东哥：嗯，回来了，不躲了。

东哥：我刚知道我家里和杜峰的事，没想到你也查到了……我会替我家人讨个公道的。

东哥：当然白宇平也是，我会救他，我也需要你的帮助。

电脑另一头的申菱刚从警局回到家里，许楠的消息给了她最后一根救命稻草，而这根稻草的分量却是她万万没预料到的。

她得到窝子桥的消息便急着赶回来想和乔东联系，前脚刚进家门，后脚就接到了李玲的电话。许楠指认了逃跑的王继海和窝子桥的线索给了郭杰灵感，他干脆把王继海塑造成了警察的线人，骗王继河他兄弟已经都招了，他们把杀人的事全栽在了他头上，再拿窝子桥和一个法医推断出来的模糊时间去诈他。王继河这人鲁莽轻率，一开始也是将信将疑，可一听时间八九不离十，地方又说准了，加上郭杰拿死刑吓唬他，他当即火冒三丈，说白宇平和陈和平明明是海子跟王贵动的手，接着便把事情的前后过程都吐了出来。

那天凌晨 2 点，王贵带着他们兄弟两个把白宇平按到了窝子桥边，那地方离厂子有两三公里，四周全是林子，夜里基本没人去，因为地势有点高低差，水相比其他地方急一些。照说死人要处理得干净是不该扔水里的，扔水里太容易被发现，但白宇平倒无所谓，早点被确认死了，才好让徐宏去自首顶罪，把案子结了，免得时间长了徐宏那边出什么差错。

其实这人早就该杀了，只是王贵好像要从他那儿问出个什么东西来，具体是什么王继河不清楚，也不关心，他那天跟着去只是为了防止白宇平逃跑的。

王继河知道的不多，绞尽脑汁也只能交代这么些东西，他当然不知道，无论对警察还是对申菱，这些信息已经足够改变事情的局面了。

申菱敲打着键盘。两边的时间是同步推进的，她的时间不多了，这是她最后的机会。

申菱：21 号凌晨 2 点，厂子西南边河沟上的窝子桥边。

申菱：他们有枪，我认识的警察在抓捕行动里牺牲了……如果可以，也请你救救他，不需要多做什么，提醒他一句就行，你要是需要帮忙也可以找他，他值得相信。

申菱：我这边现在王贵死了，有关杜峰的所有线索都断了，你

191

一定要告诉警察，得保住他的命！

还有……

申菱看着乔东的头像，捏紧了手指。

申菱：注意安全，你出事之后，阿姨一直在医院等着你，别让她等太久。

乔东看着申菱发来的这行字，眼睛一热，赶紧眨巴两下把差点流出来的眼泪憋回去。他酝酿了下情绪，故作轻松地回复。

东哥：哈哈，放心，哥是谁啊，牛着呢，你就等着你老公回家吧！

他打完这行字，点了根烟，趁着抽这根烟的时间，又把这段时间的经历回忆了一遍，只觉得自己这辈子都没经历过如此漫长又跌宕起伏的十天。想想当初他第一次去拦白宇平的时候，还觉得自己干的是什么特工似的高危活儿，现在一看，就是拦个人，算个什么事啊。

不过当初还是应该一锤子把白宇平砸晕了塞车里，什么事不能慢慢来啊，他嘀咕着，又被自己的想象逗笑了。

他在这儿自娱自乐的时候，就见门口张平探头探脑地往里看。

"干吗呢你，跟贼似的。"乔东说。

张平嘿嘿傻乐："东哥，我刚忘跟你说了，昨天你走之后没多久，有个男的把你那辆桑塔纳开过来了，说是从交警那边开回来的，你要不看看？"

乔东一愣，随即一个挺身翻了起来，跟着张平到外面的车棚里一瞧，果然是他那辆破破烂烂的桑塔纳。他还以为自个儿这辈子都见不着它了呢！他这会儿什么家当都没了，见着这辆车就跟见着亲人似的，过去左摸摸右瞧瞧。车上的那些凹陷和损伤还没来得及修补，不过按张平的话说，没伤着根本的地方，真要开，也能开。

"把车开过来那人好像还认识你呢，让我给你带个话，说你没事就好，他对不住你，他什么意思啊，东哥？"

乔东没搭茬，自顾自看着这桑塔纳，心里百感交集。他让张平帮忙换了些损坏的零件，清理了一下车子里外，接着也不管对方修整修整再开上路的建议，坐上去启动了发动机。

"我有点急事得用车，就这样吧，"他看着自己的破车，拍了拍方向盘，眼里满是怀念，"这兄弟还能再陪我一程呢。"

张平呆住了，说道："东哥你这说的什么话？"

"没什么，我要是明天回不来，你记得帮我照看我妈。"

乔东说完，也不看张平的表情，一脚油门就把车直直地开出了修车厂。

破车这副修修补补又勉强上路的衰样和他像极了，不愧是天生的好搭档，乔东摇下窗，吹着风，释然地想着。

人的命运是躲不了的，再怎么躲，它也会一直追在后头，终归只能自个儿去面对它。更何况他现在背上扛的可不止自己的命，是他、白宇平、那个不太熟的警察，三个人的命呢。那句话怎么说的来着，他可不是一个人在战斗。

第二十二章

10 月 20 日，下午 5 点 24 分。

下午 5 点刚过，市局专案组里的气氛一片沉闷。

距离交易赎金已经过去了七天，外头的舆论一塌糊涂，可专案组这边无论是对白宇平的搜救工作还是对犯罪嫌疑人的锁定抓捕工作，进度都停滞不前。嫌疑人实在狡猾，留下的线索极为有限，如今又全无声息，难以锁定。而针对白宇平和申菱周边的人的走访工作也没能收获什么成果。

姜广平叹着气，又一次翻看着案件资料。

就在这时候，一通电话打破了组里的沉寂，那是个陌生号码，电话直接打到了姜广平的手机里，而电话那头的男人第一句话就让姜广平神色一变。

"白宇平在我们这儿。"

姜广平抬手，示意其他人安静，并打开了外放。对方没开变声器，声音甚至还有些哆嗦。

"你怎么会有我的电话？"姜广平问，"还有，你怎么证明你是绑架白宇平的人？"

"那些都不重要，听好了，"男人的语速很快，"今晚 2 点，他们会在城中村西南边的窝子桥杀人，我不敢杀人才报的警，晚了就来不及了，他们有枪，注意点……还有，领头的叫王贵，但他只是个做事的，背后还有人……"

见旁边的徒弟已经把电话里的东西记录了下来，姜广平还想再问两句，对方却突然说："有人来了，我得挂了。"

接着电话便占了线。

一时之间，专案组里的众人面面相觑。

乔东挂了电话，把手机随手扔在副驾驶座上。

他这会儿把破桑塔纳开进了林子里的土路上，从一个合适的位置正好能看见窝子桥。

这地方他找周围一带的人问了很久才找着。那座所谓的窝子桥看起来是座荒废了的老桥，三根砖石搭建的桥柱上搭了几道石梁和大量腐朽破烂的木板，青苔藤蔓攀附在桥身，把桥柱间的桥洞遮得严实。

水绿则深，给他指路的人说，这片水看着清亮，实际底下的几个水窝子深得不得了，以前常有人在这儿下水淹死。

眼下也没有其他办法，只能等。他在车里一坐就坐到了半夜。这一夜天气不错，只是月亮是新月，只有那么一弯，倒是星星挺多，把河滩边照得十分敞亮。乔东靠在车门上看着天空，心想白宇平也是有福，至少死的这天天气不错。

他忍不住想起了他爸。乔兴年吊死在医院的那天是个雾蒙蒙的阴天，第一个发现的人是医院的清洁工，他去打扫院长办公室那层楼的时候，透过办公室门上的隔窗看到了里头悬着的人影。之后清洁工叫来了主管，主管叫来了副院长，副院长叫了警察，等通知到乔东的时候，他甩下报信的人就狂奔到了医院，赶到时，正好看见他爸被盖着块白布从里面抬出来。

当时医院门口堵了一堆厂里的职工和乡亲，大多是因为吃药吃出问题来讨公道的。那些人听说院长上吊了，交头接耳议论着什么，就在要把人抬上车往殡仪馆拉的时候，人群中突然冲出个老头，拽着抬担架的人哭喊着："他死了，我大儿子怎么办？我大儿子被他弄来的药给治死了，谁给我们个说法？！"

他的手一用力，把担架拉歪了，白布滑落下来，露出乔兴年因为上吊不太体面的脸。乔东看着看着，突然胃里一阵翻腾，就冲到一边的泥地里吐了起来。

他想起很久以前，他还是个小屁孩的时候，乔兴年一天到晚在医院忙得脚不沾地，家对他来说就只是一张床，半夜回来睡一觉，第二天大清早又走了。他总是闹，说见不着爸爸，于是有一天乔兴年提前回来了，把他带到了厂子外头的那条路上。正碰上下班的时间，机械厂的大门一开，厂里的工人便成群结队地走了出来，路过时瞧见乔兴年，一个个都热情洋溢地打着招呼："乔院长，今天休息啊？难得见你休息哩！"

乔兴年就站在路边，很温和地对他们笑，说："带孩子过来看看。"

那些乔东或多或少有些眼熟的工人便把视线转移到他身上，说道："东子都这么大了哦！你爸可厉害了，以后和你爸一样当医生，有出息哩。"

他仰起头，看到父亲鼓励的笑容，骄傲地说："我以后要当比他还牛的医生！"

"呀，你这娃娃有志气哩。"那个工人师傅朗声大笑起来。

父亲温和地抚摸着他的头。等那些工人离开后，父亲告诉他，自己奔波在外，就是为了这些乡亲工人。

他的语气悠然，医者仁心，救人就是救己，你得明白这个道理。

当时他一直以父亲说的这句话为荣，可在后来相当漫长的一段时间里，乔东最恨的就是他爸偏偏忘了亲口教给自己的道理。

可也许不是他忘了，也许就像方敏说的，乔兴年从来没背叛过自己的道义。

乔东盯着从厂子过来的那条路，快 2 点的时候，果然看到那边有一道微弱的车灯灯光照了过来。乔东将车熄了火，安静地躲在黑暗的林子里，他看着那行人一个个从车上下来，心里也不免紧张起来。

他最怕的还是警察不相信他的话，毕竟要他一个人单枪匹马从王贵那三兄弟手里把白宇平弄出来还是太难了。

王贵手里拿着把刀，刀尖在月光下反射着清冷的光泽。他比画了两下，让白宇平往前走，于是几个人缓慢地移到了河滩上。乔东不敢走近，只能远远看着，也就听不清他们到底说了些什么。

只瞧见王贵在白宇平身边走动着，像是在跟他说些什么，他的刀不时在白宇平周身划动，动作里满是威胁的含义。

白宇平岿然不动，只是兀自冷静地看着他。或许是这样冷淡的态度激怒了王贵，他一脚把白宇平踹倒在地，举起刀刺向了他的大腿。这明显不是为了杀人，而是在以一种近乎折磨的方式逼问着什么。

剧烈的疼痛让白宇平发出痛苦的号叫，他蜷缩起来，挣扎着想向一边爬去，却被王贵一脚踩在地上。

王贵在笑，即使隔了这么远的距离，乔东依然能看到他的笑容。这个在他印象中只有暴戾阴森气质的黑厂管理者，却在刀子见了血后露出了让人不寒而栗的残忍笑容。他像一只捉住了老鼠的猫，不急于把白宇平杀死，而是在他死前极尽可能地享受着折磨和玩弄自己的猎物的过程。

他又大声问了一遍自己的问题，这次乔东听清他在问什么了。

"东西呢？"

躺在地上的白宇平抽动着，半晌他好像说了什么，从王贵的表情来看，他说的话让王贵满意。接着王贵摆了摆手，身边的河子拿着小刀割开了白宇平身上的绳子，接着把自己背着的袋子打开，把里面的东西一样一样地塞回白宇平身上。

相机挂回了他脖子上，手机塞进了他口袋里，还有其他的什么东西，被白宇平接过来攥在了手里，太小了，乔东看不清。这架势看着古怪，不像是要杀人，更像是要放人。

白宇平躺在地上，同样狐疑地看着王贵，可就在河子退开之时，王贵突然再次举起了手里的匕首。

他要杀人了！

此时的周边别说警车警察了，连个除他们以外的活人都没有。乔东知道不能再等了，千钧一发之际，他一咬牙打着了汽车，打开远光灯。

大灯穿透黑暗的树林，直直照向那一伙人，接着乔东按住喇叭，脚踩油门打着方向盘，向王贵冲了过去。

巨大的声音和刺目的光线把王贵几人吓了一跳，他的刀停滞在空中，随后仓皇地被人拉开，躲过了车头的撞击。桑塔纳擦着边险之又险地停在了白宇平身边，乔东拉开车门，把白宇平拽了起来。

他腿上的伤让他几乎站不住了，满面痛苦的神色，五官都皱在了一起。

"上车！"乔东大吼着，半扶半推地把白宇平塞进了车里，随后自己也坐了进去，拉上车门。

"你是……乔东？"门被拉上，白宇平喘着气，眯着眼睛看向他，"你怎么会在这儿？"

"你老婆让我来救你的！"乔东只说出这半句话来，就听见砰的一声枪响，他的车身向一侧塌陷下去。他很快反应过来，那帮人带了枪，他们把车胎打爆了，这车现在动不了了。

车胎被打爆还是小事，万一把油箱打爆了……他还来不及细想，又是一声枪响，副驾驶座的玻璃碎成了千万片雪花纹。所幸私制的土弹威力不大，被玻璃给挡住了一遭，但下一次可没有这样的好运气了。

乔东按住白宇平的肩，两人只能尽可能地趴下来躲开外面三人的攻击。

警察呢，警察怎么还不来？乔东焦虑不已，心里暗暗骂着，申菱还说这警察靠谱，压根不靠谱！

说曹操曹操就到。他心里正骂着姜广平，就听见远远传来了警笛声，接着是一声枪响，这声音要远一些，却响亮一些，不像是王贵的土枪的动静。外头的几个人忽然安静了，短短一瞬之后，乔东听见姜广平喊道："跑！快走！"

王贵他们丢下乔东两人，就要往自己的车那边跑去，但来不及了，不知从何处冲出来的警察堵住了去路。一瞬间，警笛声、警察的呼喝声、嘈杂的人声与鸣枪示警声交织在一起。

乔东小心地从车窗看出去，看到这帮警察中还有人举着防暴盾牌。

混乱之中，王贵开了几枪，却没能打中目标。他见势不妙，摔下枪就开始往河沟里跑，他想跳河逃走。可人群中一个中年警察紧追其后，也跳进河中。

王贵狼狈地向河心扑腾，却被那警察从背后一把抱住，按入水中。他们狼狈地厮斗着，但很快便有个年轻的警察赶过来协助，两个人合力揪住王贵，任他再怎么精明强势，也无力回天。

局势几乎一面倒。

乔东终于松了口气，他瘫在驾驶座上。白宇平的脸色发白，恐怕是失血和恐慌的双重作用，可他的眼睛却十分明亮。

车门被一把拉开，是刚刚那个下了水的老警察，他浑身湿淋淋的。

"没事吧？"

"没……没事。"乔东喃喃自语，不真实的感觉一点点褪去，迟钝的神经才突然兴奋起来，他急促地呼吸着，眼睛发热，最后实在憋不住眼泪，把脸埋在了双手里，喜极而泣。

没事了，活下来了，他们都活下来了。

成功了，他终于，终于把白宇平救下来了！

而与乔东相距整整二百四十个小时的 10 月 31 日凌晨 2 点，窗外大雨如注。那些雨水打在窗户上，又沿着窗户一路向下，流淌出错综复杂的路径，再成股地从排水口流下。

　　申菱孤零零地坐在客厅里，等待着命运的最后一次审判。

　　她曾幻想过无数次，如果时间在白宇平死亡的那一刻变了，自己又会如何？

　　虽说此前每一次时间变化她都拥有变化前后的记忆，可那是建立在她始终都保持着和乔东的联络的基础上的。可假使白宇平没有死，她就不会接触那台老电脑，不会接触这场跨越时空的对话，那时的她，就会彻底变成一个从未发现过时空变化的普通人。

　　那她还会记得眼下发生过的这一切吗？

　　她有些忐忑，也想不出答案。可转念一想，真的忘记了也没有什么不好，就当一切如常，这十天里她所目睹的一切，也算不上什么美好的回忆。

　　时间走到这一刻就像终止了，若一切不变，再往后的时间不过是原地打转。若一切都彻彻底底地变化了，那也和现在的自己无关。她可以舍弃一切去追逐自己所爱的那个人，无论过去、现在还是未来，一段记忆又算得了什么。

　　尽管当她这么想的时候，她隐隐觉得有些不甘心。

　　她不清楚自己不甘心的是什么，是这场常人难以想象而只属于她的奇诡经历，还是她为了爱付出一切却始终没人理解过？反正白宇平没理解过，她家里人也没理解过。谁会理解呢，日常的付出都没人在乎，更何况是发生在另一个时空里的经历。

她心里难免觉得苦涩。

没关系，太阳升起之时，你会看到另一个世界，到那时这点经历又算得上什么？

她打起精神，这样对自己说。

秒针不紧不慢地迈过 12 之际，她忽然看到天际隐隐泛白。她眨了眨眼睛，却发现那片白色霎时向她奔袭而来，只在顷刻之间就覆盖了她的全部视野。她感觉自己周身都在震荡，目之所及的空间里的一切，如同陈旧而信号不良的老式电视，在扭曲与躁动中模糊了物质线条的边界，它们破碎消逝，然后一点点重组成了一个模糊的形状。

她的耳朵里那种熟悉的嗡嗡作响与锐利的尖鸣再度袭来，尖鸣声不止，它们混乱的声音最终收束为刺耳的鸣笛。

申菱眯起眼，那漫天的白色光芒之后，模糊的形状被勾勒出来，冰冷而粗犷的线条搭建成它的形态。

它在向她靠近，那是一个巨大的钢铁造物。接着，在她还没回过神来的时候，剧烈的疼痛袭来，她感觉自己的身体一轻，便飘飘忽忽地悬浮了起来。

她终于看清了眼前的景象，那是漫天的繁星。

接着是沉闷的撞击声，在钝痛迟缓地侵入她的神经时，她才模糊地意识到，是自己被撞飞了。

有人的脚步声由远及近，停在了她的身边。

"死，死了吗？"

"死了吧。"

"赶紧走，趁现在没人看见！"

"等一下，老板说了要拿走她带的资料。"

窸窸窣窣的声音后，她感觉那两人从她的口袋里摸走了一个小小的物件，像是 U 盘。

一滴雨水斜斜地打在她的脸上，给她带来轻微的潮意，无论成败，她都无法亲自告诉乔东在未来发生了什么，在她的意识彻底涣散之前，她想到的最后一个念头是：可惜了，她还没来得及跟乔东说一声多谢。

第二十三章

10 月 21 日，审讯室。

"我都说了我跟他们不是一伙的！"

乔东坐在审讯室里，看着对面虎视眈眈盯着他的姜广平，无奈地重复着。

三小时前姜广平把他和白宇平从报废的桑塔纳里拉出来的时候，他还沉浸在劫后余生的欣喜中，却万万没想到三小时后，他就被他们关进了审讯室。

姜广平面孔冷肃得像是下一秒就要把他关进去，他拍着桌子又重复了一遍问题："少胡扯，你电话里怎么说的？不是一伙的你怎么知道那个地方？为什么当时会在现场？说！"

"你怎么就不懂呢，那个电话，那个电话是怕你们不信才这么说的！"乔东捶胸顿足，唉声叹气，趁着这两句话拖出来的时间，脑子飞速运转着编出一套半真半假的话，"他欠我钱，还躲着我，我这不得催债嘛！我就天天跟着他，结果他被绑那天，我就眼看着他被人弄到了这厂子里。我也不知道怎么回事，就隔三岔五在这附近转悠，今天正好看见那车拉白宇平出来，我一路跟到河边。然后……然后我听他们说要杀人，这才赶紧报警，对，我听见的……"

乔东一拍大腿，还挺得意自个儿随机应变的能力，接着小心翼翼地观察着姜广平的脸色，只见老警察那张脸黑得跟锅底似的，明显没把他这堆屁话当真。

估计是嫌他冥顽不灵，乔东很快便被按出去和那帮假药厂里的工人抱头蹲在了一块。那帮工人里有几个见过乔东，也没啥心眼，特亲切地打招呼："你也被抓来啦！""你不都跑了吗？"

大概是声音大了点，旁边的警察听到动静眼睛一瞪吼了一嗓子，那帮人又悻悻地闭上嘴低下了头，没让乔东回上话。

乔东在外头蹲了快两个小时，最后是白宇平帮他解了围。白宇平只草草处理了身上的伤，就来做笔录了。进去前他看了乔东一眼，出来时便带着姜广平一块过来给乔东放行。

"真是你朋友？"姜广平一副将信将疑的样子，在得到白宇平肯定的回答后才过来打开了乔东的手铐，示意他可以走了。

乔东慢慢地站起来，感觉双腿蹲麻了，有点站立不稳。他活动了下手腕，趁姜广平背过身去的时候翻了个白眼，拉着白宇平就要往外跑，却突然又被姜广平叫住。

"哎，等会儿！"

只见姜广平背着手慢悠悠走过来。

"记着啊！"姜广平说，"想起来什么线索，第一时间通知警方，尤其是你。"

老警察说着，眼神有意识地停在了白宇平身上，意有所指。白宇平不置可否，扭头走了出去。

他们俩刚走到市局大厅，就见一个风风火火的影子冲了过来，猛地扎进白宇平怀里。白宇平脚步一顿，刚刚还镇定的神色瞬间崩成了手足无措的样子，他笨拙地把手放在啜泣的女孩的背上，轻轻拍着。

是申菱。

这对劫后余生的小两口相拥在一起，郎才女貌，款款深情，任谁来看都会觉得是好般配的一对璧人。阳光从外头照进来打在这两人身上，好看得像电影里历经艰险的男女主角迎来了美好结局。周围的警员大多知道这是绑架案的受害者及其家属，零零星星有人开始鼓起掌来。乔东也跟着拍起了手，拍着拍着心里不知怎么竟然有些不是滋味，只能努力压着那股酸溜溜的感觉想，瞧瞧，这两人能复合还是我的功劳，他们得给我颁个见义勇为奖才对。

他不想再去打扰别人难得的团圆，就要默默离开的时候，申菱把他叫住了，大概是知道乔东在关键时刻救了白宇平一命，她显得很是激动，期待地问乔东能不能一起吃个饭，他们也好正式感谢一下乔东。

乔东看着她，女人的眼睛亮晶晶的，脸蛋因为激动变得通红。这样一个人在他看来有些熟悉，却又十分陌生。说熟悉是因为之前阴差阳错有过一面之缘，说陌生则是因为他知道自己一直以来认识的都不是这个申菱。毕竟要是他认识的那位，哪会这么客套。

一种失落感莫名升起。乔东摆了摆手说："算了，老白刚脱险，得好好休息，下次再说吧。"接着便扭头离开。他得去见见他妈，把转院和手术的事处理一下，之后再跟他认识的那个申菱报个喜，再为先前临时逃跑的事道个歉。虽然对方现在应该已经见到了现实的变化，但这么长时间的"战友"了，祝福一下也是应该的。

那个申菱大概会边说感谢，边给他发一沓的股票号码，自己也顺便礼尚往来地给她报一下他妈手术成功的喜讯吧。

乔东这么想着，又傻呵呵地乐了起来。

可医院里等着他的却不是喜讯，而是医生言辞冰冷的通知。

"转不了院，现在病人还在重症监护室观察，怎么转院？手术现在也做不了，你犹豫太久了，肾源取出来可没法保存，早转给其他等着救命的病人了，"医生一改昨天和善的态度，颇为冷淡，"自己不珍惜机会，能有什么办法？"

"你之前不是这么说的，你当医生的怎么还变卦啊！"乔东傻了眼，他不懂这些东西，哪会想到自己好不容易等来的救命机会还能插着翅膀飞了。

医生却含糊地说："那你得问问你自己了，这几天到底做了什么不该做的事。"乔东一愣，还想追问，就见那医生不耐烦地挥手让他出去，临了还补上一句，"重症监护室的钱和后续的透析费用先从手术费里扣啊，你记得早点补齐。"

他像游魂一样茫然地走到重症监护室门口。方敏还没转出来，他只能隔着无菌室的玻璃远远看一眼。听护士说他妈早上醒了一会儿，这会儿又睡过去了。他连把白宇平救出来了的消息都没法转达。

"你还是来医院陪护着吧，"小护士关切地说，"不然阿姨醒了又看不见你，早上没见到你她可难受了。"

可乔东却只能沉默。

他正考虑着小护士的建议，张平的电话打了过来。他一接起来，就听见张平磕磕巴巴、着急忙慌的声音："东哥，你人在哪儿呢？出事了，有，有伙人上门找你来了！"

福无双至，祸不单行。原来，就在乔东摆脱刑警盘问的时候，乔东那个多事的房东带着几个民警找上了张平的修车厂。

警察在出租房里调查起火原因时发现了人为痕迹，保险公司一听说这消息当即就拒绝了赔偿。房东憋屈极了，又一直对自家的租客有偏见，于是直接咬死了是连着消失了好几天的乔东的责任。大约是从警察那边打听到了乔东现在住的地方，她拉着亲戚家一群大小伙子找上了门，张嘴就嚷嚷着要找乔东索要失火的赔偿。

乌泱泱的人直接把张平的车厂给堵了，闹得张平生意也做不成了，只能借口拉肚子跑厕所里给乔东报了信。

"你先别回来，"张平小声说，"我跟他们说了你是被人设计了，他们不信，我怕他们动手。"

"我不回去能去哪儿？"乔东愤愤不平，"你就跟他们说，就说……算了。"

他知道这事是河子那帮人干的，但关于白宇平的事他没跟张平说过，这会儿一句两句话又说不清，恐怕还得自己回去亲自跟房东解释。

"我这就回去，你等着。"乔东说完，也不管电话那头张平阻止，直接挂了电话。只是就这么回去他也不放心，打车的时候便让司机先去了城南台球场。

他当然知道胡彪卖过他，但后来对方把桑塔纳送过来，应该代表他已经脱离险境了，眼下他也想不出从哪儿还能再找到帮自己壮胆的人，只能抱着点希望找胡彪问问。可惜这点希望在他到达城南胡同时碎成了渣。

那里只剩下被砸烂的台球场招牌和拉起的警戒线，一辆警车停在台球场的门口警戒着，而里面早已人去楼空，了无声息。

他拉着旁边的小商小贩一问，才知道昨天不知道哪来的一帮人带着警察，以打击黑恶团伙的名义把台球场查封了，人似乎都被抓了。

没了？就这么没了？乔东愣着神，看着台球场门口来往的行人，只觉得讽刺。当初他被胡彪追得上蹿下跳，只觉得胡彪是座难以扳倒的大山，可这座山先被王贵那帮人抬手间给铲成了个小土堆，如今又被警察轻飘飘地踢了一脚，就崩塌殆尽了。

小巷里人来人往，似乎没人愿意分出神来看他或那座台球场一眼，好像许多事情从来不曾发生过一般。

直至有人拍了拍他的肩膀，他才回过神来，迷茫地看向来人。

那人身材高壮，穿着笔挺的西服，长相有些眼熟。他没说话，只是抬手示意乔东向一侧的路边看去。那里停着辆高档奢华的轿车，车窗半落，露出里面人的面孔，儒雅温善，鬓发花白，淡然地与他目光相对，正是杜峰。

他只觉得自己一个激灵，冷汗从后背上淌了下去，瞬间什么都懂了。

"是你干的……"乔东咬牙切齿，"都是你干的……"

方敏的手术，胡彪的台球场，甚至是房东得到的消息。

他控制不住地抬起脚冲了过去，抬手按住了杜峰的车窗玻璃，遏制不住地怒吼："是你干的！你报复我是不是？"

他以为杜峰会承认，或是否认，又或是出言讽刺，对他说些狠话，可杜峰只是轻飘飘地看了他一眼，话语平淡："这不是给你讨个公道吗？"

"公道？"乔东重复着这个词，只觉得荒谬。

"你说说你，缺钱给你妈看病也不跟我说一声，还找他们借钱，这种人哪能信？"杜峰叹着气，像个慈和的长辈在认真替乔东考虑，"正好我也有些公安的朋友，跟他们一说，马上就来处理了。可惜你的钱让这些小混混花光了，不过也算替你出了口恶气不是？"

乔东又气又笑，胡彪当然不是什么好人，可替他出气，替他讨公道，怎么早不来晚不来，偏偏在胡彪已经站在他这边的时候动手？

"这算个屁的公道！"不过是颠倒是非的说辞。

"我说是公道，它就是公道，"杜峰笑了起来，他笑眯眯的面孔看似和蔼可亲，眼睛里却遍布冰霜，"大哥走得早，很多事没教你，那就让我这个当叔的来教你。要说这世上只有一种道理，就是钱的道理。你还年轻，别犯拧，自己好好想想吧。"

杜峰说完便合上了车窗的玻璃，只留下了车窗上同样愤怒与不甘的影子与乔东彼此对望。车子发动了，那名来提醒乔东的穿西服的保镖不知何时已经回到了车上，驾驶着车子向远方开去。

乔东看着轿车渐渐远去，脸上的神色几经变化。许久，他慌乱地掏出手机，边翻出白宇平的号码打过去，边往张平的车厂走，杜峰不会就这么轻易地罢手，这事还没结束。

可电话里传来的只有长久的占线声。

白宇平在医院开完药，处理了伤口，这才跟着申菱回了家。时隔十天，他就像在鬼门关历了一次劫，整个人消瘦了一圈，眉宇间也满是极度的疲惫。

可即便如此，当他走进屋里，看到房间中那了无生气的环境时，因困顿而迟钝的神经仍然感觉到了轻微的疼痛，像用一根利针扎着因浸泡在冰冷的水中而麻木的手指。他看着客厅里被擦得干干净净的花瓶，花瓶里原本隔天一换的花束已有些蔫了，更不要说那些已经枯黄的盆栽绿植，它们仿佛快要跟着家里的主人一起死去。

原本准备发放的婚礼请柬被成沓地随意塞在柜子里，与地面桌面一样散布着一层薄薄的灰尘。窗帘紧闭，被子在沙发上乱作一团，他的笔记本电脑摆在客厅的茶几上，而旁边乱七八糟地摊放着通讯录和几张纸，上面记录着能联系到的人名和借来的钱数，随后它们都被愤怒绝望的笔迹画得乱七八糟，而垃圾筐里不知道塞了多少这样的纸团，那些纸团的深处，是若隐若现的破碎的酒瓶。

更刺痛他的是申菱的表情。她十分慌乱，走过去把那些纸张收捡起来，有些结结巴巴地说："我，我本来说要收拾来着，结果听见警察给我打电话说找到你了，这家里这么乱，你别，别管，你歇着去。"

她克制不住眼睛里的泪水，只能背过身去，假装忙碌地收拾着桌上的东西。只是她刚把花瓶里枯萎的花枝拿出来，就被白宇平从后头深深地抱住。

"我不走了，"白宇平轻声说，"哪儿也不去了，不会再让你害怕了。"

他感觉到怀里的人在颤抖，有一滴温热的泪水滴在了他的手背上，又顺着手背滑了下去。他听见申菱的声音里带着哭腔："以后咱们就好好过咱们的日子，行吗？"

白宇平歉疚地搂紧了对方，温声安慰道："好，咱俩都好好的，长命百岁，白头到老，再也没有这种事了，没事了，都没事了……"

他一声声哄着申菱，等对方情绪平复下来，才走进卧室休息。

他很疲惫，头靠在枕头上闭了眼，眼前满是那些让他恐惧的混乱的人影，他们张牙舞爪，满面鲜血，狞笑着走近，他睡得很不安稳。直到申菱使劲摇他，他猛然睁眼，才发现自己竟然已经睡了快两个小时。

"宇平，你怎么了？"申菱有些担忧，"你梦里一直在乱喊。"

白宇平按住太阳穴，那下头有根神经正一跳一跳地疼着，他虚弱地笑笑。

"没事，就是太累了。"他顿了顿，忽然又问，"对了，是你让乔东来救我的吗？"

他看到申菱的脸上浮现出显而易见的困惑，她伸手摸了摸他的额头说："你在胡说什么呀？"

白宇平叹了口气说："没事，我睡迷糊了，当我瞎说。咱们出去吧。"

他迷迷瞪瞪地跟着申菱走进客厅，发现屋子里已经焕然一新。餐桌边精致的餐灯散发出融融暖意，把两个人苍白的面色都照得鲜亮起来。

白宇平被困的这几天基本上饥一顿饱一顿的，能吃上的就是干馒头。申菱心疼坏了，熬了点补气血对肠胃好的猪肝粥，又做了几样小菜。白宇平很感动，他拿出那枚婚戒，走到申菱身边单膝跪下。

"你傻不傻啊你！"申菱一下明白了这枚戒指的分量，手足无措地想把白宇平拉起来，"这东西哪值得你……"

她也不知道自己的手碰到了哪里的伤口，白宇平竟然嘶的一声皱起了眉。申菱被吓着了，不敢再乱动。可谁知对面的白宇平却是装的，他突然一笑，趁申菱愣神的工夫，轻轻抓住她的手，把戒指戴了上去。

"我每次觉得自己出不来的时候，就看着这戒指，想着你还在等我呢，我可不能就这么死了，才咬着牙熬下来。当时我就想，如果我能活下来，能再见到你，那又有什么不能改的。"白宇平深情地看着她手上的戒指，又抬眼看她，郑重其事地说，"我不想再坚持没有意义的事了，我们结婚吧。"

申菱的眼中泪光闪动，"我们结婚吧"这样一句话足以打动所有深陷爱情中的女孩，即使他们此前就在准备婚礼，可此时此刻这句话所代表的却是截然不同的意味。她嘴角抽动，一句"好啊"还没说出口，就听见手机铃声嘀嘀作响。

是白宇平的手机，亮起的手机屏幕上标注着来电人是乔东。

一时间暧昧感动的氛围被打破了。申菱向后退开，擦了擦眼睛，有些不好意思地笑着说："快接电话！别让人家等着。"

白宇平却不想让这氛围就这么过去，他把电话挂了说："一会儿再回吧，东哥肯定理解。"

可偏偏那头的人犯了轴，他刚把手机放回桌上，手机铃声却再次不合时宜地响了起来。白宇平看了一眼来电提示，忍不住唉声叹气道："什么急事非要现在说，可真行。"

"行了，赶紧接电话吧，"见白宇平愁眉苦脸的表情，申菱忍俊不禁，干脆挥了挥手催促着，"人家救了你呢，怎么着也是恩人，别这么冷漠。"

白宇平这才依依不舍地拿起电话，进了里屋。

申菱并没有注意到，这一次打来的电话，来电提醒上写的并不是乔东，而是一个简洁的汉字。

杜。

白宇平的笑容在离开客厅后消失殆尽，他神色复杂地看着屏幕上的那个字，片刻才深吸一口气，接起了电话。

"您说的方案，我接受了，"他的声音苦涩，竭力让自己显得冷静而平和，"两天后见面，我会结束这一切的。"

第二十四章

　　乔东一直挨到晚上，等着房东带来的人散了，才偷偷折回张平的铺子。

　　回来的第一件事就是开电脑看 QQ 消息。他知道眼下事还没结束，自己的处境甚至会往更糟的方向发展，毕竟以前的杜峰眼里可能没乔东这个人，可现在他坏了对方的好事，已经成了对方的眼中钉。往后杜峰只要一天不倒，他恐怕就一天过不上舒坦日子。

　　可打开电脑的那一刻，他满心的期待却落了空。

　　申菱自始至终都没有给他发来任何消息，对话框里的记录还停留在他准备去救白宇平时对方的那句祝福上，那之后便只有一片空白。

　　他接连发了几条消息询问未来的情况，然后一根接一根地抽起烟来。烟雾缭绕之中，一夜便迷迷糊糊地过去了，可电脑始终一片寂静。

　　乔东瞪着空空如也的对话框，塞在柜台底下的双腿跟筛糠似的克制不住地抖了起来。

　　申菱以前从不会这样，这反常的安静让他隐隐产生了不妙的预感。

他忍不住又给白宇平打了个电话，对方没接。他坐立不安，正琢磨着干脆去报社找白宇平的时候，QQ 的提示音才响起。

乔东精神一振，只是轻松的喜色在他看清消息内容的那一刻散尽了。那对话框中只有言简意赅的一句话，却让乔东的脑海里嗡的一声，失去了理解的能力。

申菱：申菱死了，白宇平不见了。我是未来的你。

时间推进至二百四十个小时之后。

乔东叼起一根烟，颤抖的手摩擦着打火机的滚轮，他连着按了两下，打火机仍然固执而喑哑，连一个火星子都没打出来。乔东咒骂了一声，把打火机塞回兜里，神经质一般地抖着腿。他坐在一片狼藉的房间中央，房间窗帘紧闭，光线暗淡，这让笔记本电脑幽幽的冷光笼罩在他的面孔上，照得他面无血色。

屋里到处都是被人暴力翻找过的痕迹，东西乱七八糟丢了一地，大大小小的相框或歪倒或破碎，里面无一例外都是两个人的合影。

申菱和白宇平。

这是他们的家，他们的房间，他们的卧室。

还有他们的笔记本电脑。

乔东是收到白宇平的消息才赶来他家的。当时白宇平说他有重要的事要告诉他，是关于申菱的死因。可当乔东赶到时，白宇平人已经不见了，取而代之的是一间刚遭了贼洗劫般空无一人的房子。

出事了，乔东心里第一时间闪过这样的念头。

他掉头就想走，可不知时机怎么就这么巧，熟悉的 QQ 声恰恰在这个时候响了起来，让他的脚跟粘在了地板上似的动弹不得。

声音似乎来自里屋的卧室，乔东的拳头松了又握，他深深地吸气，猛回过头，冲进了屋子的最里面。

而这时，他才在掉落在地板角落忘记关机的笔记本电脑上，看到了一串眼熟的 QQ 信息。

东哥：怎么样了，你那边变了没？

东哥：怎么两天都没消息啊，成不成你回个话啊！

乔东瞪着电脑屏幕，他记得清楚，同样是十天之前，他在自己的电脑上发过同样的消息，可当时的他得到的却是一片沉寂。

或许在他所接触的那个未来里，此时此刻的电脑前并没有人，而自己出现在这里已经是一次时间线的意外改变。乔东站在原地，盯着那条自己的 QQ 账号发来的消息，在弄清楚现状的同一时间，他也发现了一个险境中的机会。

申菱：申菱死了，白宇平不见了。我是未来的你。

他飞快地在对话框里打下了这句话，发了过去。

对面没有回复。他知道自己疑神疑鬼的脾气，为了避免那个自己当他说的话是申菱一时兴起的恶作剧，他又打下了一串信息。

申菱：咱妈爱吃橘子，病了之后不敢吃了，但你爱买。你爱往汽车的轮胎底下藏钱，平子修车的时候看到了会顺走，上周顺走了两百。你暗恋上小学时候的同桌，跟小姑娘说了以后要娶人家，辍学之后就不敢见她了，觉得自己配不上，信了吗？

几秒的沉默后，另一个自己发来了消息，语气近乎崩溃。

东哥：够了！

东哥：怎么回事？

怎么回事？乔东咬着没点燃的烟嘴，再次神经质地扫了周围一眼。

他的耳朵一直竖着，敏锐地听着周边的动静。他听到楼下小孩的尖叫和大笑声，遥远得不那么真实，听到房间不知道什么地方传来的滴水声，钟表的指针咔嗒作响，他生怕这些声音里混进一个属于其他人的动静。

乔东抬起手继续敲打着键盘。

申菱：我也想知道，你知道我现在在哪儿吗？

申菱：在申菱家，她出事了，白宇平叫我跟他见面，但现在这儿一个人都没有，屋里跟抢劫现场一样。

申菱：具体怎么回事我会想办法查，查着了就告诉你。

申菱：但你别指望我，我未必躲得过去。

申菱：你记着，你得救我们，你必须得救我们，只有你能救我们！

就在他打完这行字的时候，一个细微的不知来源的声音钻进了他的耳朵。那声音像是很轻很轻的脚步，一不留神踩在了易碎的玻璃上。他霍地站起来向外望去，透过半开的卧室门，他看到客厅里仍然空无一人，可是那毕竟只是一扇半开的门。

乔东大气不敢出一声。

QQ 再次响了起来，在死寂的环境中分外响亮。乔东恨不得一脚踹在过去那个自己的脑门上，他以前怎么没发现自己话这么多。

他一把拔掉笔记本电脑的电源，把电脑合上夹在腋下，随后飞快地环顾四周，从窗帘的下面提起一个翻倒的花瓶。万幸，这个花瓶的大半还是好的，在他的手中恰恰是一把趁手的钝器。

他咬紧后槽牙，一步步向门口走去，将手搭在那扇卧室门的把手上，在心里默数三声后，他一把拉开那扇门冲了出去。

果不其然，身侧有道影子，高举着什么东西向他砸来。

他矮身冲过去，手里的花瓶也向那个人影砸了过去，只见花瓶在脆亮的破碎声中正中目标。乔东心里正喜悦，却突然感觉到脑后同样的风声与敲击声。

可他已经来不及躲避了，钝痛应声袭来，他的眼前一黑，紧接着便失去了意识。

二百四十个小时以前。

乔东呆坐在椅子上，有那么几秒钟的时间，他觉得自己的大脑跟报废了的车似的，怎么都打不着火。他木讷地盯着电脑上那一行行字，无法理解这些话的意思。

他发回了消息，想请对方把话说清楚，申菱怎么出的事，白宇平又怎么了，他妈呢？杜峰呢？钱呢？事情到底为什么会进展成这样？他发出了一连串的问号，可对方却连一个字母都不回答。

网线那端那个借着申菱的 QQ 号——现在是白宇平的 QQ 号——说话的人消失得无影无踪。

乔东心里窝火，也不知道火从何来，噼里啪啦地敲着键盘把对方的备注改回了"白宇平"。

他打完字抓起手机，在拨号列表里，不出意料地看到白宇平已经占据了最顶头的五六行，通通都是未接通。他混乱的大脑此时只能捋清一件事的思路，那就是他必须得去见这俩人一面。

这么想着，乔东当即把外头忙碌着的张平揪了进来，喊他帮自己盯着电脑屏幕，一旦见到 QQ 上白宇平的那个账号给他回了任何消息，都要第一时间给自己打电话。嘱咐完他才拿着手机提起外套，头也不回地冲了出去。

乔东是在申菱家门口拦住她的，他没有申菱的手机号，也不知道申菱的公司在哪儿，去白宇平的报社找却听说对方已经递交了辞职信。唯一的联系方式只剩下了亲自上门，说来感慨，这地址还是申菱告诉他的。

他在申菱家门口的走廊里蹲到了天黑，人已经等得昏昏欲睡的时候，才在漆黑的楼道中看到电梯门打开，是申菱刚刚下班。她正翻找着钥匙往家走，忽然被人抓住手臂，吓得尖叫出声，声控灯应声亮起，她这才看清眼前的人竟然是乔东。

乔东不等她说话，急切地问："我联系不上白宇平，你知不知道他怎么回事？"

申菱下班前还跟白宇平打了电话，对方说要去超市买些东西再回来。她现在听见乔东这问题自然觉得怪异，可白宇平才出过事，她也不敢大意，当下便给白宇平拨了个电话过去。

电话仅仅响了两声就被接起，里面传来的是超市嘈杂的人声与白宇平浓情蜜意的声音："怎么了，老婆？"

乔东恨得牙痒，心说我拼死拼活把你救了，结果连我的电话都不肯接。他越想越气，一把夺过申菱手里的手机，嚷嚷了起来：

"是我！"

浓情蜜意的声音戛然而止，电话那头的声音消失了得有好几秒，才切换成了白宇平有些迟疑的语气："东哥？"

乔东气不打一处来，说："你还有脸喊我哥？你不接电话，我还以为你又被姓杜的绑了呢！快回来，我有事跟你说！"

白宇平没回应，他那头的声音乱糟糟的，女人说话的声音和扫码提示音此起彼伏，白宇平在低声与人交谈着什么，似乎是正在超市买东西结账，半晌才说："明天吧，正好，我也有事找你。"

乔东哼了一声，对这回答勉勉强强表达了满意，要挂电话的时候，手机里又传来了白宇平漫不经心的嘱咐："对了，东哥，你明儿来之前跟阿姨说一声，我拿她那东西有急用，你问问是她直接给我，还是你转交给我，最好明天就带过来。"

他话说得含糊，估摸着是猜到乔东已经知道了事情的全貌，但又不想说得太透，免得让申菱听出端倪白白担心。

乔东听他说到物证的事，心里先是一喜，不管怎么说，白宇平总算开始帮忙办正事了，是个好兆头。可他不知怎的心里有些犯嘀咕，倒不是信不过对方，只是觉得白宇平一连被关了这么些天，出来后又跟哑巴了似的不跟自己联系，这会儿刚让自己找着，没说两句就管他要东西，说是急用，但也没提前跟他们母子俩提一句，也不知道他办事到底靠不靠谱。

那个不知道是什么的证据毕竟是他妈藏了这么多年的，杜峰那帮人一直想方设法弄到手，眼下白宇平的态度这么随意，万一弄出点幺蛾子来，岂不是辜负了老妈的心血？

毕竟白宇平这人与乔东的交集，只有欠钱不还硬拖着让老婆擦屁股，实在不像个可靠的人。

　　乔东只能含糊地说了一句："明天就要，这么急啊？"

　　"我……这两天托朋友找到了点门路，"白宇平的声音听起来有点犹豫，仍旧含糊地说，"人家说想先看看证物的有效性，要得比较急，你问问吧。"

　　乔东听不懂这些，申菱又在他面前杵着，对电话里的内容一脸好奇。他实在不好深问，尽管心里还是觉得有些古怪和不妥当，但想着白宇平到底接触的人多，理应比他更了解一些情况，最终还是答应了。断了电话，乔东把手机还给申菱。

　　申菱把手机收了起来，随口一问地试探道："你们聊的什么事啊？"

　　但她的意图还是被乔东一眼看了出来，他打了个哈哈，随口糊弄了两声没什么，便插着裤兜往外走。没走两步，他又掉头回来对着申菱问了一嘴："你觉得……这两天白宇平有没有什么不太对劲儿的地方？"

　　申菱皱着眉，正想说什么，乔东却突然摆摆手打断了她，自言自语地嘀咕。

　　"算了，没啥，当我没说。哦，对了，手机号给我一个，省得我又找不着人……"

第二十五章

10 月 22 日，夜晚。

姜广平坐在审讯室那面巨大的单面监视镜后头，他面前的显示器上从多个角度展示了审讯室里的监控画面。画面上的王贵坐在铁栏杆后头的审讯椅上，低头垂目，任郭杰问什么都一言不发，只是自己在那儿转着佛珠串。

把白宇平、乔东送走后，郭杰和小杜审了余下的犯罪团伙成员。其余人大多交代得痛快，只不过接触不到太多的信息，即便是王贵的左膀右臂王继河、王继海兄弟，也只知道王贵的背后有个老板，至于老板是谁，干什么的，他们都不清楚。就算曾经短暂地听过老板的声音，也是透过电话听到的，难免失真，分辨得不太清晰。

可到了王贵这儿，警方算是犯了难，整整一天，这混账连个屁都没憋出来，枪和假药从哪儿来的、上下产业链都有什么人、获利多少、为什么杀人、杀人的细节等等，他一概拒绝交代。

审讯室里的郭杰还在吓唬他："现在人赃并获，证据都摆在这儿，你要是好好交代，还能争取从宽处理，再这样消极对抗，就等着坐一辈子牢吧！"但这没能撬开王贵的嘴，他只是讥讽地一笑，伸长了腿向后仰靠在椅背上，自在得跟靠在他那老板椅上似的，手里还把着他那串佛珠，闭目养着神。

"装模作样，亏心事做多了怕报应吧。"李玲在旁边嘀咕着。

姜广平清楚这么耗时间没有半点意义，有东西封住了王贵的嘴，而能让他张口的绝不是刑罚。

他打了个手势让李玲跟着自己，进了临近的一间询问室的门。

明亮的灯光下，杜峰正板正地坐在询问桌后的软包椅上。这边的环境比审讯室要好得多，当然对杜峰这么个待惯了高档场合的人来说，那把因为使用多年而有些漏线破损的椅子还是显得简陋了些。他一直在闭目养神，听见开门的声音才抬起头，望向走进来的姜广平。白炽灯的灯光打在杜峰斑驳却梳理齐整的侧鬓上，衬得他十分文雅。若非有诸多疑点指向这人，实在很难将他和假药制售这样上不得台面的生意联系起来。

杜峰是被叫来协助调查的。尽管王贵落网后死守牙关不肯吐露自己背后的人，但就在一小时前，李玲查到了他那厂房的土地合同，上头赫然写着杜峰的名字，而王贵的资料上也提到他曾在杜峰手下工作，加上白宇平的调查报告，这些微弱的关联总算给了姜广平和杜峰碰面的机会。

杜峰仿佛对自己为何被请到这里大为不解，姜广平沉着脸把逮捕现场的照片拿了出来，并说明了情况，但他的面色仍然不变分毫，笑眯眯地把自己择了个干净。

"你说王贵啊，他当年确实跟着我干过，招工的时候，我看他虽然犯过错，但挺实诚，心软就招了他，"杜峰说着叹了口气，"可这一心软给我惹出事来了，干了一段时间，我才发现他居然偷厂里的材料出去倒卖，给我气的，当时就把他开了。

"本来这事过去两年了，我也差不多快忘了有这么个人，谁知道去年他突然跑来找我，让我把我在城中村买的一块地租给他。那地我本来是想等着拆迁赚一笔的，结果这么多年了也没拆。

"本来我也犯嘀咕，觉得这人品行不行，但他却跟我一个劲儿地道歉，跟我说什么……是我给了刚出来的他一份工作，对他有再造之恩，他当年犯傻，恩将仇报，这两年一直很后悔，现在赚到点钱了，想自己创业办厂，在外头却处处碰壁，就抱着最后一点希望来找我，跟我道个歉，也想得到我这个恩人的支持。

"我让他这些话给说动了，想到我刚开始单干那会儿，实在是不容易。唉，我这人就这样，容易心软，就想着算了，先给他用吧。哪能想到啊，他是为了干这种营生。唉……那话怎么说来着，江山易改，本性难移。"

杜峰脸上的惋惜看起来真切极了，仿佛他真是那个悲天悯人的慈善企业家。偏偏讲述的内容听起来又没什么明显的漏洞，这让跟在姜广平身边协助的李玲有些泄气。姜广平倒没觉得什么，毕竟要是这点本事都没有，杜峰也不可能走到今天。

"如果之后还有什么问题需要你提供帮助，我会再联系你。"他客套地冲杜峰点点头，示意李玲带他出去。

杜峰温厚地笑着，从椅子上站起来走到李玲身边时，姜广平忽然说："对了，杜先生，来之前你见过白宇平了吗？"

这话他有意问得突然。警方通知杜峰来时只提了王贵的厂子查出了违禁物品，却没跟杜峰提过杀人的事，更没提过这事还涉及白宇平，姜广平想看看杜峰的反应如何。却见杜峰脚下一顿，有些诧异地问："白宇平是哪位？"

姜广平盯着他看了一会儿，意有所指地说："前段时间省报社失踪的那个记者。杜先生，你平时都不看新闻？这电视上都报好几天了。"

"我平时比较忙，也不怎么看新闻，"杜峰略带歉意地笑笑，"怎么，他跟我这事有关系？"

姜广平也不再多解释什么，只是站起来拉开了询问室的门，把这个话题轻描淡写地带了过去："他当时在现场，我还以为二位会有些交集。"

杜峰神色不变地说："那看来是让您失望了。"接着便平静地推门出去。

李玲看着他消失在走廊尽头，忍不住摇头叹了口气。杜峰实在谨慎，姜广平下的套他愣是回得滴水不漏，连丁点表情上的破绽都没流露出来。

"难道他真的不知道厂子里的事？真没参与？"李玲忍不住怀疑起来。

姜广平却只是拍拍她的肩，平静地说："他要是真没插手这一档子事，怎么会说自己没听过白宇平这个人？刚刚让他在会客室等着的时候，会客室的电视可是正播着白宇平的报道呢。"

事分两面看，他心里有数，越是把自己撇得干干净净的口供，便越代表它背后藏着猫腻，只看他怎么抓着这人的马脚。

关键还在王贵身上。

姜广平这么想着，又折回了监控室，一进屋他就感觉气氛有些古怪。手下们这会儿个个都站了起来，打电话的打电话，盯监控的盯监控，人人脸上都写着紧张。姜广平抬眼望去，才发现审讯室里，不知何时王贵已经离开了审讯椅，让小杜缚住了双手，死死地按在地上，而郭杰则站在一个不远不近的地方，他的额角有一块淤青，此时他正拿着矿泉水瓶敷在上面。

"怎么了，这是？"姜广平有些错愕。

黑暗中，有人答了一句："这人发疯了，把郭哥给打了。"

姜广平讶然地向玻璃窗后看去，只见王贵虽然被扣在地上，眼睛却仍恶狠狠地瞪着郭杰，仿佛和他有什么深仇大恨一般。

"本来正常审讯，郭哥说让他考虑下家人的感受，不要消极抵抗。谁知道他突然就发疯了，使劲挣扎，郭哥去制止他，被他拿头磕脸上了，"接话的小警察继续说，"姜队，这小子太恶劣了，完全没有悔改的意思！"

他们仍在喋喋不休地抱怨，但这话听在姜广平耳朵里却有了不一样的含义。他沉吟片刻，思绪中的某个节点像是突然就被人打通了。

在手术后的第三天早上，方敏终于从重症监护室里转了出来。

她总算摆脱了重症监护室里心率血压等一系列的监视仪，疲惫地醒来。只见她裹着素白的被子，整个人的面色都苍白了许多，身体也显得干瘪瘦小。

乔东仍坐在他那把椅子上。主治医生今天松了口，说只要乔东联系上接收医院就可以办理转院。他松了口气，有些忐忑地看着面前这个略有些陌生的母亲。当年的那些事说开后，这还是他第一次和状态清醒的方敏说上话。其实对于当年的事，他心里仍然有许多困惑，但眼下却不是把它们一一捋清的时机，他只能轻轻咳了一声说："白宇平没事了，你放心吧。"

这话确实给方敏带来了安慰，她混浊的老眼盯着乔东看了一会儿，许久才缓慢地点了点头，露出如释重负的神色。

"后头的事你就让我处理吧，我大概也知道是怎么个情况了。还有，过两天我给你办转院，这家医院跟杜峰关系太近，"乔东还是没忍住埋怨起来，"你说你，这么大的事为什么不早告诉我，早知道，我就不让你来这里，白宇平那边我也能早点帮上忙……"

"我又不是小孩了，这些事难道我不该清楚吗？"他絮絮叨叨地抱怨着。

他这样说着的时候，方敏就那么静静地躺在病床上看着他，目光柔和宽厚。她少有这么温善平静的时候，这让她看起来更像乔东小时候记忆里的那个她。

对了，她当年也是个安静斯文的女人。

乔东渐渐也没了声音。他们娘俩一时间相对无言。好半晌，方敏才轻声说："你当年还小，性格又那么倔，我怕你知道了一时冲动，反而让他给害了，你爸走了之后，我就只有你了……"

当年她从乔兴年的遗物里找到了一份采购证明和供货清单的副本，可这份副本的内容和医院的清单对不上号，而副本上清清楚楚地记录了，乔兴年批准采购的那批出现问题的假药，正是来自杜峰的康遐药业。

医院的账目很可能被人伪造过，方敏这样想。有人为了把杜峰从整个环节里择出去，对医院的资料造了假，好让责任全都落到乔兴年的头上。她想通了这一点，当即拿着这证据中的前几页去找警察，本以为很快就能得到好消息，可不久后就听说当时负责这案子的警察因公牺牲，而当时交给那警察的几页副本，竟然随着那人的牺牲不翼而飞。隔天杜峰就笑眯眯地找上了门，仍是一副慈眉善目的样子，要她把余下的副本一起交给他。

自那时起，她便意识到，丈夫的这个老下属、老对头是个狠茬儿，绝不是她能撼动得了的。方敏害怕了，她怕的不是自己的安危，而是担心乔东遭到对方的打击。她固然想还乔兴年一个清白，但内心深处她知道，对这个家而言更重要的是乔东得好好长大。

于是这些年，她带着乔东四处奔走躲藏，努力让他摆脱那些过往。可杜峰就像梦魇一样追在身后，她有时觉得那人像只不急于抓捕猎物的猫，只是在那里满怀恶意地看着，看她能挣扎到什么时候。

她挣扎了快二十年，时常觉得自己被困在了对方围设的泥沼之中，她强挺着的那口气快被耗尽的时候，白宇平的出现给了她一线希望。

她说着说着，克制不住激动的情绪，剧烈地喘息起来。乔东拍着她的后背，没再说话。他知道，方敏等得太久了。

他将心头的那份疑虑打消，拍着胸脯保证，剩下的事都交给他来办。

"你儿子现在长大了，能给你遮风挡雨了，你就放心吧。"他龇着牙笑着说。

白宇平需要的就是余下的供货清单，如此重要的证据，方敏自然不敢随意存放，她在银行申请了一个保险柜，将那份证物存了起来，如今也到让它见光的时候了。

拿着方敏个人的各种证明，乔东代替她把东西取了出来。

那是一个牛皮文件袋，几页泛黄的纸张被封存在里头，上面满是手写的字迹。乔东大致扫了一眼，都是自己看不太明白的药品名称。压在最下头的一张纸是采购证明，上面盖有双方的公章，供货方的落款上龙飞凤舞地签着杜峰的名字。

只要警方还保留着当年的证物，调出来对照有问题的药品的批次，杜峰的罪责就难以逃脱。

只是给杜峰定罪是一方面，证明乔兴年无罪是另一方面，到底能不能成还不好说。乔东哂然一笑，他居然开始为那个记忆中已经面目模糊的父亲感到忐忑了，产生这种想法还是他二十年来的头一遭。

具体要如何操作，是不是需要请律师，要不要打官司等，都还是个未知数。一切都得看白宇平联络的人脉能不能帮上忙，愿意出多少力。

乔东站在车流往来的马路边，遥遥看着街对面老旧的面馆，招牌上写着某某老字号，外头的小桌板凳堆满了人行道，靠近马路边停了几辆卖小吃的手推车。白宇平约他在那儿见面，顺便一起吃午饭。这人还是那么抠，都不肯选个高档点的地方。

乔东眯起眼在那面馆外头摆着的几张塑料桌子边巡视着。临近中午饭点，面馆的人不少，他扫了好几圈才看到了白宇平的身影。赶巧绿灯亮了，他一边招手喊着对方的名字，一边冲对方跑了过去。

他挥舞牛皮纸袋的手在人流中十分显眼，白宇平抬头望过来，站起身向道边走了两步，但随即停了下来向一侧看去。面馆外的小吃推车挤来挤去，遮住了摊边的小桌，也不知道白宇平在看些什么，大概是在担心自己好不容易占着的位置被后头来的客人抢了。他驻足不前，只等着乔东过去。

乔东哑吧了下嘴，快步跟着人潮移动，正要走到对面的红绿灯底下时，就听见一阵耳熟的手机铃声响了起来。

是张平打来的电话。

他把牛皮纸袋子往胳膊肘底下一夹，接起了电话，眼睛还盯着往来的人群后头时隐时现的白宇平。

"忙着呢，有屁快放。"乔东不耐烦地说。

那头的张平语气有点犹豫地说："东哥，你早上是不是说要去见那个姓白的记者？"

这事乔东早上出门的时候确实跟张平提了一嘴。其实前两天他房东找上门后，乔东就抽了个时间把事情的前因后果跟张平说了一遍。他隐去了关于那台电脑上时间穿越的事，只含糊地告诉张平是白宇平的家人托他帮忙查事，却因为得罪了地头蛇招来了报复。出门前他又告诉张平，自己要去和白宇平商量怎么解决问题，电脑QQ上经常联系自己的那个人是能帮他的贵人，要是对方来了什么消息，务必第一时间通知他。

未来的自己已经整整一天没有回消息了，尽管知道他处境不好，恐怕不一定有回信的条件。但不知为何，在这段等待的空窗期，他那以往生了锈的直觉却跟接触不良的电线接口似的，隐隐擦出一阵阵令人不安的火花。

当时张平答应得干脆，这会儿电话来了，没说人家的留言，却先问起白宇平的事，多少有些怪异。

"是啊，"乔东又看了一眼，他渐渐走近那家面馆，白宇平离他也不过十来米的距离，"怎么了？QQ上那个人提他了？"

"是，唉，东哥，你这个贵人靠谱不？我这个……我不知道……"

"你能不能别磨磨叽叽！他发什么了赶紧说！"乔东被他吞吞吐吐的语气弄得很不耐烦，对面的白宇平有些困惑，也向他走了过来。

"好吧，好吧，东哥，你那个贵人说——"张平深吸了一口气，大声说，"他说白宇平有问题，别去见他，跑！"

乔东的脚步停在了原地。他抬头看去，白宇平正冲自己打着招呼走过来。一瞬间那些不祥的念头、QQ上怪异而不顺畅的回复，全都冲进了他的脑子。他的视线再次扫去，忽然发现被小吃摊挡住的露天小桌上，坐着个熟人。

杜峰的那个司机。

几乎是条件反射，他掉头就向路的另一侧跑去。

红绿灯路口的警示灯闪烁起来，随后由绿转红。人行道已经渐渐空了下来，乔东顾不上危险，发了疯似的穿过马路，吓坏了一路的司机，喇叭声瞬间响作一团。

车流混乱，身后不远处传来白宇平慌乱的喊叫声。乔东咬紧牙关，心里却在暗骂，他就算再怎么觉得白宇平不靠谱，也没想到白宇平这个狗东西已经跟姓杜的混到一起去了！

他横冲直撞地穿过斑马线，炮弹一样撞进街对面的人群，想借着大量的人流甩掉身后紧跟的两人，却听见后头有个声音突然大声喊了起来："小偷！抓住那个小偷！"是那个司机的声音。

人群在听到抓小偷的声音后，便像离散的羊群一般迅速往两边散去，都不愿徒惹事端。不过也有几个性格耿直的年轻小子，在听到喊叫声后抬眼看去，在目光锁定乔东的一瞬间，直接向乔东冲了过去。

乔东只觉身侧被一股力量猛地撞击，霎时失去了平衡，栽倒在地。他手里护着纸袋，后脑勺猝不及防地撞在了地上，顿时头上剧痛，眼前也一阵阵地发黑，人群嘈杂的声音在他耳中只剩下嗡嗡的耳鸣。他吼道："他胡说，是他要抢我东西！"但这声音连他自己都听不清楚，更别提喧闹不堪的路人了。

那帮人还按着他，甚至为了防止他逃跑压在了他身上，压得乔东有些喘不过气来。乔东的脑袋还在发晕，心里苦笑着自认倒霉。

这时候信号灯大概是转绿了，周围的人群不再看热闹，开始缓慢地向对面拥去，路人嗡嗡的议论声也逐渐小了起来，与之相应的则是缓步走到了乔东面前的老熟人。乔东费力地抬起脑袋，就见杜峰的那个司机衣装体面，名牌西服在身，高傲地站在自己面前。乔东心想，和这样的人一对比，任谁都会觉得是他偷人家的东西。而亦步亦趋地跟在那司机后头的白宇平大概是因为心虚，低着头不敢正眼瞧他。

司机一弯腰，便强硬地把牛皮纸袋从他的怀里拽了出来，得意地笑了起来。乔东听见他装作感激地对帮忙的路人点头弯腰说谢谢他们的帮忙，自己会和朋友把小偷送到警察局之类的客套话。随后那些声音渐渐远去，不再飘进他的耳朵，新的人群从街对面移动过来，在嘈杂喧闹的人声重新掩盖一切之前，乔东艰难地伸出手，拽住了白宇平的裤脚。

白宇平悚然一惊，向后躲闪，但乔东没有撒手。

愤怒和不甘心交替汹涌。自那台老爷机收到信息以来，为了救这姓白的所作出的诸多努力，那一个个不眠而惊险的夜晚，网线另一端的申菱所打出来的一句句话，最终他收到的关于申菱的死讯，所有这些记忆与画面都跟跑马灯似的在他的眼前闪过，最终定格在了那个夜晚，灯下啜泣的女人的影子上。

白宇平躲闪的目光中写满了慌张与怯懦，乔东只觉得心寒，他在心里对远在未来的申菱感慨着，我们救下来的怎么是这么个孬种啊。

但他知道，那个申菱再也不可能回应自己了。

"你会害死申菱的，"他艰难地说，"她为你付出了那么多，你根本不知道，你会害死她的！"

乔东看见白宇平慌乱的目光忽然一顿，直直地望向了他。他自嘲地笑了笑，来不及说更多的话，后领便突然一紧，被人拽了起来，抓着白宇平的手便也松开了。

是司机跟帮忙的路人制住他，正要将他送走。

白宇平突然对司机说："你把文件给我吧，我去交给杜老板，你去处理……他。"

第二十六章

床头柜上的闹钟不紧不慢地响了起来,申菱迷迷糊糊地睁开眼,摸索着把闹铃关掉。

午睡刚刚结束,她又躺了一会儿,才倦懒地坐了出来,迷蒙的双眼掠过床铺一角时,忽然意识到双人床上只有她一个人。慌乱感骤然涌来,她赶忙向外跑去。白宇平呢?餐桌上的字条映入眼帘,她忽然想起,白宇平说过今天约好了要跟乔东碰面。

她深呼吸,安慰着自己,他没事了,他已经回来了,噩梦结束了。

这些天,申菱时常觉得自己开始分不清梦与现实。半睡半醒时,她好像置身于另一个世界,那里没有白宇平,等待着她的只有惨白灯光下一具冰冷的尸体,她无数次从噩梦中醒来,神经质地抓住身边人的手,确认他的身体是温热的,这才让毫无着落的心重新安定下来。

白宇平总是搂着她一遍遍地说,没事了,你这些天太累了,吓坏了。他那残损的裹着纱布的手放在申菱的手臂上,让她的脑海里浮现出不知是谁的声音:"……找到他的时候,我们还以为他手里抓的是什么重要证物,撬开了才发现,是那枚戒指……"

好像是负责白宇平案子的警察的声音，可她不记得那个警察说过这种话。

混乱的记忆时常让她觉得也许白宇平的获救只是她做了一场荒唐的美梦，醒来又会被打入万劫不复的深渊。可幸福的感觉如此珍贵，让她贪婪地索取每一分每一秒的温存。她试着在睡前吃安眠药，把那些错乱的记忆塞进看不见的角落里，逼自己忘掉它们。

不要杞人忧天，申菱告诫自己，我很好，我们都很好，只要一直维持下去就行了。

白宇平回来以后，她抽了一天的时间去公司处理之前堆积的事务，之后便申请延长了自己的假期，用这段时间来筹备婚礼。她甚至考虑离职了，警方已经帮他们追回了大部分的赎金，在还了之前从亲戚朋友那边借来的钱后，他们手里还留下了一点闲钱。她和白宇平都需要一点时间来忘掉痛苦，婚礼和蜜月就是最好的机会。

她把自己的决定告诉了白宇平，他没有反对。

白宇平这两天的状态并不好，有时申菱觉得他似乎被困在那个暗无天日的关押地了，那具体是个什么地方她不清楚，白宇平也一直没跟她说过。她猜那里也许很黑，因为自从回来之后，白宇平就经常失眠，他得开着一盏夜灯才能勉强入睡，中途也时常醒来。有时申菱还没睡着，她能感觉到白宇平在小心翼翼地看她，生怕把她吵醒了似的，之后便独自躲在厕所，一待就是半宿，等到第二天早上申菱走进洗手间的时候就会闻到一股浓浓的烟味。

但相比于这一点，更让申菱担心的是他对自己的经历避而不谈。

他有时候会木讷地坐在那儿，看着天花板，不知道在想些什么，申菱和他说话，他却好像没听见一样，很久才反应过来，随后温和地和申菱谈笑，仿佛刚刚那个人不是自己一样。而在他有限的睡眠时间里，申菱分明听见他在不住地梦呓。

他说："对不起，对不起……"

对不起谁？对不起什么？但白宇平不再继续往下说了。

那些令她不安的古怪记忆被压下去后，另一个声音接踵而至："你觉得……这两天白宇平有没有什么不太对劲儿的地方？"

那是乔东的声音。这话让她确定了白宇平的异常不是自己的错觉，而是他身边人的共同感受。

于是昨天回家后，她试着和白宇平谈，尽管上一个话题两人聊得开心融洽，但当申菱提起白宇平被绑架囚禁的那段经历后，他瞬间沉默了下来，好像在顷刻间他又变回了过往那个申菱熟悉的他。那时候他们的生活充斥着对彼此的不理解与愤怒，最终相对无言。

当时他对申菱隐瞒了私下调查的事，而正是因此，他才遭了这一场大难。那么现在呢，他又在瞒着她什么？

申菱不知道，她满心忐忑，却不敢再强硬地逼白宇平说出答案，只能告诉自己，耐心一点，给他和自己一点时间。

她拿着抹布，漫不经心地擦着家里的桌台，考虑着晚一点联络婚庆公司出一个婚礼方案，再之后则是看看蜜月度假地的选择，思绪正飘得漫无天际的时候，她听到手机的铃声响了起来。

一个陌生的号码。

申菱接了起来，她听见一个熟悉的声音冲进了她的耳朵，语气急切而激动，近乎吼叫："申菱，你在家吗？赶紧离开，找个安全的地方待着！"

申菱愣了愣，反应了几秒才听出对面的身份："……乔东先生？"

"是我，你这两天小心点，躲着点白宇平。"

这话说得实在没头没脑。申菱无措地抓着手机，不知道该如何作答，好半天才憋出一句："发生什么事了？你们闹矛盾了？是不是有什么误会？"

乔东没有立刻回答，他那边的信号不太好，声音断断续续，在断续的间隔中申菱听到了喧嚷的人声，以及电子播报音：某某号病人请到 3 号诊室就诊……他似乎正在医院里。申菱的心一下揪了起来，问道："出什么事了？宇平是不是和你在一起，是他出事了吗？"

但乔东没吱声，几分钟后他的声音才传来，答非所问地说："你去查白宇平的电脑，查隐藏文件，你能查到一次肯定也能查到第二次，他现在和杜峰是一伙的，迟早害死你。"

他的声音顿了顿，似乎也冷静了下来，轻声说："可惜你不是……你什么都不记得。"

他这话说得没头没尾，申菱有些摸不着头脑，还想再问时，对方却挂断了电话。她试着再打回去，电话却只剩一阵急促的忙音。她发了会儿呆，忽然听见 QQ 的提示音，循声望去才发现白宇平把自己的笔记本电脑放在了客厅茶几上。

"也不好好收起来。"她叹了口气。乔东的话却在她的耳边反复。

你去查白宇平电脑的隐藏文件。

她突然感觉这一幕有种熟悉感。似曾相识的记忆里，她好像也是一边打扫着卫生，一边过去看白宇平的 QQ 消息。她有些恍惚，紧接着甩了甩头，觉得自己有些好笑。

又开始做白日梦了，她想。

她这么自言自语的时候，手指已经无意识地搭上了笔记本电脑的边沿，目光下滑到屏幕上，另一段幻觉却乍然涌现。

电脑调度出了隐藏文件夹，一张红砖围砌的旧厂房的照片挂在屏幕上，她飞快地敲击着键盘，和一个 ID 名为东哥的人在对话。

东哥？乔东？

她眨了眨眼，眼前的电脑桌面还是白宇平设置的那一成不变的纯色桌面，他的 QQ 在右下角跳动着，不认识的头像，大概是他的编辑又或者什么熟人找他。那对申菱来说都无所谓，她的心脏疯狂地跳动着。鬼使神差地，她伸出手握住了鼠标，回忆着刚刚的幻觉中那个文件的位置。

鼠标咔嗒几声响动，随后归于平静。

申菱目不转睛地看着电脑屏幕上显现出来的文件，照片、文档、新闻稿件、采访音频，每一个文件给她带来的感觉都是熟悉的，就好像她早已看过这些东西一样，而它们背后的含义与乔东说的那句话两相对照，不难勾勒出乔东想要传达给自己的意思。

只是……只是相比于朝夕相处的恋人，乔东说的话真的值得她相信吗？

她沉浸在一团混乱的思绪之中，以至于没有注意到门外隐约的钥匙开锁的声音，直至大门打开发出了巨大的响动，她才猛地意识到不妥。回头看去，她发现白宇平提着公文包，正面无表情地站在她的身后。

申菱条件反射地盖上了电脑，随后才发觉自己的动作实在是欲盖弥彰。

"你……"申菱只吐出了一个字，就发觉自己的声音卡住了。

该拿着电脑上的文件质问他到底是怎么回事，还是该假装无事？纷繁复杂的念头占据了她的脑袋，让她迟迟说不出下一句话来。

而白宇平不知为何，只是站在那里看着她，同样默不作声。

长久的沉默后，申菱终于再度开了口，她以一种故作轻松的语气问："宇平，你有没有什么想要告诉我的事？"她的声音轻巧上扬，显得这个问题不过是一个无关紧要的问题，可与此同时她的眼睛却牢牢锁着白宇平的双眼，不愿放过这张熟悉的面孔上任何一个细微的表情变化。

只是她注定失望，白宇平垂下眼睛，不着痕迹地避开了她的视线。

"没什么，都是些不重要的小事，"他这样说着，缓步走到茶几边，将合上的笔记本电脑拿了起来，"跟你没关系。放心，婚礼前我就会处理完这些东西，之后就没事了，都会好的。"

都会好的。

申菱眨了眨眼睛，这是曾经她无比渴望从白宇平口中听到的承诺，此时真正听到了，不知怎的，她却觉得无比恐惧，仿佛她即将失去什么重要的东西，是什么呢？她不知道，那东西好像只存在于时隐时现的幻觉中，她甚至觉得自己也许从未拥有过它。

那么虚无缥缈，却又让她慌张到了极点。

她平复着呼吸，只匆匆说了一句要回公司取点东西，便头也不回地夺门而逃。

大门再次打开，又重重地关上。

白宇平视若无睹，他缓慢地将电脑装进公文包里，又拿出了自己的手机，把"杜"这个联络人调了出来。

拉上的窗纱投下模糊不定的狭长影子，斑斑驳驳地打在他的脸上，如同半掩的帷幕正极力遮盖着沉睡的妖魔。他咬紧了后槽牙，着了魔似的瞪着那个"杜"字，手指在拨号键上悬滞着，犹豫徘徊，迟迟按不下去。

第二十七章

乔东缩在医院楼道角落里打完电话，便一瘸一拐地走了出来。

他的脑袋上、手臂上到处都贴着纱布，遮住了青一块紫一块的伤痕。

那司机说把乔东送往公安局只是个幌子，这狗腿子早想好了要给乔东点教训，于是一路驱车把他弄到了城外，在荒得人影都见不着的土路上把乔东拽下了车，一脚踹进路边的苞米地里。

乔东在泥巴地里滚了几圈，狼狈不堪地想爬起来，可司机还不肯放过他，又一脚把他踹回地上，接着追上来连踢带揍，赏了乔东个鼻青脸肿，才满意地拍拍手，恶狠狠地威胁道："再给杜总添乱，当心我找个河沟把你沉了！"

乔东躺在苞米地里，只觉得身上哪儿哪儿都疼，他听见那司机拍了拍身上的土，脚步声渐渐远去，接着车门被他拉上，车子在发动机的咆哮声中驶远。

此地是城北，算是城外的农村，连片的苞米地是这一片村民的自留地，远远地还能看到几栋土瓦灰墙的矮房。这一片少有车辆经过，他的手机又让那狗腿子拿走了，如果不想走着回市里，只能去几栋小矮房那边找进城的农民把他捎回去了。乔东喘了口气，缓慢地站了起来，他肋骨挨了一脚，现在正隐隐作痛。

等他好不容易搭进城的小货车到市医院处理好外伤，又借了护士的手机给申菱打过电话，外头天都快黑了。

说来也是庆幸，他前一天去找白宇平的时候留了申菱的电话，拿水笔写胳膊上了，赶巧昨天半夜车厂那边停水，他这胳膊也就没洗没擦，这才给申菱打去了电话。

他大脑发热，心里只有一个念头，那就是先保住申菱，让她活下来。可报了信之后，申菱的那句犹犹豫豫的提问却让他心头一凉。

她特别礼貌地问，乔东先生，发生什么事了？你们闹矛盾了？是不是有什么误会？

她不认识他，她也不会相信他。更进一步讲，即使白宇平在背后捅了他一刀，抢走了他重要的文件，这个申菱也不会因此帮他，站在他这边。

他想说你忘了吗，我会变成现在这样都是因为你，是你让我去救他的。如果不是救了他，我妈的东西不会这么轻易让他骗走啊！

可是乔东说不出口，他只能竭尽所能地去作最后的争取，祈祷那个曾经扭转局面的隐藏文件夹能再次改变他的命运。

乔东叹了口气，捂着自己的肚子把手机还给护士，随后一瘸一拐地回修车厂。形势突然转变，让他措手不及，这下他恐怕真的只能靠自己了，还得回去跟未来的自己合计合计，想想对策。

他焦头烂额地回到车厂，脑子出神，没看路，险些让厂子门口马路牙子上缩着的一团东西绊了一跤。他听到个耳熟的声音在喊他，回头看过去，那是个熟悉的人影，穿着一身简朴的居家服，头发略有些凌乱，素面朝天，几乎没怎么打扮，但他还是一眼就认出来她的身份。

是申菱。

"你回来了，"她明显已经等候多时，"我觉得我得跟你谈谈。"

说不清是什么原因，乔东第一次在这个申菱身上看到了自己曾经合作的那个人的影子，决绝、果断，尽管疲惫，但仍然带着那种迫切地想要做点什么的冲动。

他摇摇头，带着申菱往车厂里走。

"你想知道的我都会告诉你，进来说吧。"他说。

老爷机上的 QQ 头像仍在跳动，笨重的屏幕释放着幽冷的光，因为陈旧和接触不良而不时地闪烁着，微弱的光线明明灭灭，隐在屋里此刻有些暗淡却散着暖调的柔和灯光中。乔东没看那些消息，他进了屋一屁股坐在椅子上，叼起他的宝贝烟头点了火，弥散的烟雾徐徐飘逸。他吹了口气，看着那烟被自己吹散，却又慢慢重新汇聚。

申菱站在柜台后，皱眉挥了挥手，当然她的努力对赶走那团二手烟雾毫无意义。

张平这时候搬着把板凳回来了，殷勤地给她摆上。乔东悄悄跟他说了，这就是他那个传说中玩股票特准的朋友，这小子瞬间就变成了条摇头摆尾的哈巴狗，一口一个姐地叫着，期待申菱再给点指点。

张平一副讨好相，说道："东子你是不知道，申姐那电话打过来的时候我在睡觉呢，她从医院打过来的，我都给吓着了，还以为你妈怎么了呢，没想到申姐是从你妈那儿找着我的。"

乔东不耐烦地赶着人："你泡你的茶去，这没你事。"转过头又皱起了眉头，"你怎么会找到我妈那儿去？"

他很快看到申菱欲言又止的样子，想了想摆手说："算了，当我没问。"

反正各人总有各人的门路。乔东想起当初那个申菱能凭他的名字找着他的家庭关系、他妈的基本情况，甚至是他妈住院的地方，想必申菱应该是有些不方便说的手段和人脉，于是干脆转移了话题问："他电脑里那些东西你都看了吗？"

"看了。"申菱简短地说。

听到这儿，张平知趣地拿着茶杯，出去给俩人倒水去了。

乔东看着张平的影子消失在门帘后头，问："那你还有什么想问的，那上头写得挺清楚的，我应该也说得挺清楚的。"

申菱沉默了一阵才张开嘴："为什么……"她只说了这三个字就说不下去了，满腹的疑惑无从宣泄。是啊，她想问什么呢？其实真相从白宇平对她再度隐瞒的那刻起便袒露无遗，可她还是觉得不甘心，觉得不对，觉得一定还有别的解释，还有她不知道的原因。

　　白宇平怎么会突然就变了呢？他曾是申菱见过的最富有正义感的人，一辈子都像是活在一道纯粹的光里，敞亮极了。

　　他永远是她记忆里那个站在演讲台上意气风发的人。

　　"为什么会这样？"她声音艰涩。

　　"我怎么知道？"乔东不耐烦地抖着烟灰，动作中透着深深的疲惫。QQ 的声音还在响，但他不想在这个申菱面前把时空对话的事暴露出来，他也不想关心那些似是而非的原因和道理，他只在乎接下来该怎么办，"他把我妈的东西抢走了，那玩意我必须搞回来，我说你倒是帮个忙啊，我都帮过你那么多回了……"

　　他不说这话也就罢了，一说这话反倒让申菱揪住了马脚："你这话什么意思？"

　　"你给他打电话，找他去，问问他东西在哪儿，交没交给姓杜的，没交就想办法把东西弄回来，交了……我也不知道交了要怎么办……"

　　"不是这个，"申菱打断了他的絮叨，表情愈发古怪，"你说你帮过我那么多回了？"

　　乔东这才发现自己说漏了嘴，他闷不吭声地抖了抖烟头上的灰，犯起难来，这超现实的事该说吗？申菱看着还是有点摇摆不定，他再把这事说出来，对方怕不是立马把他当成神经病，当场走人了？

他支吾两句："我救了白宇平呢，不算帮你忙啊？"

说来不巧，那烦人的 QQ 平时没什么动静，就在他说话的这个当口响个不停。申菱忍不住瞄了一眼电脑，说道："你不回消息吗？那边看起来挺急的。"

乔东的视线向老电脑那边飘去，摇摇头说："不用管它。"

但申菱仍然看着那老机子。奇怪了，她在电脑前和乔东对话的那些片段竟然又一次浮现在眼前，她那时候给对方发了什么？申菱眯起眼睛，努力地回忆着，若隐若现的记忆画面中，她的手指在键盘上不断地敲打着，JIU……JIU……TA……救救他？救谁？

BAI……宇平。

申菱猛地惊醒过来，她短暂的异样没人注意，而对面的乔东正扒拉着那电脑的鼠标，自言自语似的说："唉，就这个时候瞎吵，我把它关了吧，关了好说话。"

她茫然地按着太阳穴，喃喃地问："我让你去救过白宇平？"

申菱话音未落，就见乔东手上动作一滞，脖子跟生了锈的钢轴一样卡顿着转了过来，他瞪大了双眼难以置信地看着她。

他的语气里包含的东西有些复杂，兴奋、错愕、慌乱、将信将疑和细微的喜悦，像是重逢故友，但对故友的怀疑压过了欣喜。他撑住桌子，身体因为激动而向申菱倾斜着，这让申菱怀疑要是没有柜台的阻隔，他可能就要直接冲过来抓住她的肩膀摇晃了。

"你……你都想起来了？"他语无伦次地说着，"你让我办的那些事，你都想起来了？"

我想起来了？

申菱心里迷茫地复述着这句话。

"但我为什么会不记得……"

她记得自白宇平失踪以来的每一天发生的事，每一分每一秒，她可以说是被接踵而至的麻烦挤占得没有喘息的时间，她什么时候和乔东搭上的线？她根本没有做这些事的时间！

乔东怔怔地看着她，那冲昏头脑的激动也渐渐平复下来。他意识到申菱只是想起了事情的部分线索，于是叹着气坐了回去。

"这个事说来话长了，"乔东犹豫着说，"但是你既然想起来了，那我就……先说好啊，我告诉你了，你就算不信，也别骂我神经病。"

他酝酿了一下情绪，深吸了一口气，就要说点什么的时候，门被哐当一声推开了，张平端着两杯浓茶，撞开门摇摇晃晃地进来。

"来了来了，聊累了吧？喝水喝水！"

他这一杯茶泡的时间挺长，茶色都深得发黑了，估摸是在后头听着聊得差不多没动静了，才很"有眼色"地过来给他俩送水。他哪知道外头的沉默不是话题没了，而是短暂的中场休息。乔东让他这么一打岔，本来酝酿好要说的话瞬间忘了，他气得不行，说道："你挺会找时机啊！"

张平一愣，说："咋，还要聊啊？那你们继续聊，我后头躺着去，你们完事了叫我。"

乔东翻了个白眼，转念一想，这些天张平帮他盯 QQ 也盯了这么久了，不把情况跟人家说说也不大合适。再者说了，张平一贯是个脑子灵活的人，鬼点子不是一般多，也许听听情况，他也有招支给乔东呢，群众的智慧是无穷的嘛。

这么一想，他招了招手说："行了，平子你坐吧，这事你也听听，帮我出出主意。"

另一边的审讯室里。

艰难的审讯即将熬过第二十个小时，王贵还是一句有效的证词也没提供，这人的嘴巴就像茅坑里的石头一样又硬又臭，要么是长时间一言不发，要么就是对警察讽刺几句。至于那些老实交代争取从宽处理的劝告，他全然不放在眼里。

这类有过犯罪前科的犯人大多冥顽不灵，王贵大概心里也清楚，无论是否交代，自己都难逃刑罚，自然不会轻易被"从宽处理"这几个字说动。

姜广平进屋的时候，王贵正靠在审讯椅上闭目养神，小杜坐在他对面，装模作样地整理笔录，眼睛一直在王贵身上打转，提防着他，见姜广平进来了，才明显地松了口气，向姜广平投来期待的目光。

姜广平放慢脚步，一屁股坐在王贵的对面，略大幅度地活动了下自己的老胳膊老腿，告诉对方自己来了。王贵对他这串动静的回应不过是翻了下眼皮，手上拨佛珠的动作变也没变一下。

"你信这个？"姜广平拿起资料夹，试着以无意的问话拉近距离。

王贵仍然闭着眼，冷冷地说："不信。"

"不信？我看你挺虔诚啊，打进来就没停过。"

王贵又不说话了，大概是觉得这种问题没有回答的意义。姜广平讨了个没趣，倒也不气馁，他没急着展开讯问，开始自顾自地翻起了案件资料。

他看了有十分钟，这十分钟里除了纸页翻动的沙沙声和佛珠拨动的细微声响，审讯室里一片沉默。大概忍受不了这沉默，王贵睁眼扫了他一眼，看他葫芦里卖的是什么药。

姜广平自然知道，于是不咸不淡地问："怎么，想清楚了？"

但对方回以他的只有讽刺的一笑。

他不开口，姜广平也不着急，只是慢悠悠地继续说："非法持枪，假药制售，非法囚禁，杀人，两个既遂，一个未遂。哦，我就提一嘴。我们找着陈和平和许国庆的尸体了，现在正在尸检，你应该清楚法院会怎么判你，我就不赘述了。"

王贵无所谓地哼笑，显然这些话他已经听腻了，死刑吓不住他。

姜广平收回视线，沉默地翻着资料夹，半晌，才从资料里拿出一张照片，走到王贵面前，放在他的眼前。

"我就直接问了，你上头是他吧？"

照片上是杜峰温文随和的笑容。

王贵仍然没有说话，但姜广平看得明白，他的视线划过照片的瞬间，捻着佛珠的手指细微地抽动了一下，随即攥紧成拳。

他把照片收回夹子里，语速不徐不疾："我们锁定他，自然有锁定他的理由。你维护他的理由是什么呢？忠义？你可不像个忠义的人。你兄弟知道你们背后还有个老板，他们也能猜到你想另起炉灶单干，因为你搞来了一批枪。单造假药用不着枪，你这是防着什么人呢？可惜，他们不知道老板是谁，因为你怕，怕他们把这事捅出去，你怕老板在时机还没成熟前就破坏你布置的一切，就像现在……"

姜广平说着，俯下身，直直望向王贵的眼睛："你怕你把他供出来，自己进去了，他却能借助钱权脱罪。或者说他也进去了，可待不了几年就能出来报复你。你是不怕，但你还有家人，我说得对吗？"

"杜峰，我们是肯定要抓的，这你尽管放心，你的证词对他判刑没什么影响，但对你来说就不一样了。你要是配合我们，有生之年，就算参加不了你小孩的婚礼，"姜广平意味深长地说着，"你好好改造，说不定还能出来喝孙子孙女的满月酒，这为人父母的，哪个不盼着那一天啊。"

这番话构建的梦想太美妙，显然也触动了王贵，他舔了舔嘴唇，往一侧偏开脸，仍然试图伪装平静，只是捏紧的指节和颤抖的嘴唇暴露了自己的所思所想。

他在动摇。其实只要是人，想的什么怕的什么都差不太多，家人是他们为数不多的软肋之一。姜广平看在眼底，也不再逼问，鹰隼在捕捉猎物前最重要的就是耐心，耐心才能带来胜利和猎物。

他背着手，慢悠悠地走回审讯桌背后，他的动作尽可能地放慢了，以便给王贵留下思考的时间。

就在他坐回审讯桌后的板凳时，王贵张了口，这是他这两天以来头一次。

"我不能作证，但有一样东西，我猜你们用得上，"王贵顿了顿，忽然咧嘴露出一个有些恶意的笑容，"你能找到，那这事该你们成；找不着就别再来问我了，我帮不了你们。"

"什么东西？"姜广平眯起眼，微微前倾了身子。

"你们把白宇平救回去的时候，没注意到他手里有台相机吗？"王贵平静地说，"那可不是台空相机，他当初拍到了一些东西，那玩意我藏着呢。"

姜广平尽可能让自己不显得急切，沉声问："东西在哪儿？"

可谁知王贵却不急着说话了，他仰靠在审讯椅上，出神地看着一侧的墙壁。那是堵软面墙，上头安了一面镜子，后头就是看着监控等待结果的警察。他看着镜子中的自己，像是仍在思索着什么。

"让他们出去，别人我信不过，我只告诉你一个。"他说。

这违反规定了，姜广平没急着同意或拒绝，他盯着王贵的眼睛，琢磨着对方这话的可信度。王贵说完往椅子里一缩，眯上眼睛歇着。姜广平想了想，让小杜从笔录本上撕下一张纸来，把纸笔一起递了过去。

迎着对方疑惑的视线，姜广平说："清人肯定是不成，你不想说就写下来，我看完就撕了。"

王贵看着那张纸页，沉默片刻，也只能接了过来，在上面写下一行字，那是一个地址。

姜广平见状，心里终于松了口气。他记下了地址后，便把纸扯碎揉成团。他冲王贵点点头说："庭审之前，你都还有机会改主意。"说完便要急着出门，去取王贵说的 SD 卡。

只是他才转身，王贵就叫住了他。

"兄弟，提醒你一句，你右手的袖口脏了。"王贵似乎话里有话。

但姜广平并未反应过来，只是条件反射地看了一眼袖口，挽起来的袖子谈不上干净，毕竟这身警服穿了好些天没换了，但要说明显有污渍，也没有什么。他狐疑地望向王贵，却见对方只是老神在在地闭上眼，不再纠结这个话题。

直到走回办公室，他的脑子里还是王贵那句古怪的话。

不过留给他思考的时间不长，他得尽快打报告，按王贵提供的证词去提取物证。他抽出根圆珠笔在案头的表格上添了几笔，冲着外头喊了一嗓子："小杜，跟我出去一趟。"

但进来的不是小杜，而是郭杰。

"小杜打印文件去了，什么事？"郭杰瞟了一眼他手里的表，"出外勤？我跟你去吧。"

姜广平摆了下手说："不用，哪用得上你？小杜不在就让李玲过来，你留局里盯着点。"

郭杰噢了一声，明白过来了，问道："王贵交代了？"

"就交代了一个物证的下落，我还不知道是什么东西，用不用得上。"姜广平发着牢骚。

郭杰愣了，说道："老姜，你疯了吧，不知道是什么，他给你地址你就去？还就带一个人？你不怕这是陷阱啊？不行，你多带点人，带上我吧。不然你得告诉我地方，万一出什么事，我支援都不知道上哪儿去支援！"虽然是多年兄弟，但平时在局里郭杰都是张口队长闭口队长，只有着急的时候才会喊姜广平老姜。

姜广平拍了拍他的肩膀，乐了："行了，我知道，没多大事，那地方……"

他看了眼表格，继续说道："应该是他名下的一套个人住房，离城中村那边不太远，没什么事，你放心吧。"

第二十八章

10 月 23 日，深夜。

"你开玩笑吧！"

申菱瞪着乔东。

就在十分钟前，她觉得听到了自己这辈子听过的最荒谬的笑话。她一个普普通通的搞证券投资的员工，老实本分过自己的日子，如果不是白宇平这次执意掺和进这么件高风险的事情里，他们的生活将继续是平淡无奇的。可现在乔东告诉她自己是从未来给他发送预警的"先知"，她提前告诉了乔东，白宇平死了，是她和乔东把他救活的。

"但这就是事实。"乔东把烟头往烟灰缸里按了按，将电脑显示屏转了个方向。

巴掌大的聊天框里，消息记录已经被拉到了最开头，那是乔东和申菱认识的起点，起于一次阴差阳错的要债经历。申菱的视线落在上面，试婚纱那天乔东找上门来的情形历历在目，顺着记录看下去，与之相关的另一段回忆却渐渐升起：她在门外，她又在屋里，她的手落在消防栓上，她的手上凭空出现的伤疤。

大脑一阵眩晕，她按着太阳穴喃喃自语："我打开了宇平的电脑，他的电脑自从他出事后就一直关着，收到了你的消息，我回信后在家等你，然后过去被改变了，我的手……"

记忆开始碎片化地浮现，让她越发感到混乱。

她猛地伸出手，看着自己的手背，被挫伤的伤口已经愈合，只留下了一点结痂的疤痕。在时间的两端，就是这样一道伤痕让她确认了事实。

乔东一直盯着她的反应："我能说谎话骗你？你自己想起来的事骗不了你吧，我又不能控制你的脑子。"他这么说着，又小声嘟囔了一句："就是不知道为什么你一会儿记得一会儿不记得。"

她捏着手指，忽然看向乔东，问道："你刚刚在和未来的我说话？我能不能和她说两句？"

最了解自己的人一定是自己，也许有的答案只能从自己那里得到。

她没想到自己这话一说出来，乔东便为难了起来。

"你和白宇平……接下来都会有危险。"他慢吞吞地说。

人的命运怎么可能轻易改变呢？乔东说，他们都遭了报应，她死了，白宇平死了，就连十天后的乔东也挣扎在死亡边缘，他在未来躲躲藏藏，冒着生命危险给自己送信。而一切偏移的命运都源自被救回来的白宇平抢走了那份本来可以给杜峰定罪的证据，让杜峰逍遥法外，最终让他们三个处在危险当中。

尽管乔东在叙述中已经尽可能地收敛情绪，但还是暴露出对白宇平的愤愤与不齿。他的语气全然跟着情绪走，到了最后，白宇平在他嘴里已经成了个一切向钱看的卑鄙小人，所谓的付出心血冒着危险去调查，不过是想敲人一笔封口费，结果机关算尽害了自己。

"你说事就说事，别乱讲，"听到对方的话越来越离谱，申菱还是沉下脸来反驳，"宇平不是那种人，我跟他在一块这么多年了，我心里清楚。"

乔东没吱声，但他脸上明明白白写着对申菱的质疑，这又让她感到了深深的无力。

于是问题又回到了原点，白宇平为什么要这么做？他为了这份报道付出了三年多的时间，不管申菱怎么劝都没有放弃，现在却亲手把真相埋葬，让自己的心血毁于一旦。

申菱猜不到答案，但她相信白宇平有他的理由。

她忽然问道："那未来的你说什么了？我们怎么死的，宇平为什么这么做，他查到原因了吗？"

乔东当然问了，而对方的答案此时也一条条列在下头。

白宇平：他犯了点小错，被那帮人抓住了。

白宇平：你们要想阻止他，最好去找王贵的姘头，她手里有个东西，是白宇平的把柄。你们想办法把东西骗回来或者抢回来，抢不回来就给想办法毁了，然后告诉白宇平，他就会放手了。

白宇平：是张相机存储卡，拍到了对白宇平不利的东西。

白宇平：你们都是因为他交了证据才会死。拿到存储卡，事情就迎刃而解了。

未来的乔东很快把王贵姘头的住址发了过来，是城中村边上两三公里一处新建的高档小区。狡兔三窟，王贵果然狡猾。

可上一个陌生人家里翻东西远比溜进大工厂里打听消息难多了，这事得仔细想想。扮销售？假装送快递？乔东已经开始计划起来了，但申菱看着屏幕上的文字，却慢慢皱起了眉头。

"我觉得不对。"她的语气有些生硬。

"什么不对？"乔东回过神来，"怎么不对？"

"这事不对，"申菱轻声说，"有点怪。"

回信的语气怪，遮遮掩掩的，好像有什么事藏着；说话的逻辑怪，什么叫拿到存储卡就迎刃而解了？这不是在撺掇他们销毁证据吗？

而且……而且她也不信白宇平会做什么能让人当把柄的错事，即使有，也到不了让他助纣为虐的程度。

这些话她说不出口，因为乔东脸上又是那么个不耐烦的表情。就算有一些记忆回来了，可说到底，那些记忆都模糊不清，她对面前的这个人感到陌生，陌生得当她听到对方对白宇平的责骂时，会本能地感到抗拒，看到他不耐烦的时候，则会本能地放弃说服。她想，我说什么没用，这人又不会信。

于是申菱站起来就要往外走。

乔东嚷嚷起来："哎，你干吗去啊？"

"回去找宇平，"她顿了顿，"这事我觉得不对，你要干你去干，我还是得找他把话说明白。他如果做错了事，那就该自首。"

乔东觉得她犯傻，问道："那你要说不明白呢？"

申菱撇过头，随口说："那就听你的，把东西给你偷回来。"

她说完也不管乔东反不反对，径直往外头走，气势汹汹地，像是要上决斗场的牛。张平慌忙跟了几步，但很快就被对方一甩门甩在了屋里，只得回过头，冲乔东摊了摊手。

乔东呆坐在那儿，好半天才一拍腿，叹了口气，心想这女的怎么不管在哪个时空都这么偏？算啦，我还是自己去找王贵那小老婆吧，反正也自己单干惯了，就装送快递的上门吧。

申菱一路开着车疾驰在空旷的道路上，回去花的时间远比来时短，到家的时候还不算太晚。

打开门的时候，她的脚步却顿住了。

屋里一片黑暗。有微弱的光线从落地窗的窗外晕进来，那是远处的百货大楼亮起的霓虹灯，照到这边的时候已经不比月光亮上多少了。申菱只能隐隐约约地看出屋里的沙发、茶几和呆坐在茶几边的白宇平的一道孤零零的影子，他似乎已经与黑夜融为了一体。

她发了会儿愣，才犹犹豫豫地按下开关。一瞬间，光向房间的每一个角落铺开，照亮了站在玄关的申菱，也照亮了站在卧室门口的白宇平。

白宇平正看着她，灯光为他俩带来了彼此，也带来了彼此的影子。

"你一直在家？没出门？"申菱装得像随口一问的样子。

白宇平没说话，他沉默得仍然像一道影子，缩在那些不见光的角落里。

申菱提高了声音问道："我刚从乔东那儿回来，你就没什么想对我说的？"

仍然没有任何答复。尽管听到乔东的名字时，白宇平的嘴角不易察觉地绷紧了。她的问题像是抛进湖心的石头，除了一个细小的水花，什么反馈都得不到。

"行啊，你不想说就算了。"申菱深深地吐出一口气，走到白宇平的身边，又与他擦肩而过。她进了里间，反手把卧室门带上，伴随着沉闷的关门声，一道门间隔开了两个人。

申菱靠在门背后，将愤怒与委屈就着怨气咽下。其实这才是他们两人一直以来的常态，她说，白宇平听，但白宇平听进去多少，她从来都得不到答案。

他就像是活在另一个世界，对她试图讲述和宣泄的一切都置若罔闻。申菱总是在猜，猜他在想些什么，猜他在做些什么，猜他今晚回不回家吃饭，猜他生气了没高兴了没，生气了高兴了的原因是什么，猜对了皆大欢喜，猜错了大吵一场。他总是叹着气，一副欲言又止的样子看着申菱，最后憋了半天，蹦出来一句"算了，说了你也不明白"，或者好像多大度一样地摆摆手说"算了不聊这个了，没必要"。

多好笑，明明他快用他的沉默把申菱逼疯了，却觉得自己的沉默是一种隐忍。

门外没有脚步声，白宇平还站在外面。申菱没有理会他，她的双眼在黑暗中短暂地适应了一阵，随后便敏锐地捕捉到了那个被扔在床上的公文包。他习惯如此，回卧室换衣服，然后随手把自己的东西扔在床上。

申菱在乔东那儿的时候就想过了，白宇平回来的时候只带了这么一个包，如果他真拿了乔东的东西，一定就藏在包里。

她脱下高跟鞋，赤着脚放轻脚步，尽可能快地冲到了床边，拉亮了床头灯，在一点暗淡的灯光下翻着那个公文包。

记者证、离职文件、杂七杂八的新闻稿打印件，她把一张张一页页的东西都掏了出来，唯独没有乔东说的那张被牛皮纸袋封好的采购单。

东西不在这儿，他很可能根本没把东西带回来。

申菱咬着嘴唇，放下手里的东西，又冲向房门，可她握住门把手向下按的时候却呆住了。

卧室的房门不知什么时候被从外头反锁了！当她想从里头打开的时候，才发现门上开锁的卡扣被人卸了，只留下一个空空荡荡的槽口。

门外传来白宇平平静的声音："菱菱，这事跟你没关系，你在家待着，别管那么多。"

申菱拉拽着门把手，门在门框上艰难地撞击着，但反锁的门闩把它插得牢牢的。申菱近乎泄愤地踹了门一脚。她大声说："宇平你要干什么？你不是这样的人，我清楚，你是不是被他们威胁了？到底发生了什么，你告诉我啊！"

可她得到的只有沉默。去他妈的沉默，为什么都到现在了，还是什么都不说！

"白宇平你说话！你是不是疯了？"她拍着房门。

重复的问话终于激起了白宇平的爆发。

"你才疯了！"白宇平吼叫着回应道，"这不就是你想要的吗？你要我不管了别干了，好，我不干了，结果你现在倒开始当好人了！"

那些藏在心底的所有怨言和不满，变成了一道道细小的伤口，如果只是暴露在空气中，也许一天两天就好了，可它们都被裹在爱的泥泞下面，经年累月，化脓长疮，一点点溃烂，像沤烂的污泥，最后没留下一块好肉，全是脓疮和伤痕，轻轻一戳，就像溃塌的河堤洪水，争先恐后地涌出来。

"你爱的是我吗？还是你想象中的我？我到底什么样你清楚吗？"白宇平的声音凄厉极了，"申菱，你到底想要我怎样？告诉我，为什么我不管怎么做都是错的？"

申菱怔住了，所有她设想过的白宇平可能给她的种种反应里，唯独没有这样一种。她的手握紧了又松开，松开了又握紧，声音颤抖又细微，像是从牙缝里挤出来的："你怪我？"

她好像难以置信一样，不断地重复着："都怪我？"

她觉得自己的胃像被一只无形的巨手绞紧了，一抽一抽地疼了起来。那些记忆中属于这个人的明媚的光芒渐渐黯淡下来，只给她留下一道道漆黑的影子。

可她除了难以置信地重复那句话，竟然没有别的话可以反驳。

外头的干笑声像是在自嘲。

白宇平讥讽地笑着："行了，你都对，我都错。这事你也甭操心了，乔东说他们不会放过我……和你，你就在家好好待着，哪儿也别去，我会把事情处理好的。"他说完，又自嘲地笑着说："你也真够虚伪的，以前我查的事，哪件不比乔东这事惨？以前的事你就觉得能放，乔东这事你就觉得不能放，你才认识他几天啊？"

申菱的手蜷成一团，她仍然想拍开这扇门，抬起手却又失去了力量。她知道白宇平不会给她开门了，他决定好的事，自己永远阻止不了。

短促的手机铃声响起，申菱这才发现自己进门时把装着手机的提包挂在了门口的衣架上。

她抿紧了嘴唇，轻声乞求："宇平，你把手机给我，算我求你了，我不出去，你就让我打个电话吧。宇平，我不要你去管别人闲事，但我们不能害人啊！"

但柔软的语气照旧没有带来任何回应，手机的铃声仍然丁零作响，她听到门边一声低沉的叹息，而对方的回应只有一句："菱菱，我一直都很爱你。"接着是渐渐远去的脚步声，大门被拉开了，又被沉沉地带上。

同一时刻，城中村外的花园小区。

这片电梯公寓楼是近几年新修的小区，价格不菲，尽管位置有些偏，但在很多人眼中这其实算个优点，从十几层的落地窗看出去，视野开阔，城市边缘的河景山景尽收眼底，风景相当不错，可惜现在天黑了，只能看到远处寥寥的灯火。

房子是半年前过户到王贵名下的。姜广平带着李玲敲开了1302的门，见到了屋里很年轻的女人，叫秦珍。王贵老婆孩子不在本地，她是王贵养在这里的情人。

但令姜广平有些惊讶的是，屋里除了秦珍还坐了个男人。

"这是我老家的兄弟，来看我的。"秦珍低着头，可能是见着警察，情人的身份又算不上光明正大，她显得有些畏缩。

姜广平看了那人一眼，对方并不显得慌乱，镇定地冲两个警察点了点头。姜广平的视线在室内转了一圈，他觉得有些古怪，老家来人看望亲戚，屋里却并没有什么看起来像是礼物的东西，空着手走亲戚，这兄弟可不像这么不懂事的人。

但他不急着挑破，不动声色地向秦珍问起了王贵所说的物证。女人听到他说王贵的东西，"啊"了一声，好半天才说："是那个，是那个，我知道……"

她磕磕巴巴了半天，也没说出具体是个什么东西，姜广平看她仍然站在原地，催了一句："那你拿出来吧，那是重要的证物，关系到你男人量刑的问题。"

秦珍迟滞地答应了，一步步挪进卧室里头，拉抽屉翻找了一阵后，她捏着一张小巧的数据卡出来交给姜广平。卡片很小，上面印着富士 XD128G 的字样，姜广平随口问道："里头是什么，你们看过了吗？"

秦珍怯怯地摇了摇头。

"那你这儿有没有电脑？我想看看里头的东西。"

秦珍犹豫了一下，看了眼屋里的男人，又摇了摇头。

"警察大哥，你们把东西拿回去看吧，"她声音细细的，有点乞求的意思，"我待会儿还得送我兄弟去车站呢。"

她不说这话，姜广平还没留意，那男人虽然仍坐在沙发上，但腿已经不耐烦地抖了起来，估摸着是有些坐不住了。

"行啊，"姜广平不紧不慢地，他看见秦珍的肩膀耷拉下来，很是松了一口气，于是话锋一转，"但你得把真东西给我才行。"

秦珍一口气刚松下去，听到这话猝不及防，气没提匀，咳嗽了起来。

"你什么意思！"她的声音高亢得不自然。

姜广平单刀直入地说："女士，实话说吧，王贵交代过了，录这东西的人用的相机是专业相机，你这张卡是数码相机的卡，跟那台机子可不配套，这绝对不是他说的卡，这事你再想想。"

听了这话，女人的脸色唰地白了，她嗫嚅着，说不出一句辩驳的话来。她又回头求助似的将视线抛向客厅里的男人。男人终于坐不下去了，他捏紧的拳头按在腿上，半晌才说话："珍儿，我记得你家有台数码相机，你找找，找出来看看这卡里是什么不就成了吗？"

秦珍走进里屋，过了一会儿捧出一台数码相机来，很明显她不是没有机器，是不想把机器拿出来。东西摆在桌上，姜广平心里放松了些，他在开机检查的时候，秦珍和男人对了个眼神，悄无声息地过去拉住一直站在门边的李玲，小声说："他之前还留了个东西，妹子，你能不能跟我过来看看？"

李玲有些不明所以，秦珍凑得更近了点，犹犹豫豫地说："那东西……不方便给男人看。"

她这么一说，李玲也就将信将疑地被她拉着走了几步，跟着进了卧室，秦珍一进来就在桌上柜子里翻来覆去地找，自言自语着东西放哪儿了。

李玲站在她身后等待着，女人翻找的笨拙姿态落在她眼底，带给她许多疑惑。不适合给男警察看的东西往往涉及性犯罪，如此重要的证物理应放在熟悉的位置，女人却好像忘了似的，磨磨蹭蹭，东找西摸。她退后了一步，向外头看了一眼，不看不要紧，一看只觉得血都凉成了冰。

沙发上的男人不知何时已经站了起来，手里握着一把水果刀，向姜广平慢慢接近。后者正背对着他，研究着相机的插卡槽，对身后的危险无知无觉！

第二十九章

小轿车在深夜的道路上疾驰。

白宇平的手机被随手扔在副驾驶座的椅子上，而手机下面压着的则是申菱心心念念的装着证物的纸袋。

中午回来时，他就把袋子藏在了车里，申菱一开始就没想过，当然也不可能发现放在车副驾兜篓里的纸袋。他本来和杜峰说好了，东西拿到了就给他送过去，但乔东那句"你会害死申菱"到底让他迟疑了，这一迟疑，本来开去找杜峰的车就拐回了家里，他想再看一眼申菱。如果可以的话，跟她说一句，劝她这几天在家里好好待着，哪儿也别去。

白宇平怎么都没想到，他回到家面对的是一个已经发现真相的申菱。

两侧的路灯在车子的高速飞驰中连成了一条橙黄而明亮的线，他拉下窗户，夜风自车窗汹涌而入。他闭上眼，车距离开到杜峰面前还有大约一个小时的时间，狂妄的幻想占据他的脑海，他幻想现在有一辆逆行的大车变道而来，让他和这份没交出去的证物一起葬身火海。这样至少他是抱着他的良心去死的，也算是个好人吧。

可什么都没有发生，路面空空荡荡，即使他想死也不会因为这种原因死在这种地方。

他睁开眼，夜风依旧汹涌，快要入冬了。

12号那天，他收到老陈的消息，说"老板"可能要过来。

他盯上那假药窝子好几个月了，牵线搭桥，好不容易和老陈搭上线，可等了几个月，也没见到这位神秘的老板。按老陈的说法，打从厂子建起来，老板几乎不来厂里，除了王贵，厂里没人见过他。

尽管白宇平心里大概知道那是谁，可没有证据，一切都是空谈。按照给他提供消息的老人所说，杜峰背后有的是帮他的人，不能把他踩死，那些与他相关的指控，很难令他受到法律制裁。

他必须拿到证据。

如他所愿，他拍到了杜峰的车辆驶入厂子的一幕，但闪光灯的光亮，招来了工厂看门保安的注意，老陈也被发现了。他在厂子里被关了七八天，辛辛苦苦拍到的照片被他们抢走了，其间他只见到杜峰一面，也就是被抓的第二天清晨，王贵绑着他拍交给申菱的录像的时候。

杜峰站在对面，录像拍完的时候突然说，方敏把证据给你了吗？

他因为失血昏昏沉沉，听到方敏这个名字，大脑一个激灵清醒了过来。

杜峰知道他，知道方敏，知道他们私下的联络和见面，甚至知道方敏手里的证据。他一直以为自己的调查在暗中推进，却没想到所有的一切都在对方的掌握之中。

绝望就是从那时开始滋生和蔓延的，他这才意识到为什么这么多年来，那医院里的老人明明手握能把杜峰扳倒的证据，却迟迟没有发声。

被救出来的时候，听到外头漫天的舆论，他兴奋起来，以为一切都要结束了，只要顺着王贵的线查下去，他三年来的执着就会有结果，对的事错不了。可真到了警察面前的时候，他才发现自己想错了。

他在询问室里待了一上午，说了那么多事，可警方拿笔录给他核对签字的时候，他却发现，所有关于杜峰的证词都不见了。警察里有人包庇杜峰，而他甚至不知道谁是可信的。

而当他回到家里，一个陌生的电话打了过来，杜峰的声音温文敦厚，他说，你看看楼下。楼下的街道对面，停在街角的黑色小轿车对他双闪示意，杜峰站在那里，向他遥遥挥手。

他不慌不乱地说，我都找到这儿了，还有什么做不了的？我知道你不怕死，但你也不希望你未婚妻受到牵连吧，把东西给我，我是讲规矩的人。

申菱在门外忙碌不断的声音间或入耳，她的笑容、哭泣、憔悴或痛苦，所有的一切都像流水一般闪过他的脑海，他颤抖的双腿几乎支撑不住自己的身体。

对杜峰来说，一个记者什么也不是，和他打过交道的那些企业主、政府人员、各行各业各界的知名人士相比，这个记者的层次太低了。他只是置身在一张关系网中，手里有那么一些人，背地里干了那么一些事，在真相被公检法的卷宗揭开的那一刻，他不过是万千犯罪者中不甚出奇的一员。

但对白宇平这个人来说，杜峰却如泰山压顶，他找不到躲藏的去处。

在内心深处，白宇平并不认为自己是个多么正义的人。当然，他喜欢和别人大谈特谈新闻理想与正义，用那些看起来颇有价值的辞藻来包装自己的身份与行为。

但只有他自己知道，那是因为他两手空空，一无所有，只能用这种方式艰难地维持自己的体面与尊严。

他渴望尊严。

人生的前十八年，他时常觉得尊严是和名利挂钩的。农村的人际关系有许多弯弯绕绕，但说来说去，又都和钱、权沾边。父亲时常一边抽旱烟，一边坐在院子里骂骂咧咧，他说时代不同了，现在这个社会用钱将人划作三六九等，他们如今成这个第九等了。

他还记得自己刚从家乡来到城里，走进大学宿舍时，因为土气的衣着，被衣着光鲜的同学用讥讽的目光从头打量到脚的感觉。

他们什么也没说，却又好像什么都说了。那一瞬间，他感到无地自容起来。离家前，他就知道自己的生活与外界存在着巨大的沟壑，只是当这沟壑真正出现在他的面前时，他才意识到沟壑这一头的自己，有多么难堪。

白宇平尝试过弥补这些巨大的不足，他去做兼职工赚钱，尽早地步入社会。他尝试以成熟的社会人的姿态插入室友的闲聊之中，他不知道这么做的意义是什么，只是本能地尝试从中确立自己的存在与价值。

但这些努力的收效寥寥，他还是游离在一个难以进入的圈子外，他看着那些同学当面客气疏离、背地里阴阳怪气的样子，只觉得眼前的沟壑越发地深不可测。

直至他的一篇关于家乡的报道在校内获奖，他获得了一个学生可以拥有的最高赞扬。那时候他的老师跟他说，出身低，也意味着站得低。而许多事情，站得低，反而看得更清楚。

那句话极大地抚平了他心中愤愤不平的躁动。

他没有能力跨过沟壑加入别人的宴会，他只能选择在沟壑的这一端燃起自己的篝火。

没关系，白宇平自我安慰，我过不去，你们也过不来。

他觉得这种情绪接近自我感动，但那又如何，他情愿在这种自我感动里寻找到自己的定位。

可就在这时候，他遇到了申菱。

申菱是唯一一个跨越沟壑来寻找他的人。不，她没有跨越沟壑，在她的眼中，困扰白宇平一生的沟壑似乎并不存在，她可以自在地走到这一头，也可以自在地回到那一头。她想拉着白宇平去另一个世界，那里拥有爱，却未必仍拥有他赖以生存的尊严。

一直以来，他所赖以为生的，所坚守的东西在申菱面前摇摇欲坠。他努力地夯实它们，却又力不从心。

他不是没有怨恨过申菱，怨恨她自顾自地冲到自己面前，自顾自地爱着他虚幻的影子，又自顾自地把他强行拖到现实面前，一次次戳破他自我宽慰的谎言。

他不是没有抗拒过。他觉得自己已经闷着头撞得头破血流，可是在真正要失去申菱的那一刻，他仍然觉得无法放手。

她和尊严，他似乎永远只能拥有其中之一。

不，不，他的尊严本就被践踏得一无是处，无论她在，还是不在。

接受吧，就这样吧，他心想。

你欠她的，不是吗？

连锁反应是迅速的。QQ 消息很快就传了过来。乔东本来坐一边忙着收拾家伙，听到这动静一个激灵就爬了起来，打开聊天框，却发现对面回复的语气跟慌了神一样。

白宇平：你干了什么？

乔东盯着屏幕上的问号，他当然不傻，读得出这话背后的惊慌失措，他的回复孤零零的在下头，十分钟过去了，答复久久没有到来。

东哥：出什么事了？

乔东的目光落回手里的张平的座机，他还什么都没干，肯定是申菱那边出的事，但拨打申菱的手机号只有一阵占线的忙音，他突然感到恐慌起来，甚至有点后悔，他刚刚怎么就没把人给留下？

白宇平的回复在他第三次去电占线的时候发来了，却显得相当敷衍。

白宇平：申菱死的时间提前了，就在 10 月 24 号。

白宇平：你想救申菱吧？去我说的地方，找王贵的女人，把东西抢回来毁了，再晚可就来不及了！

24 号！那就是明天！

乔东一把抓住显示屏，手心冒起了汗。

东哥：具体怎么回事，她怎么死的，你说清楚啊！

可那头却再度陷入了沉默。

怎么说话就说半句，还不如申菱说话清楚。乔东气得牙痒痒，他捏着手机，琢磨来去，心里的猜想一个比一个遭，他想，该不会是白宇平一气之下把她给误杀了吧？

想到这儿，乔东忽然猛地坐起来，狗屁的证据，人命比证据重要！

也是巧了，就在这时，申菱的电话来了，乔东赶忙抓起话筒，听到申菱的声音总算松了口气，但刚放松下来的精神一瞬就被申菱带来的坏消息拉紧。

"出事了，"申菱急促地说，"我没拦住他，他去见杜峰了。"

申菱是用床头灯把卧室门锁砸开的，庆幸灯柄够硬，才让她成功逃了出来。

申菱冲到玄关，拿起手机给修车厂打了电话过去，东西要交出去了，是今天交出去的，可来自未来的消息从没提到过这点。

出错了，要么是未来的乔东太自以为是，以为自己查清楚了一切，却实际被人坑骗还没意识到。要么，那个来自未来的消息背后的人有问题。

她得通知乔东，不能信那个人说的话，但更重要的一点是白宇平已经出发了，他们必须赶在白宇平和杜峰会面前拦下他！

"得先通知警察，"申菱一边换鞋准备出门，一边语速飞快地说着，"得赶紧找到他！"

可姜广平的电话偏偏在不该关机的时候关机了，她只能打给市局，接线员似乎对案情不太了解，只是做了记录并承诺会转达消息。

申菱咬着嘴唇，在路边站了半天才拦下辆车赶到车厂，一进门就看见乔东坐在电脑前，目光怔怔，握着鼠标的手指黏糊糊的都是冷汗。

"有消息吗？"申菱的目光掠过屏幕上的几行文字，抿紧了嘴唇，语气冰冷，"今天晚上宇平去送文件的事，他都没提过一句？"

没有，陈旧的台式显示屏仍然摆在柜台上，在等申菱过来的这段时间里，乔东已经发了好几个问题过去，但什么回复都没有，消息仍然停留在对方那句突如其来的质问上。而乔东的沉默则给了她最糟糕的答案。

乔东摸了摸张平的烟盒，想抽根烟出来，却发现里头已经空空如也。他显出几分烦躁来，把烟盒扔在了桌上，好半天才说："算了，咱直接上市局吧。"

"有什么用？"申菱抬高了声音，"现在我们什么都不知道，去了除了干坐在那儿能改变什么？"

乔东的火药味也冲了起来："那你说怎么办？"

申菱咬着指甲，焦躁不安地来回走了两步，说道："他说的那个地方，你还没去吧？我觉得不对劲儿，这事肯定有问题，送文件这么大的事他藏着，我出事了的情况他也藏着，光一个劲儿催着你去见王贵的情人，这不合理。"

这话让乔东听着有些不舒服，好歹电脑那头的人也是另一个自己，这话说得像在怀疑他似的。他申辩了一句："他可能不知道具体情况。"

"别找借口了，你心里有数，"申菱目光灼灼地看着记录，"他明明知道，'我的情况变了'。"

她屈指敲了敲电脑屏幕。

是的，这说不通，对方明明可以直接告诉他们未来发生了什么，即使不能解决根本问题，也能让他们躲避一时的灾难，毕竟他就是靠着当初申菱的预警躲过了河子的谋杀。

　　乔东闷了下来，他短暂的沉默让气氛有些凝滞，申菱很快反应过来，把话接了下去："我没有怀疑你的意思，但你也说了，既然杜峰的手段那么厉害，你怎么知道他不会对未来的你下手，再伪装成你和我们对话？"

　　她说完，也不顾乔东脸上变幻不定的脸色，抢过键盘便敲下了气势汹汹的质问。

　　东哥：你不是乔东，你是谁？

　　东哥：白宇平、王贵，还是杜峰？

　　乔东没阻拦她，但手却按住柜台板，无比紧张地盯紧了电脑屏幕，电脑的另一头仍然安静，这让他感到惴惴不安。认真说来，未来的自己也不过是无数种可能之一，可这个节骨眼上，有一个来自未来的指引终归让人安心一点。

　　其实在等待申菱过来的这段时间里，未来的自己出事的可能早就在他脑海里反复出现，只是他不敢想，直到这一刻他才意识到是自己怕了。

　　这种令人窒息的沉默并没有持续多久。张平看了看他俩的表情，又看了看电脑屏幕，挠了挠头突然问："你们……就没想过跟对面开个视频聊天吗？"

　　乔东确实从没想过，这个跨越时空传递信息的QQ除了文字还能有其他的交流方式。他其实不怎么用QQ，视频聊天？没听说过，他也没那个闲钱去买音响和麦克风。

而申菱就更不用说了，她的工作里邮件往来和电话才是日常，MSN 远比 QQ 的使用频率高，故而她也很少去研究这个软件的相关功能，所以当张平提出这么个建议的时候，两个人脸上都浮现出了肉眼可见的呆滞。

"视频……可行吗？"

"试试不就知道了，又没啥，你们不是说对面用的是笔记本电脑吗？笔记本电脑自带摄像头的，就点这个。"张平说着，拿过鼠标点了对话框右上角一个小小的摄像机标志。

视频申请跳了出来，几乎是在发过去的一瞬间就被拒绝了。

电脑的另一边尽管没有传来回复，但那边的人确实一直在关注着聊天框里发来的消息，视频框被关闭的下一秒，跳入对话框的回复带着饱含讥讽色彩的恶意。

白宇平：呵呵，你这又是何必呢？

乔东看着屏幕上的回答，心已经凉了半截。这当然不是他的风格。被人质疑他会愤怒，会骂人，会打开视频把脸按在摄像头前让人看清楚自己是谁。他对这种欲盖弥彰又阴阳怪气的回复烦得要死，甭管对面的人是谁，都绝不会是他。

可又会是谁呢？肯定不是申菱，只会是他们的敌人中的一个。电脑已经落到他们手里了，还让他们发现了 QQ 的秘密，那也就代表未来的他凶多吉少。

申菱最先按捺不住，她手指飞快地敲打着键盘："你把宇平怎么样了？他在哪里？"

白宇平：你是白宇平的老婆，是吧？

白宇平：乔东呢，他好歹还得叫我一声叔呢，呵呵，让他过来说话。

对方的回答不紧不慢，一个劲儿地顾左右而言他，乔东心里窝着火，当下把鼠标抢了过来，又点了一遍视频聊天申请，但申请再度被拒，他不服气，继续点，如此被拒三四次，他只好打字过去。

东哥：你不是要跟我说话？来啊，当面说！

也许是这话起了作用，他再度点开的视频申请，没有在第一时间被拒绝了。屏幕中央显示着正在等待申请确认，QQ 模拟的通话拨号音重复着，在画面跳出来的瞬间戛然而止。

在白墙黑桌的背景下，杜峰模糊的人影就这样堂而皇之地出现在了画面上。

时间再推到未来。

11 月 2 日，乔东醒来时，最先感受到的是痛，他的脑袋像是快裂开了，他挪了挪贴在地面的半边脸颊，地面的冰冷能缓解一些疼痛的感受，但十分有限。他闻到了烟的味道，于是半睁开眼，这是间不大的房间，但遍布灰尘，墙壁上陈旧的白绿相间漆已经脱落了大片，露出里头破败的墙体，在微弱昏暗的光线下显得十分荒凉。

这是栋有些年头的旧屋子了。

他觉得这地方有些眼熟，但脑子混沌，实在想不出自己什么时候来过这么个地方，接着就被人拎起来。他头疼得快要吐了，实在扑腾不动，只能任自己像条残废了的狗似的被拖到桌子边。

一道影子居高临下地走到他面前，他勉力抬头看过去，果不其然是杜峰。

"你父亲要看到你现在这样，肯定难受，"他的话语里满溢着惋惜，"他当年对你可抱了很大期望。"

乔东没说话，这一幕似曾相识，只是上一次他在杜峰面前这么狼狈的时候，对方是来解围的，而这一次……他望向杜峰，眼睛里是熊熊燃烧的恨意。

杜峰看起来仍然光鲜体面，只是脸上显露出憔悴来，他手里捏着一支烟。这是乔东第一回见他抽烟，在他的印象里，这种大老板都抽雪茄，但看他手里的烟不过是普通货色，他觉得有些好笑。

他刚刚翘起嘴角，就被保镖踹了一脚，闷痛地呻吟了一声。

杜峰没看他，语气仍然淡淡："我很好奇，你是怎么找到王贵的，又是怎么救下那个记者的？"他屈指敲了敲桌上的笔记本电脑屏幕，"还有，你被带过来前为什么要用这台电脑，这里面有什么？"

乔东的目光冷厉，他咬紧了牙关，把视线投向另一边的墙壁。墙上有窗，窗外是连绵起伏的山林，尽显这地方的荒凉与偏远，看起来杜峰精心挑了个好地方处理他。

杜峰叹气道："不说也无所谓，其实我一直挺喜欢你这孩子的，聪明、能干，你要是听话，看在你父亲的面子上，我不会害你……可惜了，你非要逼我。"

他摆了摆手，按着乔东后颈的力气便松了一些，他听到身后有脚步声，接着是瓶瓶罐罐相互碰撞的动静。

酒精的味道轻盈地飘了过来，钻进他的鼻腔，让他轻微地恍了下神。紧接着他便被人粗暴地拉起来掰开嘴巴，劣质却高浓度的酒精被灌了进去，酒水滑过喉咙带来灼烧般的疼痛，像火烤一样。

他咳嗽起来，把酒水咳了出去，抓着他的人不耐烦极了，又飞起一脚踹在了他的肚子上。

"何必自找苦吃呢？"杜峰说，"左右都是一死，你现在醉一点，掉水里死的时候痛苦也就少一点。"

乔东眯着眼，他已经想到新闻上会报道他的死了，酒后失足落水，意外身亡，真是考虑周全。酒水有一部分吸进了他的肺腔，让他吸口气都觉得难受，他声音虚弱，断断续续又虚张声势地问："你搞我，也没用，喀，你不怕，白大记者，我妈，把证据，捅出去？"

白宇平的名字出现时，杜峰的脸上显而易见地出现了几分阴沉，但随即这种阴沉就被怜悯所取代，他慢步走到桌边，随手拿起桌上的文件夹。他没有说话，因为这封文件作为事实带给乔东的打击已经超越一切语言，乔东怔怔地看着文件夹，突然疯了似的反抗起来。

他的嘶吼近乎疯狂："你动我妈了！你动我妈了，是不是？"

房屋狭小，他的声音在屋里碰出高亢的回音，但杜峰只是摇摇头，怜悯的神色更深了一层。那种怜悯让乔东脊背发凉，一种此前全然被他忽略的可能悄悄冒头，而这个糟糕的设想在下一瞬就被杜峰验证。

"我告诉过你，你父亲临终前嘱托我好好照顾你们娘俩，我怎么会伤害你妈呢？"他笑眯眯地说，"你呀，和你妈都一个毛病，容易轻信，对你爸是，对我是，甚至对那位白大记者，也是。"

大概是乔东的表情过于骇人，反倒让杜峰感到了乐趣，他拍了拍乔东的肩膀说："行了，好歹你喊我一声叔，也让你到死当了

275

个明白鬼，你到了下头，替我跟你爸带句好吧。"说罢，便背着手向门外扬长而去。

保镖闻言，掰开乔东的嘴就要继续倒酒，可在刹那间，乔东不知从哪里涌出的力量，一头撞到了壮汉头上，掀倒了对方。也许是为了避免留下绳结捆绑的痕迹，杜峰没有绑住他，这倒便宜了他，他不管不顾地冲到电脑前，打开 QQ，找到白宇平的聊天框，给过去的自己打下了一段话。

"白宇平有问题，别去见他！"

这条消息他以前从未收到过，因为未来已经没有能给他作出提示的另一个人，而这也就铸成了他这三天里做过的最大的错事。

他敲下回车键的同时，本已经走出去的杜峰再度出现在了门口，他对乔东的动作并不感到意外，笑容仍然敦和而完美，但在乔东看来却尤为可怖。

杜峰的手下大步上前，一把制住乔东，而杜峰则不紧不慢地走到了笔记本电脑前，扫视着电脑上的聊天界面。

"看来我找到答案了。"

下一秒，周围的场景开始发生翻天覆地的变化，面前的乔东一缕烟一样崩塌消散，立体的空间挤压扭曲，消融成混浊的色彩，最终又相互分离，搭建起一间与原本相似却又有些许不同的房间，白绿色墙面上布满灰尘和蛛网，杜峰坐在陈旧破败的办公桌边。

门被推开了，他的心腹走了进来，毕恭毕敬地告诉他乔东对他们怀有很高的警惕，白宇平的名字没能骗到他，人没法活着弄回来，但尸体已经处理妥当。而杜峰的手机里，正静静地躺着此前手下人发来的短信，向他汇报白宇平夫妇已经处理干净，只是这条短信传来的时间比他记忆里的时间要晚了一些。

与此同时，对于过去崭新的记忆开始在大脑中涌现。他记得原本自己拿到东西后不久，就得到了白宇平老婆掺和进来的消息，她不知道从哪儿搞到了一份采购单的扫描件去找了警察，所幸她去的时机不好，姜广平不在，东西也就没交出去。杜峰能做的就是制造一场车祸，把东西截下。这事也给杜峰敲了警钟，扫描件十有八九是从白宇平那儿弄来的，他本就不老实，他老婆出事，只怕更不会善罢甘休。既然如此，杜峰也没有手下留情的必要，干脆把多余的人都收拾干净。

可此时他的记忆却发生了变化，不知为何，申菱去报警的时间延后了，就因为延后了这么几天，申菱赶上了当面将证物递交给姜广平的机会。姜广平，杜峰咬着后槽牙，重复着这个名字，这人作风强硬，一根筋，没法拉拢，警方掌握了证物后，杜峰的情况变得岌岌可危。

大脑残留的眩晕感仍在，他尽可能地稳住身体，却压不住心里的惊悚，这一刻他才确定了，原来这世上真的存在改变过去的方法，只是此时的情况已经往对自己不利的方向偏移，他得做点什么，改变颓局。

"白宇平应该有一台笔记本电脑。"他沉声说，"想办法给我拿回来。"

从这时起，未来的话语权便被杜峰接管。

而此刻杜峰坐在笔记本电脑前，冷眼看着屏幕上的视频框，他脸上的笑意渐渐隐去，目光冰冷。

时间回到 10 月 23 日。乔东一把抓住了电脑屏幕，手指关节因为用力而僵硬泛白，他看起来恨不得扎进电脑里将对面的人生吞活剥了。

　　"是你，"他冷声说，"真的是你……"

　　杜峰坐在一间白色墙面的房间里，房间看起来有些熟悉。乔东有满腔的疑惑，可在真正看到对方时都转化成了怒火，愤怒总会激起对手的乐趣，对面的人轻快地笑了起来，似乎笃定隔着网线，乔东等人威胁不到自己。

　　"还能再见到活着的你真不错，"杜峰的声音经由电流传输过来，时断时续，"可惜，这恐怕是最后一面了。要不你临走前再去见见你妈，白发人送黑发人，她多可怜。"

　　乔东几乎在吼叫："你他妈的，信不信我弄死你！我不要命也要弄死你！"

　　关心则乱，他因为怒火而混乱的大脑已经失去了理智，只顾语无伦次地嘶吼着，暴躁得像是下一秒就要抄起什么东西把屏幕上的人脸砸烂。申菱冲张平使了个眼色，张平会意地把乔东往后拉了拉，小声劝着他。

　　乔东还在骂骂咧咧，但理智回笼了一些，申菱攥紧手指，竭尽全力地克制着自己的情绪，她看向杜峰，冷声问："你到底想干什么？"

　　"想干什么？"杜峰故作讶然，"这不是你们起的头吗？我就看看你们而已。"

　　"你是个聪明人，不会无的放矢，"申菱说，"既然你接了这个视频，一定有话想说，想说什么就说吧，别磨磨蹭蹭的。"

杜峰愣了愣，随即失笑道："你倒是个聪明人，为什么非要和我这傻侄子混一起呢？"

"你什么意思？"

"我的意思是，"杜峰微微一笑，话语却如寒冰般刺骨，"你有没有想过，也许白宇平的死并不是因为他做了什么事，而是因为你做了什么事。"

申菱的脸色霎时一片惨白。杜峰话不点透，因为他看得出来申菱是个聪明人，聪明人听得懂他的话，也懂得他的言外之意，而他所点出的恰恰是申菱一直以来最恐惧的事——她的选择给白宇平带来的伤害。

她听出来了，在她身后的乔东自然也听出来了，他呆愣片刻，猛地看向申菱说："他胡扯！"

但他的声音落在申菱的耳中不到片刻就被杜峰的恶魔般的诱导覆盖。

"我手上确实握着白宇平害怕的东西，所以他才会跟我合作，"画面里的杜峰微微俯身，凝视着她，"但其实对我而言，你和你男人并不算我的敌人，只要你作出正确的选择。"

申菱默然，她听得见乔东在她身后的叫嚷，说杜峰乱说，说他心怀鬼胎，说他不可能就此罢手，又冲着他叫嚷着，让他闭嘴。他甚至伸出手去想够鼠标，想把对话框关了，却被申菱一把拉住。

乔东惊愕地看着她，像是不认识她了一样。

帮乔东救不了白宇平，但替杜峰做事，也许他会放过他们两口子，这本来就不是他们的事，她没必要蹚这趟浑水，不是吗？

申菱咬紧嘴唇，纷繁错杂的思绪中，白宇平质问她的那个问题再次出现。为什么，明明她最初盼望的是白宇平的平安，可此时此刻当她真的得到了这份梦寐以求的安全时，她却感到了深深的惶恐。

最初她遇到他时，爱上的从来都不是眼下这份灰色地带庸碌的安稳，而是一个明媚张扬的年轻人，他身上带着对这个世界的希望。可那份最初的心动，与眼下的处境相比，到底谁的分量更胜一筹？她爱的是他吗？还是她想象中的白宇平？她想保护的是所有样子的白宇平吗？抑或仅仅只是当初那个让她一头栽进去的光芒万丈的年轻人？

她为了爱试图改变他，可真正看到他改变了的那一刻，她却摇摆了。她犹豫不定，只是模棱两可地说："宇平……对我来说是第一位的，我要先找到他。"

但杜峰并不打算继续跟她纠缠下去，他敲了一个地址发了过去。

"这是我的一点诚意，交接的地点我发过去了。你考虑考虑，要不要帮我做事。

"如果你答应，随时联系我，我想你做得到。"

随后视频聊天框就被对方关闭，杜峰的人影消失在他们的视野里。

她抿紧嘴唇，躲避着乔东直直投过来的视线，轻声说："先去这地方看看吧。"

杜峰发来的地址是市区环线边一家超市的地下停车场，可当他们赶到的时候，白宇平已经不知去向。市局的人迟了将近二十分钟才赶到，姜广平不在出警人员中，来的是他的那个副队长郭杰，之前也和申菱打过交道，只是交流得少一些。

"姜队有事，没法过来，"郭杰那方正的脸上透着严肃与担忧，"我让人查监控了，白宇平在这儿开过个存储柜，放了个东西，但东西十分钟后就被人拿走了，他本人也没回过停车场。我们已经在查附近的监控了，看能不能找到白宇平的下落。"

申菱一把揪住郭杰的手臂说："你们光看监控有什么用！直接去问杜峰，他把人藏哪儿了。"

郭杰顿了顿，他当然知道杜峰，也听姜广平说过，受害者本人和受害者家属都对杜峰持有高度的怀疑，但他一向对此不屑，还替杜峰辩驳，一个光鲜亮丽的民营企业家，有合格的药企资质，有不错的事业，有什么必要自断前程？这会儿听申菱又提到杜峰，他瞥了她一眼，敷衍地推脱着："无凭无据，哪能这么处理？我看，恐怕还是跟绑架案那伙犯罪分子有关。"

申菱还想说什么，但郭杰的电话这时响了起来，市局的公务即使在深夜仍然繁忙，他摆了摆手，匆匆接起离开，只留下乔东和申菱在人群中恍惚而不知所措。

一辆辆警车在停车场铺开，红蓝色光交替闪烁，申菱面目苍白地站在往来匆匆的警员之中，他们电话彼此联络的声音在她耳中渐渐远去，她感觉到一束视线从身后落到了自己身上，是乔东，但她没有回应他。杜峰的话在她的脑子里反复回响，她望着外头清冷的街道，心里茫然不定，只是一遍又一遍地问着那个不会回答她的人。

宇平，你到底在哪儿？

同一时刻，几公里外的市局，姜广平阴沉着脸色，快步走进了审讯室。

他在十分钟前刚刚回到局里，带着秦珍和因袭警被拘回来的嫌疑人。刑侦队里值班的人因为白宇平被再度挟持的消息已经出警赶往现场了，他回来刚好扑了个空。这倒正中他下怀，他需要单独和王贵说两句。

秦珍的这个"兄弟"今天是走不了了，他的袭击到底没能得手，刚一动手就被姜广平察觉到了端倪，抓着胳膊过肩摔在了地上。姜广平心里有数，这人绝对不是秦珍的兄弟，但具体身份，恐怕还得等王贵给他答案。

王贵仍然摩挲着他的那串破佛珠，好整以暇地看着姜广平阴云密布的脸，他的视线下移，在看到了对方手里的存储卡时，冷静的面孔终于有了动容。

"你去了，"王贵的目光中露出一丝惊诧和紧张，"珍儿没事吧？"

"带回局里了，在杜峰落网前，我们都会派人保护她。"姜广平说着，把手里的东西放在了王贵面前。

王贵闻言松了口气，这才低下头看着那两样东西。

随着存储卡一同被带过来的还有两张照片——刚刚临时给被带回来的嫌疑人拍摄的照片，以及一张从卡里视频片段中截取打印出来的静态图。秦珍紧闭的嘴在她"兄弟"被铐上之后总算被撬开了，她拿给姜广平的是一张空白卡，而王贵所说的那张卡，就在这位兄弟身上。

这人是警察上门前十分钟到的，说是王贵派他来的，进来就强硬地逼着秦珍把数据卡交出来，他本想赶在警察到之前把存储卡销毁逃跑，可惜晚了一步，让姜广平堵了个正着，便让秦珍拿一张假卡想办法把警察打发走，没想到姜广平根本不上当。到了最后，他也拼了，想趁姜广平不注意杀人逃跑。

姜广平把两张纸摆在王贵面前，瞧见王贵脸上没露出一丝一毫的诧异，便清楚这两样东西都在对方的意料之中。

视频是一段勒索视频，与当初寄给申菱的那段几乎一模一样，唯一的不同在于位置。申菱收到的那段视频，白宇平的背后是一堵结结实实的墙壁，除了深灰水泥筑成的高墙再没有其他东西，可卡里这段不同，他的背后有一扇玻璃窗。

单是玻璃窗当然也没什么，可巧就巧在这扇玻璃窗反光，它以一个不算清晰但也能恰当地辨别出人影的程度，反射出了站在白宇平正对面的人。

西装革履，温文雅善，花白的鬓角上压着金丝镜框，不是杜峰又是谁？

姜广平把那张单人的照片提了起来，问道："我过去的时候，还有其他人在，是这东西抢手啊，还是那地方一直都有人看着？"

答案显而易见。

王贵嗤笑道："他们是在楼下看着，免得我们这种人动了什么逃跑的心思，要是一直有人在屋里看着，我敢把东西放在那儿？不过警察同志，这平时都在楼下盯梢的人，怎么你一去，他人就提前在屋里坐好了呢？"

姜广平心里有数，但他并不急着回答。他的视线仍然锁在录像的截取图片上，答非所问地说：“这基本能证明他参与了绑架，如果你们指认他是主谋，判刑能往十年以上去。”

王贵的食指搭在纸页上，划到人影的右手边，一团漆黑的物件隐藏在手指后头，不甚清晰，隐隐约约像是一把枪，他抬起头，看着姜广平，冷然一笑，此前的高傲已经敛去，只剩下果决与狠厉：“我可以帮你们，但十年太短了，我要他进去一辈子。哥们，想想招吧。”

姜广平看着他，想从他的眼睛里看到一丝妥协的可能，但王贵再次把眼睛一闭，倒在椅背里，一副好梦正酣的模样。于是老警察知道，他不可能从王贵的嘴里得到更多的证词了。他僵在原地，考虑是再做些思想工作还是从其他方面找些门道的时候，李玲推开门走了进来。

她带来了一个算不上好的消息。

姜广平从秦珍家回来后，便通知了同事马上传拘杜峰，可人到了杜峰的住处才发现，屋里漆黑一片，寂静无声。

这人大概不知从哪里听到了风声，已经提前消失得无影无踪了。

姜广平沉下脸，问：“都有谁知道情况？”

“我、小吴、亮哥，还有亮哥徒弟，我们四个一起去的，但路上也没人用手机，还有就是……”李玲顿了顿，不确定地说道，“白宇平那边好像又出事了，郭哥去现场了还没回来，我行动前给郭哥打了个电话，问他们那边情况的时候，提了一句……”

姜广平面目阴沉，脑子里再度响起了王贵的那句话。

“这平时都在楼下盯梢的人，怎么你一去，他人就提前在屋里坐好了呢？”

他咬着牙，厉声道：“现在派人去确认申菱和乔东的情况，去把郭杰给我带过来！”

第三十章

超市已经关门，路边的警车和围观看热闹的人群聚而又散。申菱坐在路边，她等了很久，人都走光了，也没等到郭杰过来跟她说一声结果。

乔东把手里的烟头扔了，看了她一眼。

申菱一直都没说话，只是眼睛空洞地盯着地面，一副失魂落魄的样子。无论她从白宇平那里得到了什么样的回复，恐怕都不是好的答案。而杜峰所提出的问题与条件，也不仅仅困扰着申菱，同样困扰着乔东。他从最开始的愤怒，到此时逐渐冷静，取而代之的则是十足的悲观和疲惫。

乔东看了看阴沉的天空，这两天天气实在不好，夜幕下总是堆着沉闷的阴云，看着像是快要下雨的样子，但偏偏这场大雨就是憋闷着，始终下不下来，于是天闷着，人也闷着，都闷得难受。

他作出了决定，于是深吸一口气，走到申菱面前说：“你去和他联系吧。”

他的话让申菱短暂地回过神来，她困惑地看着他。

"跟杜峰联系吧，"乔东重复了一遍，"他说得对，你和白宇平……其实跟他没有那么深的矛盾，你们俩完全可以想办法把自己择出去。"

这话要说出来确实艰难，眼下的情况对乔东而言可以说是孤立无援，少一个人就少一份力量。可说来说去，就算白宇平是个小人，申菱又没做错什么，她又不欠他的。乔东心想，我一个男人，什么事不能自己扛了，干吗非要拉着她去送死呢？

申菱的表情变得有些古怪，像是感动，又像是无奈，她忍不住叹着气。

"我……"申菱揉了揉太阳穴，梳理着烦乱的想法，半晌才说，"别再提这个了，我既然今天来找你，就不是抱着置身事外的想法来的，更何况……"

更何况姓杜的阴着呢。

她坐在那儿理了半天的思路，才渐渐明确了一些。杜峰恐怕压根不是奔着收买她或白宇平才说的那番话，那些看似真诚的承诺更像沾着蜜糖的砒霜，背后别有目的，也许是为了拖延他们，也许是为了动摇申菱和乔东合作的决心，总之，他并没有打算给申菱任何答复或承诺。身处未来的杜峰根本没有能力影响过去的自己，而他这样警惕的人绝不会在情况不明的状态下向申菱和乔东透露关于自己的真实信息。

白宇平的情况，为了躲避警察而提前准备好的藏身之处在哪里，他到底做了什么，证据的去向等，这些杜峰都必然会守口如瓶。他不可能指望申菱倒戈，更何况他也没有赌的必要，在这场博弈里，杜峰始终占据着上风。

他提供的必然是虚假的，或对他有利的东西，就像那个他们至今没有听信杜峰的安排去寻找的数据卡，她猜那里面真正的内容恐怕是对杜峰不利。

"走吧，"她拎包站起来，"去他提了那么多次的那所高档公寓看看。"

可他们这时候再去自然晚了，留给两人的只有一片狼藉的连房门都没关严的公寓，他们当然不知道，半小时前警察和屋主刚刚从这里离开。

他们漫无目的地在这座城市的夜色里奔袭着，得到的结果只是一次又一次的嘲弄。现在，他们手里真的没有任何提示了。

真的没有办法了吗？

乔东看着走廊窗外的夜色，心渐渐沉了下去。

他听到申菱叹息着走到窗边，踹了一脚踢脚线，墙上刷的白灰纷纷掉落，像小时候老厂房墙壁上脱落的墙皮。

墙皮？

他愣了愣，忽然意识到他看到杜峰的视频时，那种熟悉感从何而来了。

尽管杜峰的画面里背景是一片白墙，可在墙壁靠近底框的位置，画面上收入了一小片眼熟的绿色，和大量墙皮脱落后裸露的灰色水泥墙面。

这些年新的建筑已经不是这样的风格了，只有老建筑才会如此。而若说有着白绿相间墙面的建筑，乔东心里有一个迟迟不愿回想的答案。他知道市里还有很多地方有可能，可似乎冥冥之中，他觉得自己和杜峰产生了一种默契。

如果一定要选一个地方来处理他，杜峰也许会选那里。

那对他而言是人生噩梦的起点，对杜峰而言却可谓是奔向富贵荣华的起点，那是他的父亲去世的地方。

一年前因老厂关停同步关闭的厂职工医院。

废弃的厂职工医院，院长办公室，深夜 1 点 48 分。

杜峰独自坐在破败的木制办公桌边，等待着手下人的报告。他临时得到有人要带他协助调查的消息，这次是来真的。他一时间能想到不会被人发现的落脚点没几处，这里是离家最近的一处。手底下的人让他差出去做事了，该打听情况的，该负责疏通关系的，该负责联络自己厂里的手下和心腹的，该准备向国外转移的，暗地里为躲过这一劫的筹备正有条不紊地推进，而他所做的只是等待。

他不喜欢干等，如果实在无事可做，他至少会让脑子动一动，以免过于无聊。

人在熟悉的环境里往往念旧，他也如此，就像他管乔兴年叫大哥，人走了二十年，他也一样没想着改口。只是这世上总是存在比情分更重要的东西，他早不是毛头小子了，自然会有他的取舍。

他的手指落在桌面上，回想着以前的乔副院长坐在这儿的样子。他跟着乔兴年的时间不长，那会儿乔兴年只是个科室主任。他看乔兴年给那些大字不识一个的工人看病，怎么嘱咐工人都不听，说了什么工人也不懂，辛辛苦苦还要落人埋怨，杜峰觉得这种生活没劲儿透了。

杜峰这辈子最恨的就是看着别人的脸色活着，这让他想起他小时候那会儿，他妈因为死了男人，家里落魄得欠了很多债，被流氓地痞找上门。他又想起他妈改嫁后，他们娘俩在家里整天提心吊胆那男人的拳头，在外又要听人家的风言风语。

他当年是憋着一股不服气的劲儿来县城，可不是为了过这种日子的。

那时候乔兴年老教育他，说他不踏实，心思野，说能治好病人的医生才是好医生，让他自己反省自己的心态。他管他叫一声大哥，装着毕恭毕敬听他提点，但心里却是不屑的。他不觉得医生能有几个好货，他亲生的爹生了病让人家看，怎么看都是小问题，可灌了几个月的汤药还是一命呜呼。而他后来那个爹，多大的病自个儿在床上躺两天，之后下了床在他妈面前照样生龙活虎。那会儿他妈就说，人都是有命数的，什么时候该活，什么时候该死，阎王爷的账本上都记着呢，该活的时候怎么都死不了，该死的时候谁也救不了。他深以为然。

后来他决定离开这狭小的科室，到外头闯一闯。在离开医院前，他做了一件事，靠着他的人脉关系，搞到了一份足以乱真的药品专利证明，又拿着这个证明和一点疏通费用，换来了院内制剂许可证，之后他便雇了一批人手，靠着那张许可证将自己一拍脑袋想出的配方包装成了神奇药品，五湖四海地兜售出去。

他脑子向来活泛，胆子又大，加上在医院待过一段时间，事情逐渐有了眉目，但他知道这药虽然拿的是院方的许可，实际经不起细查，进不了医院的药房。只是随着生意渐渐做大，赚的那点小钱已经满足不了他了。所谓瞌睡正沾枕头，正巧一个消息传到了他的耳朵——自己曾经的老大哥居然高升成医院的院长了。

这是绝佳的机会，他必须得试试。

杜峰的手掌摩挲着桌面。他记得那时候年轻的乔院长就坐在这张桌子后头，谨慎地审视着他带来的资料，尽管过程有些曲折，最后的结局也远出乎他的意料，但直到今天，他仍然相信自己的尝试是成功的。人生就像一场又一场的赌博，而就是那次的一搏，成了他后半段人生的转折点。

那是他当时得到的最大一笔单子，在此之前，他从来没有见过这么多的钱，也从来没有想到，原来拿到这么大一笔钱，其实就是这么简单的一件事。

他那会儿年轻，到手的钱就拿去装备上全新的行头，摩托罗拉、高端小轿、西装背头，走在街上，人家扫一眼，都要小声说一句，嘿哟，这是哪儿来的大老板。他觉得爽，爽透了，远比当年在医院里让人呼来喝去爽多了。钱财和地位的甜头浸润在他的骨血里，让他越加贪婪地想要获得更多。它们像柳絮一样落在他面前，又被他一脚踩实，铺成了一条康庄大道。

那都是他靠着自己一点点拼出来的。而他的好大哥呢？带着他那不知变通的死脑筋，二十年前就在这间屋子里一了百了了。

能救人的医生才是好医生，他不无讽刺地重复了一遍这句话。

可惜，说这句话的人没能救人，反而害了人。啊，也不能说是害人，是那些人命里注定的，就只能走到这儿了。

我不是一个好医生，难道你就是了？

他漫长的思绪在木门开合的声音中收敛。抬眼看过去，白宇平被他的手下推了进来。白宇平踉跄两步，他的脸色苍白，但仍然紧绷着，尽量保持着自尊，仿佛他们之间开启的是一场平等的对话，而他身后的那个保镖就像不存在一样。

杜峰扬了扬嘴角。他熟悉这种感觉，即使你一无所有，却还要保留有一丝自尊的感觉，尽管他很快连这份自尊也要失去了。

"东西已经给你了，为什么要把我关在这儿？你不是说过会放了我们吗？"

他咬牙切齿地质问，原本两人的约定是在超市的自动存货柜旁进行交接，可谁知白宇平把东西放好，打算回去的时候，杜峰的人不知从哪儿跳了出来，硬生生把他"请"到了这个破地方。

而那个装着采购清单的档案袋，此时就放在杜峰的手边。

杜峰笑笑说："放当然是会放，但不是现在……"

他话刚说到一半，白宇平就急了。

"你之前不是这么说的，"他激动极了，想冲上去和杜峰理论，却被身后的保镖一把扭住，原本斯文的脸上显现出狼狈来，"你之前答应过我……"

"我是答应过你，东西给我，我放了你们两口子，但我也没说具体什么时间不是？"杜峰的语气十分轻松自在，"你就在我这儿等着吧，等我把眼前的事处理干净，自然会信守承诺。不过你老婆可不是个省油的灯，我听说她找了警察，指名道姓地要让我把你叫出来呢。"

在白宇平惊愕的目光中，他嘲讽地笑了起来："你怎么不劝劝你老婆，非要让她跟我那个没出息的侄子混在一块？你说我要怎么放过她？我手里要是没点筹码，又怎么能让她死心？"

白宇平一愣。

"怎么可能？"他急切地辩驳，"我把她关起来了，后面也会看着她的，她碍不着你的事，你别伤害她，你让我跟她再谈谈！"

"谈谈？"杜峰冷笑了一声，拿起手机，翻出一张照片，亮给白宇平看。

那是一条彩信，画面虽然模糊，但白宇平一眼就能看出画面上的人是申菱，而糊作一团的背景里，仍然能隐约看出超市的红蓝色标志。

恐怕申菱和乔东都想不到，杜峰告诉他们交易地点的目的，从来不是要收买谁，而是他确信，在申、乔二人抵达交易地点后不久，消息就能依靠郭杰传到自己的耳朵里。

他了解自己，自己一贯谨慎，第一时间能想到的便是白宇平在跟自己要心眼。

杜峰说："不如你来告诉我，她是怎么找到这个地方的？"

这话像一盆冷水当头浇下。白宇平难以置信地看着那张图片，身体克制不住地颤抖了起来。

"我没说过，"他的嘴唇艰难地蠕动着，"我什么都没说。"

杜峰对白宇平的自语并不关心，他嘴角笑意冰冷，慢条斯理地把手机收了起来，说道："已经这样了，就烦请白先生在我这里多待两天吧。"

这话像是给白宇平敲定了命运。他被绝望淹没了，急促地呼吸着，面前的人在他眼里不再是人，是披着人皮的魔鬼。而魔鬼此时正注视着他的丑态，露出颇有兴味和可怜的眼神，似乎觉得眼前这一幕有趣极了。

"不对……你骗我，"白宇平语无伦次地说，"你是故意的，你骗我，你根本就没想过信守承诺……"

白宇平咬紧了牙，冷静，必须冷静，他还不想就这么认命。他没被钳制的那只手钻进了口袋，摸到了他的手机冰冷的金属壳，这是他最后一根救命稻草。

白宇平舔了舔干裂的嘴唇，猛地把手机拿了出来，亮起的屏幕上显示着一段录音界面，而选项菜单则停留在是否将它以邮件的形式发出去上。他把手指放在 OK 键上，尽可能地压住颤抖，提高声音说："你别以为什么事都在你的掌握里，你刚刚说的我都录音了，不放我，我现在就发出去！"

杜峰脸色淡淡，像是早就料到了白宇平的反应，说道："你还是什么都不懂。"

他的声音很平静，但平静之下却潜藏着一种阴沉的恐怖，像一座亟待爆发的火山，威势吓人。白宇平不再听他说话，手指就要发力之际，他就听到砰的一声巨响，巨大的冲力让手机从他的手中飞了出去。

手机飞落在地，焦黑的弹孔上冒着烟，已经彻底报废。

随着手机落地声到来的是痛觉，尖锐的痛觉从手指间传来，白宇平倒在地上，发出凄厉的号叫。在那几乎夺去理智的痛觉中，他看到了杜峰手中的凶器，那是一把小巧的手枪，但即便是最小口径的手枪，尽管子弹击中的只是翻盖手机的上层，他的右手也同样因为受到牵连而鲜血淋漓。

"这个世界上，没什么是钱摆不平的东西，"杜峰的声音不复那种儒雅，他因被激怒而显得阴森森的，"我给过你选择，但你不接受，那就没办法了，送你一个结局吧。这枪是你在王贵那儿拿到的，你跟他们合作了，现在王贵被抓，你怕被供出来，所以畏罪自杀，你对这个下场满意吗？放心，我会尽早送你老婆去团圆。"

他不紧不慢地用手帕擦干净枪上的指纹，又抓起白宇平的手握住枪，将枪口对准了白宇平的太阳穴。白宇平仍然拼了命地挣扎着，但他背后的保镖抓得死紧，他想甩开枪，又或者把枪指向别处，却丝毫拗不过杜峰。

他像被困在笼中的牲畜，发出绝望的嘶吼，但仍然躲不过致命的屠刀。杜峰看着他的眼睛，想从里面看到惊慌失措。以他对白宇平的认知，这位大记者应该一边悔恨一边恐惧。但没有，那双眼睛里只有一种极深的悲哀，好像对他这一番徒劳无功的努力的悲哀已经压倒了惧意。

白宇平惨然一笑，说道："你一定会遭报应的。"

杜峰挑起眉，不再和白宇平打嘴仗。

若事情只是到此，可以说未来的杜峰和此刻的杜峰一起构建了一个完美的自我拯救方案。

但事情总是会出现意外，他正要扣下扳机的瞬间，楼下却突然传来了一声巨大的响动。

杜峰猛地站起身，将手枪抽回，警惕地看着门外。

"怎么回事？谁在下面？"他厉声喝问。

巨大的响动同样让他身边的保镖分神了片刻。这片刻给了白宇平一个稍纵即逝的机会，他一把甩开背后的人，向他唯一能看到和接触到的出口冲了过去。

他不知道自己哪儿来的那么大的劲儿，可能人在绝境中就是能爆发出难以想象的力量。当杜峰回过神来举起枪想要瞄准他的时候，他已经冲到了窗户边，在一把将窗户推开后，他想也没有想，以一种决然的姿态从窗口翻了出去。

两层小楼的高度说高不高，说低不低，尽管他落地时翻滚着卸去了大部分落地时的冲击，但双腿钻心的疼还是让他滚在地上爬不起来。

窸窸窣窣的脚步声逐渐靠近，他茫然地睁开眼，看到申菱踏着落叶与枯藤正快步向自己跑过来。

在经历了这一切之后，还能再见到她，或许这才是命运给予他的最大的幸运。

"宇平！没事吧？"她想把白宇平拉起来，但他回以痛苦的呻吟，她只能慌乱地松开手，"我报警了，东哥说他去引开他们，撑一撑，马上就有救了！"

他看着她紧张急切的样子，突然觉得眼睛发热。这一刻，他只想抛下所有毫无意义的争执，在她的怀里痛哭一场。

但很快，他想起了更重要的事。

他一把抓住申菱的手臂，急切地说："让乔东快回来！你告诉他，别管杜峰了，我还有其他的证据！我留了采购单的扫描件！"

第三十一章

乔东怀里的手机微微振动，振动的声音原本不大，但在此刻死寂般的环境里，怕是连针掉在地上的声音都清晰可闻，更别提手机的振动声。他赶紧把手机掏出来转成静音。这手机不是他的，临出门前张平把自己的旧手机给他了，插了张临时卡，勉强能用。

他看了眼短信，申菱找着白宇平了，让他尽快回去，毕竟杜峰手里还有枪，硬碰硬恐怕没好结果，最好等警察来。

乔东合上手机，向外看了一眼。他正躲在一楼的卫生间里，刚刚他点着了根炮仗扔在外头，把杜峰的保镖引出来了，现在正在一楼找点炮的人，眼瞅着就要搜到这间厕所来了。

他有些不甘心地看了一眼楼上，但他知道，想躲过这群保镖去杜峰那儿把东西抢回来，再安然地走出这间旧医院，对他来说几乎是不可能的。他跟白宇平不一样，他要是被这帮人逮住了，可没人能来救自己。

杜峰就在楼上的院长办公室里，那地方乔东很熟悉，小时候放假了，他给乔兴年送饭，中午老是往那边跑，有时候过去了乔兴年还在巡诊，乔东就会自己一个人待着，边吹风扇边玩。

直到乔兴年自杀。

乔东没亲眼看到乔兴年的死状，可他又常常在梦里看到那个下午，日光把屋里一切的影子都拉得极长，于是一道悬挂的人影触到了门边，他站在门口，在阴影中抬起头，看到乔兴年吊在房梁上，惨白的脸，吐长的舌头，上翻的只剩瞳仁的眼睛，却仍然直勾勾地看着他。在乔兴年的尸体后头，窗外的夕阳像一盆打翻了的殷红鸡血，黏腻而浓稠。

他胃里一阵翻江倒海，然后便在极度痛苦的干呕中醒过来，俯在床边吐。当然，什么都吐不出来。

乔东的喉结蠕动着，尽可能地把反胃感压下去。

外头的人又搜过了一间，乔东不能再躲着了，得想办法溜出去。他放轻了脚步退后，可他的手刚摸上后头的窗户，就听见外面传来了一阵骚动。他顿了顿，又小心地透过洗手间的窗户往外看了眼，是杜峰下来了。

杜峰一只手拿着枪，另一只手提着的，正是乔东无比眼熟的文件袋。

乔东的心脏一瞬间激烈地跳动起来。尽管申菱的短信里提了白宇平有一份扫描件，但扫描件终究比不上原件可信，更何况这本来就是他的东西，他始终觉得不甘心。

他还在这里犹豫，杜峰却已经在沉稳地安排手下人的工作："去开车，收拾东西，我们现在就离开这儿。"

糟了。

乔东心里顿时升起一丝不妙的念头。申菱的消息也就是几分钟前传来的，满打满算，从她确定白宇平的情况后报警到现在也不超过十分钟。警察出警需要时间，尤其是他们可能需要聚集足以对付持枪凶犯的特警。杜峰还是精明，他知道这个当口抓人不是重点，不能让警察上门抓到现行才是最重要的，这才抓紧时间收拾离开，只要他动作利索些，正好能在警察赶到前逃掉。

不能让他们就这么走了，这次一走，下次就不知道会躲到什么地方去了，到时候他们在明，杜峰在暗，他们可逃不过杜峰的报复！

乔东这么想着，一咬牙猛地推开了门，从里头走了出来。他走出来的时候，聚集在废弃大厅里的几个人面色都是一变，唯有杜峰不意外，保镖们十分警惕地隔在了他们两人之间，戒备地向他靠近。

"总算出来了！"杜峰微微挑眉。他的手揣在大衣的口袋里，大概是把枪塞在了那里。乔东不确定他会不会被杜峰一枪毙命，毕竟人在发疯的时候什么都做得出来。

他咬着牙，又看了一眼杜峰手里的文件袋，心想得跟他说几句，说几句让杜峰能听下去又不会被激怒的话。可电光石火间出现在他大脑里的还是乔兴年，他以为自己都快忘了长啥样了的乔兴年，在这个时候却那么清晰地出现在他的脑子里。

不知道是愤怒还是悲凉，他对着杜峰脱口而出："你对我爸就没有一点愧疚吗？他当年帮过你那么多，你害死他，就没一点良心不安吗？"

杜峰愣了愣，突然大笑了起来，笑得眼泪都快出来了，他的神情仍然好似同情："你妈还是什么都没告诉你啊。也是，要她承认你爸错了，真是比要了她的命还难。"

如果换了别人说这话，乔东多半会附和两句，但这话从杜峰口里说出来，却让他绷紧了神经，他霎时阴下脸，咬牙问："你什么意思？！"

　　"就是你想的那个意思，"杜峰笑呵呵地说，"你爸可不无辜。说起来，你们这份采购清单就是压死他的最后一根稻草，毕竟笔迹不会骗人，他不点头，我可没法按着他的手在这玩意上签字！"

　　这话像是平地轰然炸开的惊雷，让乔东彻底僵在了原地。

　　将近二十年之前，杜峰在这里见到了乔兴年最后一面，彼时外头风波四起，闹着要讨公道的病人家属整天聚集在大门口久久不去。出了事得有人负责，院长和上级领导要严查，乔兴年呆愣地坐在办公室里，看见他走进来，目眦欲裂。

　　他语无伦次地骂杜峰是骗子，不知廉耻，没有底线，道德败坏，他一定会跟公检法揭穿杜峰的虚伪。可所有的咒骂最终却被杜峰的一句话顶了回去。

　　"这件事是你签的字，你得负责，"杜峰的笑容里尽是冰冷与讽刺，"大哥，何必装得这么高尚无辜？你要不图我这低三成的价，也不会签我的单子不是？"

　　他这位半辈子没跟人急过眼的大哥被他气得涨红了脸。人就是这样，不管多光风霁月，总有自己的心思，这心思不一定总是坏的，想找着便宜的新药，想做出点成绩，想打破现在的局面……但只要动了心思，就难免会出现不可控的偏差。而人一旦心存侥幸，就容易断送了自己的一辈子。

那天的杜峰是去给乔兴年提供选择的。事情到最后总会了结，如果乔兴年把事情担下来，那么杜峰向他保证，他入狱以后的一应开支，老婆孩子的供养，自己都会承担，这是礼；如果乔兴年不肯答应，非要闹个鱼死网破，那杜峰厂子里几十个弟兄也绝不是好惹的，就算最后一起进局子，他也能让乔兴年一家落不着好，这是兵。先礼后兵，压得乔兴年说不出话。

"乔大哥，你真能把自己择干净吗？"杜峰冷声说，"你说得对，我不是啥好人，但别忘了，你手上也沾了他们的血，你也有罪，咱俩现在是一根绳子上的蚂蚱！"

乔兴年失魂落魄地坐在那里，好半天才喃喃地说："这事我想想。"

杜峰欣然离去，再听到乔兴年的消息时，就是在他那被人闹翻了天的追悼仪式上。在殡仪中心狭小的侧厅，他躲在零星到场的几个人后头，看着找上门的家属险些掀翻了灵堂。乔兴年的老婆抱着黑白的遗像，十来岁的儿子试图拖住像是要打架的男人，却被人一脚踹在地上。

鬼使神差地，他想起了自己见乔兴年最后一面时说过的话，他答应过要帮衬乔兴年家里人。杜峰知道自己不是什么好人，但说话总要算话。于是他叫了保安，又帮着保安把这些人赶了出去。可说来好笑，他做完这一切之后，没得来方敏的感谢，却被方敏提着扫把赶出了门。

那女人神情凄厉，表情像是有什么不共戴天的仇恨，她抓着自己小孩的胳膊，像个疯子一样看着杜峰说道："东子，你记住，咱们家永远不欢迎这个人！"

杜峰脸上礼节性的笑容淡去，他远远地看向侧厅中央的那张遗像。遗像上的男人斯文冷静，高高在上地看着眼前的闹剧。

嫂子知道些什么，他想，你都告诉了她些什么呢？

此刻的杜峰摇晃着手中的文件袋，笑容尽是嘲讽。

"你妈总说是我逼死了大哥，"杜峰说，"可我从没让他去死。死，是他自己的选择。"

他因躁动的野心惹下了祸患，却没有勇气活着去面对后果。一个老实巴交固守原则的人怎么能有不安分的念头呢？他懦弱无措，所以不知道该坚持什么，该往什么地方走。每当他望向镜子里的自己，能看到的只有鲜血淋漓的罪责。

那么多条人命，他担不起。

尽管在杜峰看来，这样的行为愚不可及。

乔兴年自杀后，杜峰迅速买通医院的人脉，把当时的各项记录中自己的名字抹去，扭头将自己的厂子关闭，解散人手，带着钱远走高飞，去外地躲避风头，彻底消失。

直到确认案件尘埃落定，他才再度回到 H 市，那时距离乔兴年去世，方敏母子从厂里搬走已经过去了三年。

杜峰施施然地结束了他的讲述，好整以暇地等待乔东的反应。

乔东发红的眼睛里满是铺天盖地的仇恨。他问："所以现在你又要用老办法了？把事全栽一个人头上，自己带着钱拍拍屁股远走高飞，等一切结束了再回来？"

"原本不必如此，"杜峰的态度仍旧平淡，"如果你不闹这一出，我们本来可以两相安好。"

乔东沉默了下来。这沉默看起来十分反常。杜峰看着他，忽然偏过头。他听到了隐约的警笛声。

杜峰总算看懂了乔东的心思，问道："你在跟我拖时间？"

乔东没有说话，但他翘起的嘴角正表达着挑衅：是的，他在拖延时间，而且他成功了。

警笛声逐渐变大。乔东猛地甩开身后的保镖，冲向杜峰，将他按倒在地。杜峰的挣扎让他们翻滚起来，保镖们迅速靠近，想将两人分开。乔东知道就是这几分钟了，这最后几分钟，与警车几十米的距离，他怎么能让杜峰再跑了？

乔东一咬牙，决然地大叫："杜峰在这里！他有枪！快来！"

他的叫喊在一声巨大的枪响后戛然而止。

世界天翻地覆，乔东倒在地上，感觉到有温热的液体在自己的身体底下蔓延，他听到逃离的脚步声、车子的发动声，有人高喊"警察！放下武器！"

他模糊地看到杜峰高举双手的影子，这人仍然冷静，高声说："郭杰在哪儿？我要见郭杰！"但并没有人理会他的要求。

随后人声与脚步声交杂。过了不知多久，乔东感觉有人按住了他，那些声音开始变得遥远，他们嚷嚷着"叫救护车，快叫救护车！"

之后，他的视野都陷入了黑暗。

没人知道，在乔东倒地的那一瞬间，相距十天后的杜峰也猛地抬起头。

那种熟悉的震动感再次袭来，急剧变化与抖动的视野里，他隐隐约约看到自己即将进入的牢狱，他面目扭曲，摇摇晃晃地扑到桌子边，艰难地敲打着键盘。

白宇平：你们都干了什么？！

电脑键盘在他的指尖渐渐软化，在回车键被敲下去的瞬间化为虚无。四周的环境再度闪烁变化，他一个趔趄跌倒在地，再次睁开眼时，发现自己已经置身于昏暗漆黑的牢狱。

他粗重的喘息声在看守所的房间里清晰而沉重。

至于过去的电脑上，他那气急败坏的消息在屏幕上一条条划过。

但电脑前空空荡荡，无人观看。

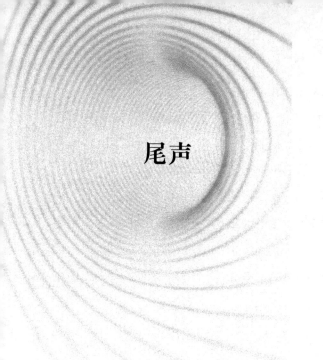

尾声

2009 年 10 月 25 日。

乔东再次醒来的时候，眼前是医院粉刷得洁白的天花板。

他动了动，一股疼痛感从腹部传来，很快病房的门被推开，护士推着推车走了进来，看见他醒了露出喜色，对着外头喊了一声："307 的病人醒了，家属，家属呢？"

家属？乔东的脑子仍然是木的，他正想着就老太太的身体情况还能来陪自己的床？就听见门外什么东西被扔地上，接着一个圆头圆脑的"炮弹"冲了进来，一脑门扎在他身上，痛哭流涕地哀号着。

是张平这小子。

他被压得伤口直疼，龇牙咧嘴地把张平的脸推开，等护士给他的输液带里换了药出去后，乔东抬头又看到正站在门口的申菱如释重负的笑。

他心里一动，嘟囔了一句："口渴了。"

张平听他这么一说，一时恍然，忙不迭地念叨着我去打水、我去打水，又匆匆出去，把谈话的空间留给了申菱和乔东两人。

几乎是在张平出去把房门带上的瞬间，两人同时开口说话。

"你感觉怎么样？"

"杜峰抓到了吗？"

交叠的声音让他们齐刷刷地一怔，两人都笑了。

申菱这才打起精神，给乔东讲起那天的事。

那天杜峰开枪打中乔东的后腰，之后立马开车逃窜，所幸化工厂的位置偏僻，姜广平他们开着车一路追到河边，总算前后夹击把杜峰的车包围住。

眼见逃脱无望，杜峰只能选择束手就擒。

乔东很快被紧急送医治疗，但还是昏迷了两天才清醒过来。在那之后，警察找到了躲在医院后头林地里的申菱和白宇平，白宇平因为跳楼逃生，腿部骨折，只能躲在原地，动弹不得。这两天张平和申菱忙前忙后，一面照顾受了枪伤的乔东，一面照顾腿脚不便的白宇平，还得配合警察隔三岔五地了解情况，忙得两个人都挂上了硕大的黑眼圈。

不过两个病号如今都保下小命了，这也算是最大的幸运。

"对了，你昏迷的时候，姜警官也来过，"申菱温和地微笑，"本来是想给我们做个笔录的，但你当时还没醒。"

她顿了顿，眼中浮现忧色，继续说道："他对我们为什么能找到医院那边有些疑虑，宇平就……把事情都揽下来了，他把自己存下的扫描件交给他们了，之后可能得去配合警察的调查，至于接下来的情况……"

她顿了顿，咬着嘴唇，没再说下去。

乔东明白她话里的意思，接下来的情况，就不是他们能决定的了，他们已经尽了自己最大的力量，剩下的唯有交给警察。当初白宇平屈从杜峰，正是因为他的调查结果和证词统统被警方按下，而杜峰的威胁又近在咫尺。所幸白宇平并未真正屈服，他留下了证据的扫描件，打算先保住自己和身边人，再慢慢理清关系，徐徐图之。而这份扫描件，也为事情的突破留下了一线生机。

幸运的是，姜广平私下跟她和白宇平沟通过，之前的错误是因为警队里出了叛徒，现在人被揪出来了，后续的处理他亲自跟进，一定给他们一个合理的答复。

"QQ呢，有新消息不？"乔东问。

申菱摇了摇头。

自从杜峰被捕后，老电脑上再也没有收到任何来自未来的提示，乔东不死心，他还想借着跨时空QQ继续他的股票大计。可他让张平尝试向白宇平发了无数次消息，却再没收到一条关于未来的消息。那些消息通通发到了如今住在隔壁的那个白宇平手里。

"你说你，怎么老公平安了就不管我死活了，咱们不说好了一起发财嘛！"乔东只好半开玩笑地埋怨申菱。

不过既然众人都平安无事地度过了这段时间，想必是那神奇的跨时空对话消失了，相信未来的他们也同样重回了正常的人生轨道。

毕竟未来与现在，本就是一体。

许久，她又轻声对他说："宇平想让我替他跟你说一声，对不起。"

他躺在床上，怔怔地看着天花板，半天才故作轻松地说："正常，都正常的。"他挠头抓耳，半天又憋出一句，"上回本来说一块吃个饭呢，让他给整得也没吃上，等都好点了，再补上吧。"

申菱抿起嘴，露出苍白的笑意。这时候，张平把水壶拿进来了，于是她冲他点点头说："我先回去看看宇平的情况，你好好休息。"

白宇平的精神头比乔东要稍好一些，毕竟伤的是腿，只是行动不便，只能让人照顾。

申菱打了一盆水，投了块毛巾，再相见时两人的神情都有些躲闪和疏离。这两天他们一直如此，若即若离，各自憋着心事。其实白宇平质问申菱的那个问题她早已有了答案，只是或许关于爱情的答案总是微妙的，你可以去想，去悟，去暗示，去慢慢调整修改，唯独不能说出来，什么都说明白说清楚了，两个人也就快走到头了。

她勉力维护着她那岌岌可危的感情，却不想白宇平先打破了沉默。

"菱菱，我们分手吧。"

申菱抓住毛巾的手顿了顿，茫然地看着自己的未婚夫。她的婚戒在阳光下折射着细微的光斑，以一种柔和的方式熠熠生辉，一如多年前在学校里的那个小礼堂，她对白宇平死心塌地的瞬间。

可那已经太遥远了。

她想脱口而出地问白宇平为什么。

好不容易回来了，好不容易把问题解决了，为什么还要结束？

她没有问出口，但白宇平何尝不知道她在想什么，他慢吞吞地单脚着地，一瘸一拐，接过申菱手里的毛巾。

他擦了把脸，疲惫不堪地说："何必呢，我不值得你这样。"

"是不值得，还是因为你想摆脱我？"

白宇平避开她的视线，说道："我想了很久，觉得咱们还是不合适，那时候你不也说算了吗，那就算了吧。"

申菱忽然笑起来，笑容里夹藏着冰冷的愤怒，她掉头就想走，却又觉得不甘心，转过头来看着他说："你到现在还是不明白，我们之间的问题从来不是我在限制你，是你，是你从来都不肯正视事情的后果！你什么都不跟我说，就开始作你的决定，嘴上又说得自己有多可怜，你可怜吗白宇平？你对我从来就没有公平过！"

她深吸一口气，脸上的笑容已经维持不住。爱情总是带给人委屈与愤怒，从隐忍到满腹怨言，现在只有自己的伤和自己的苦。

"你想就这么算了？你想得美，我告诉你白宇平，你欠我的，我为了救你付出了多少？你欠我的！你永远也别想就这么算了！"

我会缠着你的，缠着你，直到我们中一个人心甘情愿地缴械投降为止，或许是你，或许是我，但现在就认定结局为时尚早。

申菱的眼眸中涌现出极深的执着。

她离去的时候没有看白宇平，故而也就不知道，男人目送她离开时，那既痛苦却又如释重负的神情。

也许他从未想过放手，只是想用这种方式，让自己心甘情愿地离开那注定使他痛苦的婚姻。

两个月后。

乔兴年的墓前，二十年来头一回有这么多人洒扫。

乔东租的那栋破房子的纠纷总算在杜峰、王贵接连服法的情况下平息了下来，赔偿由即将入狱的河子承担，老房东收到警察的通知后，鼻子不是鼻子眼不是眼地抱怨了许久，到底没再来找乔东的麻烦。乔东虽然死里逃生，但他的驾照让警察给吊销了——他拉黑车的事被捅到了明面上，姜广平只好让交管所给他这个处理。

倒也好，拉活的生意到此为止，以后的人生，或许会有更好的选择。

他特地问了胡彪的下落，听说胡彪还留了条小命，被锁在药厂，跟着药厂的大小喽啰一起被抓回来了。警察核实身份的时候，查出了他在道上的光辉事迹，所幸胡彪认罪态度不错，判刑应该会从轻。

至于徐宏，也许是经历了这段时间的种种心理折磨，他的病情急速恶化，已经时日无多，虽然警方安排他入院治疗，但所有人都知道，比起治疗，这更像是临终关怀。

说来也可惜，这一遭下来，乔东彻底落了个身无分文无家可归的窘境。所幸他还有兄弟朋友，张平挥挥手，大方地同意收留他几个月；而靠着申菱两口子在经济上的帮助，乔东也总算补上了手术的费用。说来也是运气，他给方敏办了转院后不久就收到了肾脏匹配的消息。

他捂着肚子送方敏进手术室的时候，拿 DV 录了一段视频，他琢磨着等自己的肚子好利索了，就把这玩意导进磁带里，带到乔兴年的墓前烧了，好歹跟他说一声，他儿子把他老婆照顾得挺好的，也算尽孝了。

他跟方敏出院去洒扫的那天，白宇平、申菱和警队的姜广平都来了。

随着警方对案件的侦破，过往许多事也逐步见了光。姜广平虽然还挂着硕大的黑眼圈，但精神头十足，显得喜气洋洋。他抽了个空来跟这几个人碰了个面，给了他们一个积极的信号：这事按目前查到的人证物证，基本稳了。

乔东松了口气说："那就好，抓人那天，姓杜的那么冷静，我一直怕他有什么后手呢！"

这话让姜广平一顿，眼神中的光彩暗淡了几分。

他并没告诉乔东几人，杜峰确实备着后手，这后手就是他那广阔的人脉，而姜广平的老兄弟郭杰，不过是这片密布的人脉网中微不足道的一个节点。

控制抓捕郭杰是他亲自带人去的。老郭并没反抗，跟他借了个火点了根烟，在这隆冬时节，他缩在漏了线头的厚重警用棉服里，也不说话，在雪地里默默抽完那根烟，才让老姜把他铐了，跟着上了警车。

姜广平没问他为啥要这么干，无非图利；没问他会不会后悔，后不后悔又能如何呢？他对老兄弟有许多话想说，到嘴边也不过就是一句：你怎么这么糊涂啊？

到拘留所的时候，郭杰跳下车，呵呵地笑着，他拍了拍姜广平的肩膀，只给他留下了一句："兄弟，多保重。"也不辩解什么，便跟着人走了进去。

郭杰替杜峰破坏证据，掩盖罪责，向杜峰泄露内部消息和调查进度的事做得不算细致，只要用心查，很容易就能查出。郭杰交代得也痛快，让事情推得极为顺利。

"不过我前前后后仔细想了想，这过程还是挺不可思议的，"祭奠完出来，姜广平叹了口气，"你们是不知道，我们这边审的时候才发现，他都准备逃出国了。但凡让他多拖几天，这事就难收拾了。我说你们是怎么找着那家医院的啊？"

这也是他们的口供里最为模糊的一点，交接证物的超市的位置是白宇平告诉他们的，但白宇平是被杜峰的人绑到厂医院的，这可没地泄露去。

乔东当然不可能把时空QQ说出来，只能说自己老爸被杜峰害死了，他俩以前又都是厂医院的，他是靠着这个猜到的。但这说法未免有些牵强，姜广平当然不信，见一次总要提一次，乔东没辙了，干脆说："其实是我爸托梦给我的，我那天趴桌上睡着了，梦里就是姓杜的坐在我爸以前的办公室里。所以我说姜队长，你们赶紧感谢我爸吧，没我爸咱们都得完！"

他这么一说，姜广平也问不下去了，转而叹了口气说："可能是老天都看不下去了，在帮着我们吧。"

乔东愣了片刻，忽然笑了，姜广平也跟着笑，拍了拍乔东的肩膀，跟他告别。

墓园偏僻，申菱和白宇平准备开车送乔东回市里，开的还是乔东那辆桑塔纳。

这破车几经磨难，在张平的修修补补之后，居然还能上路，堪称汽修界的医疗奇迹。乔东的驾照被吊销后，便把车暂放在申菱那，也方便申菱跑前跑后处理琐事。

车里一片沉闷，谁也不吱声，乔东有些不自在，喊申菱切张CD出来听听。

CD盘被乱七八糟地塞在扶手箱里，申菱摸了一会儿，摸出一张盘来，问乔东是不是这个。乔东还没答话，白宇平就先开口了："不是。"

"你咋知道不是？"乔东嘀咕着，扫了一眼。

那确实不是音乐CD，是一张软件安装盘。乔东乐了，刚想问你咋知道，突然回忆起了一件小事。

几个月前，白宇平第一次坐乔东的车，跟他谈包车的价格，边谈边在后座上敲自己的笔记本电脑，说到一半突然来了一句：哥们儿你绕个道，我去趟电脑城。

乔东一问才知道，他那破电脑的QQ崩溃了，要去装一个新的。

乔东顺手从旁边抽出一张光盘扔给白宇平，说用这个盘装就行，不用跑这么远。

那时候扔给白宇平的，就是这张光盘。

不知怎么，乔东突然笑了起来。

申菱不明所以地看着他。

"你笑什么？"

"没笑什么，只是有些感慨而已。"

这个梦一般轰轰烈烈的荒唐故事，原来出自这么个微不足道的起点。